Logan Belle

Club Burlesque – Fallen Angel

Roman

Aus dem Amerikanischen von
Stella Glasson

mtb

MIRA® TASCHENBUCH
Band 35068
1. Auflage: Juli 2015

MIRA® TASCHENBÜCHER
erscheinen in der HarperCollins Germany GmbH,
Valentinskamp 24, 20354 Hamburg
Geschäftsführer: Thomas Beckmann

Titel der nordamerikanischen Originalausgabe:
Fallen Angel

erschienen bei: Aphrodisia Books, New York

Published by arrangement with
Kensington Publishing Corp., New York NY, USA
Dieses Werk wurde vermittelt durch
die Literarische Agentur Thomas Schlück GmbH,
30827 Garbsen

Konzeption/Reihengestaltung: fredebold&partner GmbH, Köln
Umschlaggestaltung: pecher und soiron, Köln
Redaktion: Maya Gause
Titelabbildung: Thinkstock/Getty Images, München; Corbis, Düsseldorf
Autorenfoto: © Harlequin Enterprises S.A., Schweiz
Satz: GGP Media GmbH, Pößneck
Druck und Bindearbeiten: CPI books GmbH, Leck – Germany
Printed in Germany
Dieses Buch wurde auf FSC®-zertifiziertem Papier gedruckt.
ISBN 978-3-95649-194-8

www.mira-taschenbuch.de

DANKSAGUNG

Courtney Cruz hat meine Arbeit an diesem Buch mit *The Fempire Strikes Back* (The Music Box, L. A., im Juli 2010) stark beeinflusst und mich inspiriert. Während dieser Show hat Sin Fisted auf der Bühne eindrucksvoll die Möglichkeiten und Grenzen der Burlesque ausgetestet.

Einmal mehr gilt mein Dank meiner großartigen Verlegerin Alicia Condon, die mich so sehr unterstützt. Danken möchte ich auch der Künstlerin Wendi Koontz, die das legendäre Blue-Angel-Tattoo entworfen hat. Schließlich – und am allermeisten – gebührt mein Dank Adam Chromy: Er erinnert mich immer wieder auf überraschende und wunderbare Weise daran, dass Romantik auch außerhalb von Liebesromanen existiert.

Manchmal ist es schwieriger,
sich einen Schmerz zu versagen als ein Vergnügen.
— F. Scott Fitzgerald

1. KAPITEL

Mallory Dale warf einen Blick aus dem Fenster des Konferenzraums der Anwaltskanzlei im 21. Stock. Auf der Park Avenue staute sich stadtauswärts immer noch der Verkehr, obwohl die Rushhour offiziell bereits hinter ihnen lag. Das war typisch für einen Freitagabend – und bedeutete, dass sie spät dran war. Sehr, sehr spät dran.

Ihr gegenüber am Tisch blätterte ihr Chef die Akten durch, die sie die ganze Woche über sorgfältig zusammengestellt hatte.

Sie spielte nervös mit der Handtasche in ihrem Schoß. Darin vibrierte alle paar Minuten ihr BlackBerry. So war es den ganzen Tag über gewesen; eine SMS nach der anderen traf ein:

Ich liebe dich.

Oder: *Sei nicht sauer.*

Mallory vermutete, dass die Kurznachrichten mittlerweile eher folgendermaßen lauteten:

Wo zum Teufel steckst du?

„Ich denke, wir sind gut vorbereitet", meinte ihr Chef, während er die verschiedenfarbigen Ordner in eine Kiste einsortierte. Der oberste Knopf seines schicken blauen Oxfordhemdes war offen, seine Krawatte gelöst. Nicht zum ersten Mal sagte sich Mallory, dass sie großes Glück hatte, einen so sexy Vorgesetzten zu haben. Die Arbeit als Rechtsanwaltsgehilfin an sich war langweilig und bis zum Abend im Büro zu bleiben auch kein Vergnügen, aber wenigstens gab es auf der anderen Seite des Konferenzraums einen Augenschmaus zu genießen. Allerdings bot auch Gavin Stones' beachtliche Attraktivität in Situationen wie dieser nur einen schwachen Trost: Sie war mal wieder ernsthaft spät dran für ihren Abendjob, ihren echten Job – ihr echtes Leben, wenn man es genau nahm.

„Sind wir fertig?" Sie sprang auf und nahm ihre Handtasche.

Gavin lächelte sie an, schüttelte dann den Kopf.

„Kommen Sie etwa wegen mir zu spät zum Clubbing ... oder was auch immer ihr jungen Leute an einem Freitagabend so vorhabt?"

„Genau. So was Ähnliches jedenfalls." Sollte er ruhig denken, dass es sie zum Tanzen in die Clubs zog. Oder zum Trinken. Oder um Kerle aufzureißen. Alles war ihr recht, solange er nicht die Wahrheit kannte. Wenn sie sich vorstellte, ihr Chef wüsste, welchen Nebenjob sie abends hatte, verkrampfte sich in Mallory alles. Sie fragte sich, wie es ihr jemals gelingen sollte, diese beiden Hälften ihres Lebens miteinander zu vereinen. Genau genommen ging es um die beiden Hälften ihrer eigenen Persönlichkeit: Mallory, die verantwortungsbewusste Frau, die ein ordentliches Gehalt verdienen und für den Ruhestand vorsorgen wollte, die eine feste, hingebungsvolle Beziehung mit ihrem Partner führte – und „Moxie", die Burlesque-Tänzerin, die ihren Freund so sehr liebte, dass sie sich von ihm dazu hatte überreden lassen, den Begriff „Monogamie" ein wenig offener zu definieren als allgemein üblich.

Was ihren Chef betraf, so zählte er sie immer zu den jungen Leuten, war jedoch selbst nur etwa sieben Jahre älter als sie. Trotzdem schienen Welten zwischen ihnen zu liegen, denn er war ein angesehener Jurist, einer der besten Scheidungsanwälte von Manhattan, und hatte seine eigene Kanzlei. Außerdem umgab ihn eine Aura der unerschütterlichen Ruhe, die aussagte: „Ich bin hier geboren und aufgewachsen." Das vermittelte ihr ebenfalls das Gefühl, er sei ein echter Erwachsener, während sie selbst nur gerade so als solcher durchging.

Mallory schaute hinunter auf ihre Hände. Ihr fiel auf, dass ihr Chanel-Nagellack an einer Stelle ein wenig abgesplittert war. Hatte sie ein Fläschchen davon in der Handtasche? Es wurde immer schwieriger, diese Farbe zu bekommen: ein metallisches Schwarz mit kaum sichtbaren Einsprengseln von Silber und Gold. Zum Glück gab es eBay; anderenfalls hätte sie sich schon seit einem Jahr keinen Nachschub mehr besorgen können.

„In Ordnung – machen Sie, dass Sie wegkommen." Er lächelte und zwinkerte ihr zu; auf rein professioneller Ebene natürlich. Sie ging fest davon aus, nicht sein Typ zu sein. Schließlich hatte sie die Fotos seiner durchgestylten, solide wirkenden Lebensgefährtin auf seinem Schreibtisch gesehen.

Auf ihrem BlackBerry schaute sie nach der Uhrzeit. Viertel vor acht. Auf dem Bildschirm blinkte schon wieder eine SMS von ihrem Freund Alec:

Ich weiß, du bist immer noch sauer auf mich, aber „The show must go on". Wo bleibst du denn?

Das Taxi steckte im Verkehr rund um den Union Square fest. Mallory beugte sich mit dem Gesicht zum offenen Fenster, versuchte die Straßenbeleuchtung zu nutzen, während sie goldenen Glitzer auf ihre Augenlider stäubte und einen dunklen Rotton auf ihre Lippen auftrug. Sie zog sich unter ihrem hässlichen (aber sehr praktischen) khakifarbenen Gap-Hemd Strumpfhalter und Strapsstrümpfe an. Dem Fahrer schien die Aktion auf dem Rücksitz nicht aufzufallen. Als Nächstes kamen die zehn Zentimeter hohen weißen Stilettos an die Reihe. Mehr konnte Mallory ohne den Rest ihres Kostüms nicht tun, und das wartete im Blue Angel auf sie.

Sie drückte die Play-Taste auf ihrem iPod, und der Anfang des Liedes „Heads Will Roll" von den Yeah Yeah Yeahs erklang. Mallorys Soundtrack für heute Abend. Ihre Inspiration war Sofia Coppolas Film „Marie Antoinette" gewesen, und sie hatte ihre Chefin, Agnes, davon überzeugt, ihr ein Korsagenkleid im Stil der Französischen Revolution zu nähen – mit einem Verschluss am Rücken, der sich natürlich leicht öffnen ließ. Ihre Pasties glichen der französischen Nationalflagge. Auch die hatte Agnes gebastelt. Als Mallory die Nummer einstudierte, hatte sie sich überlegt, dass ihr das Augenzwinkern in Richtung ihres Freundes Alec dabei Spaß bereiten würde. Sie könnten hinterher darüber lachen, und vielleicht würde sie sogar ihre hohe blonde Marie-Antoinette-Perücke aufbehalten, während er sie später am Abend nahm. Eine seiner liebsten Redensarten war ein Slogan der Jugendrevolte in Frankreich vom Frühling 1968: *vivre sans contrainte et jouir sans entrave. Wir wollen leben ohne Zwänge und uns grenzenlos amüsieren.* Unter „Amüsement" verstand er dabei Sex. Und eine ganze Weile lang – während mehrerer Jahre als Paar – hatte diese Sichtweise für sie beide funktioniert. Die perfekte offene Beziehung. Es war nicht einfach, aber sie begehrten einander so sehr, dass sie bereit gewesen waren, es auszuprobieren. Also lebten sie monogam, es sei denn, sie gab ihm grünes Licht dafür, eine andere Frau ins Bett zu holen. Sehr oft kam das nicht vor, und meistens handelte es sich nur um eine Zufallsbekanntschaft, eine hübsche Fremde, die sie beide in einer Bar aufgetan hatten und hinterher nie wiedersahen. Normalerweise tauschten sie nicht einmal die echten Namen aus, und es war niemals eine Bekannte. So lautete die unausgesprochene Regel. Bis gestern Abend jedenfalls.

„Zu spät, zu spät! Zu spät, spät, spät!", schrie Agnes, während sie Mallory durch die Seitentür in den Club zog. „Alle habe ich schon gefragt, wo ist Moxie? Wo ist Moxie? Und keiner konnte es mir sagen!"

„Moxie" war Mallorys Künstlername – jeder hier hatte einen. Alec sagte immer, ihrer sei sexy und geistreich, genau wie sie selbst.

Sie konnte ihn schon auf der Bühne hören; er war heute Abend der Moderator und amüsierte die Besucher mit seinem üblichen treffsicheren Kommentar zur Pop-Kultur, der eine ganze Reihe Anzüglichkeiten und Doppeldeutigkeiten enthielt. Solche Texte lagen ihm sehr – was andere in Talkshows leisteten, übertrug er in die Welt der Burlesque, lobte Mallory ihn gerne. Jedenfalls zu den Zeiten, in denen sie mit ihm sprach.

Im letzten Jahr hatte Alec durch seinen ‚bürgerlichen Beruf' beim Magazin *Gruff* die Gelegenheit bekommen, eine Story über die wachsende Burlesque-Szene in New York zu schreiben. Er hatte eine Faszination für die Subkultur entwickelt und Mallory an deren Geburtstag zu ihrer ersten Show mitgenommen. Ehe sie auch nur „Shake your ass" sagen konnte, hatte sie ihre Pläne für eine juristische Karriere aufgegeben und sich stattdessen um eine Anstellung als Tänzerin im Blue Angel beworben. Jetzt, ein Jahr später, war sie eine der beliebtesten Künstlerinnen im Club. Und auch Alec arbeitete dort, fungierte hin und wieder als Moderator.

„Entschuldigung – ich bin schon halb angezogen." Mit einer schwachen Geste deutete Mallory auf ihre Strümpfe.

„Was soll das denn heißen?", wollte Agnes wissen. Ihr polnischer Akzent war deutlich zu hören, und ihre Verstimmung sogar noch mehr. „Halb angezogen, ausgezogen, zu spät ist zu spät. Du musst doch noch das Kostüm anprobieren, und was, wenn es nicht passt?" Hektisch saugte Agnes an ihrer Zigarette, Rauchverbot hin oder her.

„Du machst seit über einem Jahr die Kostüme für mich – hat mir jemals irgendetwas nicht gepasst? Du bist einfach ein Genie!" Mit Schmeicheleien kam man bei Agnes immer noch am weitesten.

„Ja, das stimmt."

In einer Ecke des Backstage-Bereichs befand sich die improvisierte Garderobe. Sie hatte einen einfachen Holzfußboden und war schlecht ausgeleuchtet. Dort sah es so chaotisch aus wie hinter der Bühne einer Fashion Show: Kleidungsstücke lagen überall herum, zusammen mit Schminke, verschiedenen Lippenstiften und Strümpfen in allen Farben; irgendeine Form der Privatsphäre gab es nicht. In einer Ecke hatte jemand ein schwarzes Tuch mit Reißzwecken diagonal festgesteckt, sodass ein abgeteilter Raum entstand, den aber niemand nutzte. Daneben hing ein Foto mit Autogramm: die erfolgreiche Dolce & Gabbana-Werbung, die man auf jeder Reklamefläche von New York bewundern konnte; eine Kampagne mit Bette Noir.

Letztes Jahr war Bette nur eines der Mädchen gewesen, die im Blue Angel auftraten. Aber dann war sie mit einem Popstar zusammengekommen. *US Weekly* hatte sie zweimal auf dem Titel gehabt, und plötzlich hatte sie einen Agenten, dann kam ein Auftritt in einem Indie-Film und dann eben die landesweite Dolce & Gabbana-Werbekampagne. Man brauchte wohl kaum zu erwähnen, dass Bette den Club nicht mehr betreten hatte, seit sie zum ersten Mal auf dem Cover von *US Weekly* erschienen war.

Mallory zog Rock und Tanktop aus, ignorierte dabei die missbilligenden Blicke ihrer Chefin. „Weißt du, Christian Louboutin hat Marie-Antoinette-High-Heels entworfen, in einer Limited Edition", erklärte Mallory. „Einfach unglaublich – es gab nur dreißig davon, und alle wurden verkauft. Sechstausend Dollar hat ein Paar gekostet."

„Welche Farbe hatten die?"

„Gelb, glaube ich."

Agnes vollführte eine wegwerfende Geste mit der Hand. „Für gelbe Schuhe würde ich nicht einmal sechs Dollar bezahlen. Von mir kriegst du ein Kleid in einer anständigen Farbe!"

Hinter ihr zog Agnes etwas aus blassblauem Satin aus einer Kleiderhülle. Mit großer Geste schüttelte sie es vor Mallory aus.

„Oh mein Gott. Einfach großartig!"

Die Christian-Louboutin-Schuhe konnten ihr gestohlen bleiben – Agnes' Kleid war die größte Huldigung an die Königin, die man sich vorstellen konnte: das Bustier aus babyblauem, mit weißer Spitze durchsetztem Satin, fünf winzige Schleifen vom Dekolleté bis zur Taille. Hinten reichte das Kleid beinahe bis zum Boden, und die Minikorsage verlieh ihm im Rücken Fülle; das kürzere Vorderteil würde ihr bis zur Hälfte der Oberschenkel gehen. Dazu einen babyblauen Strumpfhalter und weiße Strapsstrümpfe.

„Es ist einfach perfekt", hauchte Mallory, während sie in das Kleid schlüpfte.

„Hier musst du ziehen, dann bist du es sofort los", erklärte Agnes, während sie Mallory kritisch musterte. „Es passt. Jetzt brauchst du noch jemanden, der dir die Schnürung am Rücken macht. Ich habe dazu keine Lust, wenn du meinst, hier so spät auftauchen zu können."

Sie schlurfte davon, auf der Suche nach einem der Mädchen, die sich vielleicht draußen bei einer Zigarette amüsierten, oder mit ein paar Wodka zu viel vor der Show, statt sich auf ihren Auftritt vorzubereiten. Sie wirkte wie eine Schlafsaalaufsicht in einer bizarren Parallelwelt.

Mallory war froh darüber, die Garderobe für sich allein zu haben – das kam selten genug vor. Das Universum belohnte sie also dafür, dass sie so spät dran war.

„Dieses Kleid – einfach der Hammer! Und das Teil in meiner Hose auch."

Mallory wandte sich um, suchte innerlich nach der französischen Übersetzung für „Verpiss dich". Aber das Einzige, was ihr einfiel, war *merde – scheiße*. So ging es ihr immer mit

Alec – wenn er sich in ihrer Nähe befand, konnte sie einfach nicht klar denken.

„Ich weiß, ich weiß – warum hat man nie eine Guillotine zur Verfügung, wenn man eine braucht, stimmt's?" Er grinste sie an, mit diesem sexy Lächeln, bei dem die winzige Lücke zwischen seinen Vorderzähnen sichtbar wurde, das Grübchen in seiner rechten Wange und ein Zweitagebart, den Mallory nicht anschauen konnte, ohne sich vorzustellen, wie er sich wohl zwischen ihren Beinen anfühlen würde.

Es kostete sie Mühe, sein Lächeln nicht zu erwidern. Aber sie schaffte es.

„Ich bin spät dran, also ... Hau ab."

„Ich helfe dir mit der Rückenschnürung. Hier rüber, da sehen wir besser."

Er führte sie auf die Seite des Raumes, wohin ganz offensichtlich weniger Licht fiel.

„Lass das, Alec. Ich habe keine Zeit, mit dir herumzualbern."

Unbeirrt nahm er die erste Schleife in die Hand, um die Korsage festzuziehen, fuhr dann mit einem Finger an ihrer Wirbelsäule entlang. „Albern ist mir gar nicht zumute."

Er presste sich an sie, schob sie in Richtung des schwarzen Tuches, der improvisierten Umkleidekabine.

Von der Bühne hörte Mallory die ersten Takte von Duffys „Mercy". Das bedeutete, dass Cookies 'n' Cream die Bühne betreten hatte – eine hübsche, zierliche Rothaarige mit den Hüften eines zehnjährigen Jungen und auf Doppel-D vergrößerten Brüsten. Das Geld für die OP stammte aus der Zeit, als sie noch bei einer Bank gearbeitet hatte.

Also noch zwei Nummern, bevor Mallory an der Reihe war.

„Mach schon, schnell", forderte sie Alec auf. Doch der bewegte seine Finger von ihrem Kleid weg, über ihren Oberkörper immer weiter nach vorne, bis er mit beiden Händen ihre Brüste umfasste. Mit den Zeigefingern strich er sanft über ihre Brustwarzen, und Mallorys Atem wurde schneller, obwohl sie das gar nicht wollte.

„Ich muss mich fertig machen“, protestierte sie schwach, während ihr Körper sich wie von allein nach hinten bewegte, seiner Erektion entgegen, die er an ihren Po presste. Er rieb sich an ihr, und sie griff nach hinten, um nach ihm zu fassen. Er schob ihre Hand beiseite, sodass sie kurz das Gleichgewicht verlor und gezwungen war, vorne an einem Holzstuhl mit Krimskrams und Kleidungsstücken einer ganzen Woche Halt zu suchen.

Er glitt am Rand ihres Slips entlang, führte dann behutsam einen Finger in sie ein, ganz, ganz langsam.

„Ja“, hauchte sie, er bewegte sich, rein und raus, immer wieder, wobei der Druck mit jedem Mal ganz leicht zunahm.

„Ich verstehe gar nicht, warum du so wütend auf mich bist“, flüsterte er ihr mit rauer Stimme ins Ohr, während er sein Gesicht an ihres schmiegte. „Egal, was du denkst, ich habe nur Augen für dich. Und das hier gehört definitiv dir allein.“ Er nahm ihre Hand und drückte sie gegen seinen Schwanz, den sie hart in seiner Hose spürte.

„Manchmal machst du es mir sehr schwer, dir das zu glauben“, antwortete sie.

„Du bist ja verrückt.“ Mit einem Finger übte er Druck auf ihre Klit aus, rieb sie aber kaum. Mallory spürte, wie ihr Herz wild zu klopfen begann, und sie erreichte diesen unwirklichen mentalen Zustand, in den nur er sie versetzen konnte. Sie schmiegte sich fester an ihn, er drang wieder mit seinem Finger in sie ein. Mallory wusste, sie würde zum Orgasmus kommen, wollte das aber nicht – wollte ihm die Befriedigung nicht verschaffen. Sie machte den schwachen Versuch, seine Hand wegzuziehen.

„Manchmal denke ich, du wünschst dir einen Streit – nur damit wir uns wieder versöhnen können", sagte er. Und dann kam sie, ihre Muschi öffnete und schloss sich in Wellen der Lust fest um seinen Finger, und sie stöhnte viel lauter, als es in ihrer Situation ratsam gewesen wäre.

Ihr Freund zog ihr das Höschen hoch, küsste sie auf den Hals.

„Komm her." Er drehte sie um und nahm ihr Gesicht in beide Hände. Mit den Gedanken war sie schon wieder bei ihrem Auftritt, machte sich Sorgen über Sperma auf ihrem Kostüm, darüber, wie viel Zeit ihr noch blieb, bevor sie auf die Bühne musste, und über die Frage, ob sie womöglich jemand gehört hatte.

„Ich muss gleich raus", sagte sie.

„Schau mich an", befahl er. Sie gehorchte. Seine Augen waren so wunderschön, grün und golden und blau. Mallory liebte sie und fühlte sich immer am begehrenswertesten, wenn er sie fest auf sie gerichtet hatte. Den ganzen Zuschauerraum in ihren Bann zu ziehen war nichts gegen nur einen Blick von ihm.

„Alec …"

„Wir gehören zusammen", erklärte er. „Das ist das Einzige, was du nicht vergessen darfst."

Er küsste sie, und sie öffnete den Mund für seine Zunge. Dabei durchflutete ein warmes Gefühl ihren Bauch, wie immer, und das, obwohl sie schon jahrelang zusammen waren.

Spielerisch versetzte er ihr einen Klaps auf den Hintern. „Alles wieder okay zwischen uns?", wollte er wissen.

„So einfach ist das nicht."

„Das sollte es aber sein, finde ich."

Durch die Boxen erklangen die ersten Takte von „Heads Will Roll": *Show Time*.

Die letzte halbe Minute, bevor sie die Bühne betrat, verlief immer gleich für Mallory: in nackter, gnadenloser Panik. Dann ertönte die Musik, sie trat aus der Dunkelheit auf die hell erleuchtete Bühne und zog sich einen Handschuh oder einen Strumpf aus, worauf die Menge mit Rufen oder Pfiffen reagierte – das kunstvolle Enthüllen und die Interaktion zwischen Künstlerin und Publikum waren Bestandteil jeder Show.

Heute Abend betrat Mallory die Bühne in ihrem aufreizenden Marie-Antoinette-Kostüm (inklusive der an einen Bienenkorb erinnernden blonden Perücke), und die Yeah Yeah Yeahs erfüllten den Raum mit ihrem „Off with your head ... Off with your head ... " – „Kopf ab, Kopf ab!". Die Zuschauer brachen in Gelächter aus und applaudierten. Sie haben's verstanden, dachte Mallory, und die ganz besondere Verbindung, die gleich zu Anfang zwischen ihr und der Menge entstand, rettete sie durch die erste Minute ihrer Vorführung.

Langsam ließ sie sich auf einem Stuhl nieder, zog das Kleid hoch, damit man ihren Strumpfhalter sehen konnte. Rufe und Beifall aus der Menge. Sie wandte sich um, um ihren Hintern aufblitzen zu lassen. Spürte die Wärme der Bühnenbeleuchtung auf der Haut und bemerkte, dass ihre Pussy nach Alecs Liebkosungen immer noch schwach pulsierte.

Das Lied war halb vorüber, und Mallory kämpfte gegen die Versuchung an, die verschiedenen Bewegungen zu schnell zu vollführen. Das Vorspiel mit Alec hatte sie auf merkwürdige Weise unbefriedigt gelassen, und der einzige Kick, der ihr jetzt helfen konnte, war das Gefühl, das sie dabei empfand, ihren Körper vor Dutzenden von Fremden zu entblößen. Aber wenn sie jetzt die Geschwindigkeit der Abläufe zu sehr erhöhte, wäre das dem Publikum gegenüber nicht fair, und bei einem Auftritt waren die Zuschauer am wichtigsten.

Hier ging es überhaupt nicht um sie, und diese Erkenntnis machte Mallory zu einer besseren Künstlerin als viele ihrer Kolleginnen.

Als der richtige Zeitpunkt gekommen war und der Song unter schnellem Tempo seinen Höhepunkt erreichte, zog Mallory an der Vorrichtung, mit der sie das Kleid in Sekunden öffnen konnte. Wandte sich dann der Menge zu, mit bloßen Brüsten, mit den paillettenbesetzten Pasties in Form der französischen Nationalflagge (der Anblick löste unter dem Publikum eine neue Runde begeisterten Klatschens und Rufens aus). Ihre Muschi wurde von ihrem weißen Spitzentanga nur knapp bedeckt, und ihre Beine streckten sich dank der zehn Zentimeter hohen, edlen weißen High Heels lang und einladend aus (Gott sei Dank verdiente sie bei ihrem Juristenjob so gut).

Mit wiegenden Hüften schritt Mallory zum hinteren Teil der Bühne, dann wieder nach vorne. Sie umfasste ihre Brüste mit beiden Händen, als biete sie sie den Zuschauern an, und das Crescendo des Beifalls fühlte sich fast so gut an wie der Druck von Alecs Fingern in ihr. Langsam entledigte sie sich ihres Stringtangas und fühlte den Adrenalinstoß, der sie immer durchlief, wenn sie wusste, dass vierzig Fremde ihre rasierte Muschi bewunderten. Sie ging wieder auf den Stuhl zu, hockte sich darauf, den bloßen Hintern der Menge zugewandt, und legte den Kopf ab, als befände sie sich vor einer Guillotine.

Die Scheinwerfer erloschen.

2. KAPITEL

Als Mallory die Bühne verließ, nahm eine umwerfend aussehende Blondine ihren Platz ein: Violet Offender. Sie war Agnes' neueste Entdeckung, eine Künstlerin, der Punk wichtiger war als Pussys, mit Tattoos über Schambein und Hintern als Beweis. Als Mallory zum ersten Mal gesehen hatte, wie Violet sich auszog, und die Worte zum Vorschein kamen, die ganz bestimmte Stellen unter ihrem Nabel und auf ihrem Rücken zierten, hatte sie ihren Augen nicht getraut: Über ihrem Venushügel stand *merci – danke*; etwa einen Zentimeter über ihrem Po *no mercy – keine Gnade*.

Mallory versuchte, sich schnell davonzustehlen. Violets Anblick machte das Hochgefühl zunichte, das sie nach der Aufführung empfand.

„Hey – das war wirklich cool", meinte Violet und griff nach Mallorys Arm. Die zuckte zurück, als habe sie sich verbrannt.

„Danke."

„Du bist doch nicht immer noch sauer wegen gestern Abend, oder?"

„Ich war nicht sauer. Nur müde."

„Okay, cool. Hör mal, ich übernehme heute die Sammelbüchse."

„Sicher?" Mallory fragte sich, was wohl der Haken an der Sache war. Die Sammelbüchse übernahm niemand im Blue Angel gerne. Nach dem Ende der Show musste sich eines der Mädchen in all ihrer nackten Pracht an den Ausgang stellen, um Trinkgelder einzusammeln. Heute war Mallory dran.

„Ja, hundertprozentig."

„Okay. Mach nur."

Ob das ihre Art war, sich dafür zu entschuldigen, dass sie Mallory den Abend mit Alec verdorben hatte? Ihr Freund hatte ihr versichert, nur ganz nebenbei erwähnt zu haben, wo sie hinwollten; er beteuerte, er habe keine Ahnung gehabt, dass Violet dort auftauchen würde. Doch Mallory konnte nicht anders, als sich zu fragen, ob er nicht wieder in alte schlechte Gewohnheiten verfiel.

Es hatte eine Zeit gegeben – eine kurze, chaotische Phase – in der sie die Grenzen ihrer Beziehung hin und wieder mit einem Dreier ausgetestet hatten. Das war Alecs Idee, und Mallory machte mit. Alec behauptete jedoch, da sei mehr gelaufen – seiner Ansicht nach hatte sie es genauso genossen wie er. In Wahrheit hatte sie immer gemischte Gefühle gehabt, was diese Arrangements anging. Ihre Freundinnen hielten sie für verrückt und meinten, sie fordere das Schicksal geradezu heraus. Dann, vor ein paar Monaten, waren Alec und sie übereingekommen, dass sie für den Kick zu viel aufs Spiel setzten. Ihre beste Freundin Julie hatte dennoch geunkt, dass dieses Kapitel damit nicht beendet wäre.

„Das hat doch Chris Rock in dieser HBO-Show gesagt … Wenn irgendwas einmal gelaufen ist, wenn ein Mann sozusagen einen Freifahrtschein für sexuelle Ausschweifungen gehabt hat, lässt er sich das nicht wieder nehmen."

„Wir haben uns aber beide dafür entschieden, es zu lassen", hatte Mallory erklärt. Aber gestern Abend, als Violet plötzlich bei ihnen am Tisch im Stone Rose erschienen war, hatte sie sich gefragt, ob das auch wirklich stimmte.

Alec war beinahe durch mit seiner Nummer zwischen den Auftritten, und Violet drückte mit einem Augenzwinkern Mallorys Arm, bevor sie zur Bühne tänzelte.

„Hey, Mal. Tolles Kostüm", rief ihr Poppy LaRue zu, die mit einem Arm voll weggeworfener Kleider dastand. Normalerweise gab es eine Assistentin, die extra dafür da war, alles aufzuräumen. Zu ihren Aufgaben gehörte es auch, die Bühne nach jeder Nummer für die nächste Künstlerin bereit zu machen; so überbrückte sie die Zeit bis zu dem Tag, an dem ihr

Agnes die Erlaubnis gab, selbst dort zu stehen. Aber dieser natürliche Lauf der Dinge hatte eine Unterbrechung erfahren, als die Assistentin von der Konkurrenz abgeworben worden war, dem Club The Slit – „Der Schlitz“.

„Ich liebe Aschenputtel“, erklärte Poppy.

„Aschenputtel? Ach so – nein, Poppy ... Es war Marie Antoinette.“

Das Mädchen schaute völlig verständnislos, und Mallory meinte nur: „Nicht so wichtig.“

Sie hatten eine ganze Weile gebraucht, um sich anzufreunden. Poppy LaRue war eine hochgewachsene, hübsche Blondine, direkt aus den Kornfeldern von Arkansas, die schon vor Mallory im Blue Angel gearbeitet hatte. Als Mallory ins Spiel gekommen war und sehr viel Aufmerksamkeit von Bette Noir erhalten hatte – in die Poppy unsterblich verliebt war –, hatte sie sich so bedroht gefühlt, dass sie alles tat, um die Neue im Club zu sabotieren. Mallory hegte sogar den Verdacht, dass sie es damals darauf angelegt hatte, Alec ins Bett zu kriegen.

Aber Poppy war richtiggehend weich geworden, seit sie in einer glücklichen festen Beziehung mit Patricia Loomis lebte, Mallorys ehemaliger Chefin in ihrer alten Anwaltskanzlei. In letzter Zeit waren Mallory und Poppy echte Freundinnen geworden. Eines Abends, während sie nach einer Show vor zwei Monaten in einer Bar starke Cocktails zu sich nahmen, hatte ihr Poppy sogar anvertraut, dass sie Patricia liebte und noch nie eine Beziehung gehabt hatte, wie die beiden sie nun führten. Dennoch störte es sie, dass Patricia sich nie schön zurechtmachte.

„Ryan Ellison sitzt heute im Publikum – kaum zu glauben, oder?“, teilte Poppy nun Mallory mit und streckte dabei ihre langen Beine wie ein Fohlen, das ein Stück gerannt war. „Einen Filmstar habe ich hier noch nie gesehen. Dieser Musiker damals ... Wie hieß der noch gleich?“

„Ryan Ellison ist hier?" Mallory dachte kurz nach und schaute in Richtung des Bühnenvorhangs, wo Violet ihren Teil der Show absolvierte. „Wer weiß denn sonst noch davon?"

„Keine Ahnung. Ich habe nur gehört, wie Agnes es gerade Violet erzählt hat."

Die Sammelbüchse. Später am Ausgang: die perfekte Position, um dem Star aufzufallen.

Dieses Miststück. Total hinterhältig. Und sie machte auch nicht davor halt, Alec ins Bett kriegen zu wollen.

Violet kniff die Augen zusammen und ließ den Blick durch den Zuschauerraum schweifen, um herauszufinden, wo er saß, während sie zum Song „Erection" von Faint tanzte. Die Bühnenbeleuchtung blendete sie, machte es ihr unmöglich, etwas zu erkennen. Manchen der Mädchen gefiel das – auf diese Weise fanden sie es einfacher, ihre Muschis herzuzeigen, ohne jemandem in die Augen zu sehen.

Violet fand das feige. Sie selbst war da ganz anders. Und genau deshalb hatte ihr Agnes auch gesagt, dass sich Ryan Ellison unter den Zuschauern befand. Sie wusste, dass Violet unter diesem Druck nicht zusammenbrechen würde – anders als Mallory. Nie im Leben wäre die vor dem heißesten Hollywood-Schauspieler der Gegenwart aufgetreten. Du liebe Zeit – sie konnte ja nicht einmal mit der Andeutung umgehen, man wäre bereit, mit ihr und ihrem eigenen Freund einen Dreier zu schieben! Was sollte das denn? Die Blicke, die sie Alec und ihr gestern Abend zu geworfen hatte … Es war, als hätten sie vorgeschlagen, einem dämonischen Kult ein Opfer zu bringen, nicht einfach nur harmlos zu ficken.

Violet würde sie gründlich bearbeiten müssen.

Aber erst mal würde sie Mr Ryan Ellison gründlich bearbeiten.

Violet verließ die Bühne, und das Publikum quittierte ihren Abgang mit Beifall, Trampeln und Pfiffen. Sie liebte es, als Letzte aufzutreten. Sie wusste, heute Abend würden die Männer an sie denken, wenn sie sich in ein paar Stunden ihre immer noch harten Schwänze rieben. Und hoffentlich war es auch sie, an die die Mädchen dachten, wenn sie übereinander herfielen. Für sie trat Violet wirklich auf – all diese süßen kleinen Lesben, die jeden Freitagabend die Show besuchten, um für ihre eigenen Liebesspiele in Gang zu kommen.

Genau wie das Paar, das in letzter Zeit immer vor dem Wochenende hier gewesen war; eine Rothaarige und eine Asiatin. Sie saßen immer in der ersten Reihe. Gestern Abend war die Asiatin auf sie zugekommen und hatte ihr erzählt, ihre Freundin müsse nach Irland zurück. Ob sie, Violet, wohl Lust hatte, zur Abschiedsparty zu kommen?

Ja. Hatte sie.

Am nächsten Abend folgte Violet der Wegbeschreibung, die ihr die Asiatin per SMS geschickt hatte, und landete in einem heruntergekommenen Apartment in einer Seitenstraße der Avenue A. Sie kletterte sechs Stockwerke nach oben und kam in einen kleinen Raum, der mit betrunkenen jungen Leuten im Grundstudium gefüllt war. Es gab schlechte Hausmusik, billigen Fusel und abgestandenes Bier vom Fass. Auf solchen Partys hatte man Violet noch nicht einmal angetroffen, als sie noch selbst auf dem College war; und das würde sich jetzt bestimmt nicht ändern, wo sie diese Szene schon seit drei Jahren hinter sich gelassen hatte. Fast hätte sie sich wieder davongemacht, als die Asiatin plötzlich neben ihr stand und sie am Ellenbogen packte.

„Die richtige Party findet im Hinterzimmer statt. Warte eine Sekunde – nicht weglaufen, ja?"

Violet nickte und sah der anderen nach, die wieder in der Menge verschwand. Jay-Zs „99 Problems" erklang jetzt. Sie begann, innerlich von zwanzig rückwärts zu zählen und beschloss, wirklich zu verschwinden, falls die Asiatin bei „eins" nicht wieder aufgetaucht wäre.

Sie war schon bei „drei", als sie entdeckte, dass ihr die Asiatin durch die Menge hindurch zuwinkte. Ihre Gastgeberin nahm Violet bei der Hand und führte sie ins Schlafzimmer. Es war dunkel – nur eine Nachttischlampe brannte, und jemand hatte ein schwarzes T-Shirt über den Schirm geworfen; es roch nach Zigarettenrauch. Der war Violet zuwider, seit sie vor drei Monaten mit dem Rauchen aufgehört hatte.

Die kleine Irin lag auf dem Bett, nackt und mit verbundenen Augen; ihre Arme waren ans Kopfende gefesselt.

„Dein Abschiedsgeschenk ist hier", sagte die Asiatin zu ihrer Freundin, während sie sich ans Fußende setzte.

Violet war kurz davor, ihr ordentlich die Meinung zu sagen, sie in aller Deutlichkeit wissen zu lassen, dass sie eine Künstlerin vor sich hatte, kein Callgirl. Dann schaute sie sich die Liegende genauer an. Mit ihrem Haar und dem cremefarbenen Teint erinnerte sie Violet an jemand anderen. Eine Frau, die in Violets Fantasien schon oft genau diese Position für sie eingenommen hatte.

Sie bewegte sich auf den Bettrand zu, betrachtete die Irin gründlich. Streckte dann beide Hände aus und umfasste ihre Brüste. Das Mädchen bewegte sich nur ein klein wenig; sie hatte den Mund geöffnet und konnte kaum Atem holen. Seit Violet das Zimmer betreten hatte, hatte die Gefesselte keinen Laut von sich gegeben.

Die kleine Rothaarige hatte größere Brüste als die Frau, die Violet wirklich begehrte – aber die legte mit ihrem Körper auch einen Standard fest, den niemand anders erreichen konnte. Die Frau vor ihr war verführerisch nah – so nah, dass Violet einfach die Augen schloss und die Brustwarze der anderen in den Mund nahm. So nahe, dass sie mit den Lippen über ihren ganzen schlanken Körper glitt und erst bei ihren Hüften innehielt.

Violet ließ sich auf die Knie nieder, zog sich das Tanktop über den Kopf. Die Frau bewegte ungeduldig das Becken. Violet wandte sich ihr wieder zu, legte ihr beide Hände auf die Oberschenkel und spreizte ihr vorsichtig die Beine.

„Zieh deine Jeans aus“, befahl die Asiatin von hinten mit rauer Stimme. Violet spielte mit dem Gedanken, ihr zu sagen, sie solle sich vom Acker machen, überlegte es sich dann jedoch anders. Solange die andere Frau hier war, könnte sie, Violet, ruhig ihre Chancen erhöhen, selbst zum Orgasmus zu kommen. Sie sprang vom Bett, zog sich die weißen Jeans herunter. Ihren schwarzen Stringtanga behielt sie an, und wandte sich dann der Irin zu, die die Beine noch weiter geöffnet hatte. Violet kniete sich hin, den Hintern in der Luft, und begann die Muschi der Rothaarigen zu lecken. Sie fragte sich, ob der Asiatin die Aussicht wohl gefiel.

Mit der Zunge drang sie tief in die Spalte der Frau ein, und endlich, endlich gab sie einen Ton von sich – ein kurzes, heiseres Aufstöhnen. Auch zwischen Violets Schenkeln pulsierte es, und sie war voller Vorfreude, als sie bemerkte, dass die Asiatin sich ihr näherte. Sie wusste nicht, was die Frau plante, ging jedoch davon aus, dass es sich gut anfühlen würde.

Sie konzentrierte sich ganz auf die Irin, ließ ihren Mund zur Innenseite ihrer Oberschenkel wandern und drang mit einem Finger in sie ein. Mit beiden Beinen presste das Mädchen Violets Hand zusammen, und die erhöhte das Tempo.

Hinter ihr bewegte sich die Asiatin, rieb ihre feuchte Muschi an Violet und langte um sie herum, um ihre Brüste zu kneten. Violet sehnte sich nach mehr, danach, dass sie ihr einfach ein paar Finger in die Pussy steckte und ihr schnell zum Orgasmus verhalf.

Violet drückte ihren Mund auf die Klit der Irin, die mit ihrem deutlich hörbaren Akzent schrie: „Nicht aufhören." Das störte Violet, weil es die Fantasie zunichtemachte, sie habe ihre Traumpartnerin vor sich; es erinnerte sie daran, dass sie sich stattdessen mit einer Austauschstudentin in einem heruntergekommenen Apartmentblock befand, voller Leute, die sich sinnlos mit Bier volllaufen ließen. Die Frau, nach der sie sich sehnte, würde niemals in so eine Situation geraten.

Selbst als die Asiatin gekonnt ihre Finger in ihr bewegte, selbst als sie fühlte, wie die Irin zum Höhepunkt kam, selbst als alles vorbei war und beide Frauen sie voller Bewunderung anblickten und sagten, sie sei die Schönste auf der ganzen Welt, empfand Violet nichts.

Und genau das war sie so furchtbar leid.

Irgendwann zwischen dem Ende von Violets Nummer und ihrem Erscheinen mit der Sammelbüchse am Ausgang hatte man herausgefunden, dass sich ein Prominenter im Haus aufhielt. Ryan Ellison war von Leuten aus dem Publikum umringt, gleichzeitig befand man sich jedoch in New York, deswegen taten alle so, als bemerkten sie ihn gar nicht.

Violet stand am Ausgang, nur mit Springerstiefeln und einem schwarzen Stringtanga bekleidet. Einige Leute verließen das Gebäude, steckten vorher einzelne Dollarscheine und hin und wieder auch fünf Dollar ins Glas.

Ihr verdammten Geizhälse, dachte sie. Sie wusste nicht, wieso die anderen Mädchen das einfach hinnahmen. Sie fand es nicht entwürdigend, hier zu stehen – es war einfach nur so, dass sie diesen Leuten am liebsten einen kräftigen Tritt versetzt hätte: sich hier eine Stunde lang verschiedene Muschis präsentieren lassen, und dann keine paar Dollar für die Tänzerinnen übrighaben, wenn man sich auf den Weg zum nächsten Besäufnis machte.

Dieser Gedanke ließ ihr bewusst werden, dass sie möglicherweise vor einem Problem stand: Was, wenn Ryan Ellison kein Trinkgeld rausrückte? Würde sie ihren Plan weiterverfolgen können, wenn sich herausstellte, dass auch er ein verdammter Geizhals war? Ein Starfucker (im wahrsten Sinn des Wortes) zu sein, war eine Sache – sich mit jemandem abzugeben, der die ihr am meisten verhasste Eigenschaft an den Tag legte, nämlich Geiz, eine ganz andere.

Ob sich wohl Bette Noir jemals über solche Dinge Gedanken machte? Nein, ganz bestimmt nicht. Wenn sie sich mit derartigen Details aufhielte, hätte sie es niemals geschafft, sich einen sechsstelligen Dolce & Gabbana-Werbedeal zu erficken.

Aber Violet hätte sich keine Gedanken zu machen brauchen. Ryan Ellison hatte die ganze Faust voller Zwanzigdollarscheine.

„Großartige Show“, sagte er anerkennend. Es war surreal, sich mit ihm zu unterhalten – sie musste sich immer wieder in Erinnerung rufen, dass es nicht der Mann aus dem letzten Film war, den sie gesehen hatte, mit dem sie sprach. Aus diesem Streifen über die sechs College-Studenten, die zusammen mit einem Drogenkartell irgendwo gestrandet waren. Die Presse hatte sich darüber lustig gemacht, aber die Kinokassen hatten den ganzen Sommer über geklingelt. Im Film sah Ryan fantastisch aus, aber live und in Farbe sogar noch besser. Er war nicht nur süß und sexy. Er war attraktiver als die meisten anderen Filmstars. Außerdem war er deutlich größer als sie, und das machte sie bei einem Mann immer ein bisschen scharf.

„Danke“, sagte sie und schaute ihm in die Augen. Das musste man ihm lassen: Sein Blick blieb auf ihr Gesicht gerichtet.

„Wir schauen uns gleich noch eine andere Show an – wollen Sie vielleicht mitkommen?“

„Ich weiß nicht“, meinte sie. „Ich muss mich noch umziehen …“

„Ich warte auf Sie. Mein Wagen ist ein schwarzer Cadillac Escalade. Lassen Sie sich Zeit.“

Violet gab vor, kurz über seinen Vorschlag nachdenken zu müssen. Dreißig Sekunden. Dann stimmte sie zu.

Als Mallory das Gebäude verließ, wartete Alec am Vorderausgang auf sie. Sie trug ihre abgetragene Danskin-Reisetasche, und er nahm sie ihr ab.

„Bleibst du so?“, wollte er wissen.

„Was meinst du damit?“ Sie schaute auf ihre Jeans und die UGG-Boots herunter. Wunderbar geeignet für die Autofahrt nach Hause. Sie konnte es kaum erwarten, aus der Jeans zu schlüpfen und eine Trainingshose anzuziehen. Mallory war völlig erledigt. Ihr Hochgefühl nach der Aufführung war so rasch verflogen wie billiges Parfüm.

„Wir müssen doch gleich noch auf die Party bei den Baxters.“

„Um Gottes willen, das habe ich ja ganz vergessen!“ Sie schüttelte den Kopf. „Ich kann da nicht hin. Ich bin einfach – einfach nicht dafür angezogen und auch nicht in der Stimmung für eine Party. Da werden so viele Leute sein …“

„Wir müssen da auf jeden Fall hingehen, Mallory. Die Baxters wären sonst beleidigt.“

Mallory hatte Justin Baxter und Martha Pike durch Bette Noir kennengelernt. Das Paar war an der Ost- wie an der Westküste für seine ausschweifenden Partys und ausgezeichneten Beziehungen in der Welt der Medien und der Künste bekannt. Die Baxters waren Multimilliardäre, und zwar dank eines von Martha entwickelten Sexspielzeugs samt Zubehör und des darauf begründeten Imperiums. Ihre berühmteste und einträglichste Erfindung war der Wunder-Kegel von

Pike, mit dem man seine Vagina kräftigen und straffer machen konnte. Zwar hatte Martha das eigentliche Prinzip nicht erfunden, aber dank ihres Zubehörs war es nun cool und sexy, die Kegel zu benutzen. Eine überaus einträgliche Sache.

Ihr gut aussehender Ehemann, Justin Baxter, schwärmte für Burlesque. Auf den berüchtigten Privatpartys des Paares traten die besten Newcomer der Künstlerszene in New York und L. A. auf. Es ging das Gerücht, dass sich bei dieser Gelegenheit mehr als einmal Filmstars und Models spontan an einer Burlesque-Show versucht hatten.

Man konnte es auch so sehen, dass Mallory es den Baxters verdankte, dass sie überhaupt als Burlesque-Tänzerin angefangen hatte: Ihren ersten Auftritt hatte sie im vergangenen Jahr auf Justins Geburtstagsparty in L. A. hinter sich gebracht. Damals war sie für Bette eingesprungen, die ihre Freundin Zebra kennengelernt hatte und sie auf ihrer Welttournee begleiten wollte. Etwa zu der Zeit hatte Bette auch im Blue Angel aufgehört, und seitdem hatte Mallory kaum noch Kontakt zu ihr gehabt.

Sie mochte die Baxters, und sie würde sich ihnen immer auf eine gewisse Weise verpflichtet fühlen, weil sie bei ihnen die Chance bekommen hatte, sich in Moxie zu verwandeln. Alec hatte recht: Sie mussten auf jeden Fall zu dieser Party!

„Okay, stimmt. Aber was mache ich mit meinem Outfit? Soll ich schnell heim und mich umziehen?"

„Wir können nicht bis nach Uptown zurückfahren und dann wieder umdrehen zur Bond Street. Es ist schon elf Uhr. Weißt du was? Zieh doch einfach dein Kostüm wieder an. Das gefällt den beiden bestimmt, sehr sogar."

Der Vorschlag klang verrückt, war aber gut. Wenn es überhaupt ein Haus gab, in dem Mallory an einem ganz gewöhnlichen Freitagabend in einem Marie-Antoinette-Kostüm auftauchen konnte, dann war es das der Baxters.

„Einverstanden. Gib mir zehn Minuten, dann bin ich so weit.“

Obwohl Violet eine halbe Stunde damit zubrachte, sich den Glitzerpuder vom Körper zu schrubben, und dann Jeans und ein einfaches schwarzes Tanktop anzog, stand der Cadillac Escalade draußen bereit, genau wie Ryan es versprochen hatte.

Vom Rücksitz aus öffnete er die Tür, und sie kletterte zu ihm ins Auto. Der Fahrer war ein gedrungener Kerl mit einem Bürstenschnitt. Er trug eine Sonnenbrille, obwohl es schon fast Mitternacht war.

„Hey“, begrüßte sie Ryan Ellison. Er rauchte einen Joint und bot ihn ihr an.

„Nein danke. Also, wohin?“

„Okay“, erklärte er, während er an dem Joint zog. „Das Blue Angel war sozusagen die Vorband. Ich treffe ein paar Freunde im The Slit.“

Das war die Konkurrenz im East Village. Viel trendorientierter und teurer als das relativ bodenständige Blue Angel, inklusive einem schicken Eingang, Türstehern und einem Dresscode. Der Laden bot offiziell Burlesque-Shows, doch in Wirklichkeit handelte es sich um nichts weiter als einen Sexclub der edleren Art. Violet war ein paarmal dort gewesen. Die meisten der Nummern waren fast frauenfeindlich: Mädchen steckten sich Messer in die Pussy oder ließen sich festbinden und von Kerlen auspeitschen, die sie als Huren beschimpften.

Aber das war nicht der Grund, warum Violet heute Abend ablehnen würde. Nicht einmal, wenn sie in ihrer Freizeit mit Freunden unterwegs war, brachte sie besonders viel Geduld dafür auf, anderen Frauen zuzusehen, die die Aufmerksamkeit des gesamten Publikums für sich beanspruchten. Schon gar nicht, wenn es um ihre Nacht mit Ryan Ellison ging.

„Dann komme ich lieber nicht mit“, verkündete sie.

„Was?“ Er starrte sie an, als sei ihr gerade ein zweiter Kopf gewachsen.

„Kein Interesse.“

Ryan wies den Fahrer an, am Straßenrand zu halten.

„Was ist los? Eingeschnappt oder was?“

„Nein – ganz und gar nicht. Wenn du noch eine Show sehen willst heute Abend, kann ich dir sogar eine bessere empfehlen. Eine ganz exklusive ... Eine ganz, ganz exklusive.“

Die beiden tauschten einen Blick. Es dauerte eine Minute, doch dann dämmerte Verstehen in Ryans millionenschweren Filmstaraugen auf.

„Zurück zum Rivington“, befahl er dem Chauffeur.

3. KAPITEL

Ein Mann in einem weißen Smoking führte Mallory und Alec in das berühmte Art-Deco-Apartment der Baxters, 40 Bond Street.

„Ziehen Sie bitte die Schuhe aus“, sagte er. Mallory schaute in die Richtung, in die der Butler gedeutet hatte, und tatsächlich, dort waren ganze Stapel teurer High Heels neben der Tür zu sehen. Es wirkte wie die Schuhabteilung im Luxuskaufhaus Bergdorf Goodman.

Mallory und Alec zogen die Schuhe aus und stellten sie in eines der Schränkchen. Sie kam sich auf Strümpfen merkwürdig vor, wurde aber von diesem unangenehmen Gefühl durch den Anblick des riesigen Aquariums abgelenkt, das im Eingangsbereich hing. Bette hatte ihr schon davon erzählt, doch es war trotzdem ein ungewöhnlicher Anblick: ein großer Glaswürfel, der immer von je einer fantastisch aussehenden jungen Frau bewohnt wurde. Sie machten es sich dort bequem, feilten sich die Nägel, erledigten Hausaufgaben für die Uni oder tippten etwas auf ihrem Handy. Mallory fand die Idee an sich unglaublich erniedrigend, aber Bette hatte ihr erzählt, wie viel die Baxters den Mädchen bezahlten, und plötzlich sah es nicht mehr ganz so sehr danach aus, als würden sie ausgebeutet. Das Ausstellungsstück dieses Abends war eine Rothaarige mit großer Oberweite, die schwarze Yogahosen und ein schulterfreies T-Shirt mit dem Logo des Barking Dog Cafés trug. Sie sah sich auf ihrem iPhone ein Video an oder las etwas.

„Interessant“, kommentierte Alec.

Mallory warf ihm einen raschen Blick zu.

„Was denn? Ist das etwa nicht interessant? Das wirst du ja wohl kaum abstreiten wollen. Meine Güte.“

Mallory sah sich im Raum um, bemerkte die verschiedenen Berühmtheiten, die anwesend waren. Marc Jacobs. Jessica Szohr. Arianna Huffington. Graydon Carter.

Und Billy Barton.

„Bäh, Billy ist auch hier“, sagte Mallory. Billy, ein affektierter, steinreicher Siebenundzwanzigjähriger aus Manhattan, war Inhaber und Herausgeber des Lifestyle-Magazins *Gruff*. Diese Tatsache machte ihn zu Alecs Chef.

„Ich wusste gleich, wir hätten nicht herkommen sollen.“

„Bitte – entspann dich einfach. Ich muss sowieso mit ihm reden. Er hat mir heute vier Nachrichten hinterlassen, es geht um irgendeinen wichtigen Auftrag. Aber jedes Mal, wenn ich ihn erreichen wollte, meinte seine Assistentin, er sei in einem Meeting. Also lass uns einfach eine Runde drehen; ich spreche mit Billy, und dann können wir verschwinden.“

Justin Baxter, der einen tadellosen dunklen Maßanzug trug, hatte sie von der anderen Seite des Raumes aus entdeckt. Er entschuldigte sich bei seinem Gesprächspartner, einem gut aussehenden dunkelhäutigen Mann, den Mallory als Dominick Monde erkannte, den Eigentümer von *Tout Le Monde Films*.

„Ach, sollen sie doch Kuchen essen!“, rief Justin, während er Mallory herzlich umarmte. „Ein ganz fantastisches Outfit! Seid ihr beide direkt vom Club hierhergekommen, oder dürfen wir auf eine spontane Vorstellung der großen Moxie, der Burlesque-Ballerina, hoffen?“

„Heute Abend keine Vorstellung mehr, Justin.“ Sie konnte nicht anders, musste lächeln. Er war attraktiv und charmant, und wenn sie ihm begegnete, dachte sie immer an die Zeit, in der ihr die Burlesque als etwas Neues, Mysteriöses und Unerreichbares erschienen war.

„Kommen Sie, Sie müssen Martha begrüßen – ich bin sicher, sie wird Sie überreden können.“

„Sie haben da wirklich eine sehr aufregende Show verpasst“, stellte Alec fest.

„Ich muss einfach mehr unternehmen. Martha versteht es, mich ans Haus zu binden." Mallory und Alec tauschten einen Blick. Nach allem, was sie von Bette über das Paar gehört haben, war es durchaus möglich, das Justin es ernst meinte und eher ans Bett gefesselt als ans Haus gebunden war.

„Geh du doch zu Martha – dann sehe ich zu, dass ich Billy erwische", schlug Alec vor. Mallory nickte. Wunderbar, sollte er sich mit seinem Chef auseinandersetzen. Sie hasste dessen herablassende Art, als gehöre er zur königlichen Familie von New York, und sie seien bloße Diener in seinem Reich.

Justin nahm sie bei der Hand und führte sie durch das Gedränge in Richtung der Bar, wo eine zierliche blonde Frau pinkfarbene Cocktails mixte und in schlanke Champagnergläser schüttete. Um sie herum standen Kellnerinnen mit Tabletts, von denen man sich Getränke nehmen konnte. Justin griff ein Glas und reichte es Mallory.

„Was ist denn das?"

„Ein Red Velvet Champagner Cocktail. Der wird Ihnen sicher schmecken."

Sie nippte an dem Getränk. Es war total süß. Aber er hatte recht – als jemand, dem Desserts immer lieber waren als jeder Drink, fand sie den Cocktail perfekt.

Jetzt hatte Martha sie entdeckt und winkte sie zu sich heran. Sie saß auf einem Stuhl neben einem langen Tisch, auf dem viele Geschenkbeutel mit pinken Schleifen lagen. Scheinbar waren sie mit pinkem Krepppapier gefüllt.

„Sie sehen ganz entzückend aus, wie immer", begrüßte sie Martha, als Mallory sich zu ihr herunterbeugte, um ihr einen Kuss auf die Wange zu geben.

Leider sah sich Mallory außerstande, das Kompliment zu erwidern, so gerne sie das auch getan hätte. Denn Martha sah mit ihrem Übergewicht, der birnenförmigen Figur, den strähnigen braunen Haaren und den wurstartigen Füßen, die in orthopädischen Schuhen steckten, so unattraktiv aus wie immer. Der Kontrast zu ihrem Ehemann, der als Model hätte durchgehen können, wirkte jedes Mal geradezu grotesk.

Als Mallory den beiden zum ersten Mal begegnet war, war sie davon ausgegangen, dass ihre Beziehung auf geschäftlichen Interessen beruhte: Er konnte von ihrem Vermögen leben, und sie hatte auf ihren Touren durch die Stadt einen sexy Begleiter, den sie vorzeigen konnte. Doch je öfter sie die beiden traf, desto deutlicher wurde ihr bewusst, dass die beiden gerne Zeit miteinander verbrachten und eine Liebe zu den schönen Künsten, gutem Essen, Partys und subversiven Formen der Sexualität teilten.

„Ihr Kostüm ist einfach umwerfend!“, rief Martha begeistert. „Bitte sagen Sie mir, dass Sie es für einen Auftritt hier tragen. Wir haben diese kleine Party in der allerletzten Minute geplant, und ich fühle mich schrecklich, weil wir keine Unterhaltung auf dem Programm haben.“

„Oh nein, nicht heute Abend, Martha. Ich bin völlig fertig. Direkt aus dem Blue Angel hergekommen.“

„Nur einen ganz kurzen spontanen Auftritt – mehr als fünf Minuten wird es nicht dauern, aber Sie werden der Star des ganzen Abends sein! Justin, such etwas für den Soundtrack heraus.“

„Nein, wirklich. Ich weiß es zu schätzen, dass Sie so angetan von mir sind, aber ich habe heute Abend einfach nicht den Kopf dafür frei.“

Das Ehepaar tauschte bedeutungsvolle Blicke.

„Bitte fühlen Sie sich nicht unter Druck gesetzt, Liebes. Wir dachten einfach, Sie hätten vielleicht Spaß daran“, beruhigte Martha sie dann.

„Okay“, antwortete Mallory, suchte nach einem neuen Thema. „Also, was gibt es Neues in der Welt der Vagina-Optimierung?“

„Ich bin froh, dass Sie mir diese Frage stellen! Die Antwort werden Sie in Ihrem Geschenkbeutel finden", erklärte Martha, während sie ihr einen davon überreichte.

Er war überraschend schwer.

„Was ist denn da drin?"

„Machen Sie's auf, machen Sie's auf!", erwiderte Martha voller Vorfreude.

Mallory zog eine Pappschachtel heraus und öffnete sie. Sie hielt einen breiten Glastopf in der Hand, dessen Inhalt an pinkfarbene Grütze erinnerte.

„Erdbeermarmelade?", riet sie.

„Nein! Das Zeug kommt in Ihre Vagina", erklärte Martha.

Völlig verständnislos sah Mallory sie an, untersuchte dann den Tiegel. Auf dem Etikett stand „Honeymoon Two".

„Das schmieren Sie sich unten rein, dann werden Ihre Scheidenwände feucht und ganz eng – und innerhalb einer Sekunde sind Sie wieder Jungfrau und bereit für die Flitterwochen", erläuterte Martha.

„Wow. Das ist wirklich … mal ganz was Neues", meinte Mallory.

„Es gibt Frauen, denen sind die Kegelübungen zu anstrengend", führte Martha aus. „Oder ihre Muskeln haben sich schon so stark zurückgebildet, dass die Übungen nicht mehr helfen. Wie auch immer, ich habe eine schnelle Lösung gefunden. Honeymoon Two ist noch nicht einmal auf dem Markt. Ich dachte, ich gönne meinen Gästen heute Abend einen kleinen Vorgeschmack. Oder eher eine Vorbehandlung."

„Danke", antwortete Mallory.

„Im Blue Angel werde ich auch ein paar Beutel vorbeibringen, für die Mädchen", kündigte Martha an.

„Okay – die freuen sich bestimmt", erwiderte Mallory. Was hätte sie auch sonst sagen sollen.

Sie suchte den Raum nach Alec ab, doch es wurde immer voller; immer mehr Frauen kamen herein, eine schöner als die andere. Und zu ihrer Überraschung stellte sie fest, dass ihr Outfit nicht das auffallendste war.

„Ihre Gäste scheinen sich mit Mode ganz schön auszukennen", kommentierte Mallory.

Ihre Gastgeberin seufzte. „Mich langweilt das ziemlich. Im Ernst, Moxie, Sie können sich das leisten. Sie treten schließlich auf. Aber die meisten der anderen Mädchen hier? Die wollen nur Aufmerksamkeit. Wirklich originell ist da nichts. Alles von Lady Gaga abgeschaut, und deren Stil ist doch inzwischen auch schon wieder out. Aber mein Mann findet die Damen unterhaltsam, nicht wahr, mein Lieber?"

„Ja, ich muss zugeben, das stimmt", erwiderte Justin und küsste Martha auf die Wange.

Mallory sah, dass Dominick Monde auf sie zukam, mit einer blassen, sommersprossigen Brünetten im Schlepptau. Sie wusste, es war Zeit, sich zu verabschieden.

„Also bis bald; es hat mich sehr gefreut, Sie zu sehen. Ich suche jetzt Alec und dann machen wir uns auf den Heimweg. Es war ein langer Abend."

Die beiden küssten sie zum Abschied, versicherten sich, dass Mallory ihren Geschenkbeutel hatte, und baten sie, Bette auszurichten, sie möge anrufen, wenn sie wieder in New York war. „Es ist leichter, eine Audienz beim Papst zu bekommen, als Bette und Zebra zu erreichen", stellte Justin frustriert fest.

Mallory entdeckte Alec im angrenzenden Zimmer sofort, denn er stand neben Billy Barton, der einen seiner für ihn typischen schrillen Dreiteiler trug. Das heutige Fashion Statement bestand aus einem jagdgrünen Anzug mit dazu passender gepunkteter Krawatte. Wäre er mit seinem voluminösen, dunkelbraunen Haar und seinen stechend blauen Augen nicht so gut aussehend, würde er, so glaubte Mallory jedenfalls, für seinen Geschmack sicher einiges an Spott einstecken müssen – ganz egal, wie viel Geld er auf dem Konto hatte oder wie viele Magazine ihm gehörten. Schon aus etwa zwei Metern Entfernung konnte sie die goldene Yacht-Master-Rolex an seinem Handgelenk erkennen.

„Hey, Mallory. Schön, dass du auch hier bist. Du siehst entzückend aus, wie immer.“ Er küsste sie auf beide Wangen. „Du kommst gerade rechtzeitig für die gute Neuigkeit.“

„Oh, worum geht es denn?“, erkundigte sie sich. Alec legte einen Arm um sie, doch sie schüttelte ihn ab. Sie war immer noch wütend wegen gestern Abend, und auch wenn es spät war und sie sich auf der Party gut unterhielt, fühlte sie sich noch lange nicht bereit, sich mit ihm zu versöhnen.

„Ich habe Alec gerade gesagt, dass er nächste Woche zu einem sehr wichtigen Interview für mich nach L. A. fliegen wird.“

„Ach, tatsächlich?“ Sie warf ihrem Freund einen raschen Blick zu, aber der schaute seinen Chef erwartungsvoll an.

„Kendall James. Die wird unsere März-Titelstory. Sie spielt in dem neuen Film von Kathryn Bigelow mit, der bald in die Kinos kommt. Wir haben Glück, dass wir sie interviewen dürfen.“

Mallory sah ihren Freund an. Noch vor einem Jahr hatte er sich glücklich schätzen dürfen, Bette Noir zu interviewen, eine New Yorker Burlesque-Tänzerin. Und jetzt sollte er nach L. A. fliegen, um mit der angesagtesten Schauspielerin von Hollywood zu sprechen? Sie gab es nur äußerst ungern zu, aber sie fühlte einen Stich der Eifersucht.

„Ist das dein Ernst?“, fragte Alec nach. Die Aussicht erfüllte ihn ganz offensichtlich mit Begeisterung.

„Mein voller Ernst, Alec. Jetzt habt ihr also eine Entschuldigung dafür, dieses Wochenende einen Kendall-James-Filmmarathon abzuhalten. Und damit euch der Einstieg nicht zu schwerfällt: In dem neuen Streifen mit Ryan Ellison sieht man sie oben ohne."

Mallory rollte mit den Augen. „Ich gehe dann mal", erklärte sie.

„Ich komme mit", meinte Alec. „Billy, das klingt super. Ich werde dich bestimmt nicht enttäuschen – die *Gruff*-Leser werden eine ganz neue Kendall James kennenlernen, wenn mein Artikel erst mal fertig ist."

„Gegen die alte, die ohne Oberteil, hatte ich aber auch nichts", konterte Billy. Alec lachte.

Mallory ging in Richtung Tür.

4. KAPITEL

Violet gehörte zu den Menschen, die stark auf optische Reize reagierten. Mit ihren fünfundzwanzig Jahren hatte sie schon einiges an Schönheit gesehen – nicht zuletzt, wenn sie morgens in den Spiegel schaute. Deshalb war sie nicht leicht zu beeindrucken. Trotzdem schnappte sie nach Luft, als sie in Ryans riesiger dreistöckiger Penthouse-Suite im Rivington Hotel stand.

Fenster vom Boden bis zur Decke. Panoramablick über die Stadt. Die Einrichtung aus Glas, dunklem Holz und Stahl. Elegant, männlich, und sehr, sehr sexy.

Ryan ging zur Bar.

„Was willst du trinken?"

„Champagner", erwiderte sie ohne jedes Zögern. Sie trank nichts anderes. Wenn man genau überlegte, konsumierte sie nur Kohlensäurehaltiges. Manchmal putzte sie sich sogar mit Alka Seltzer die Zähne. Im Blue Angel gab es noch ein Mädchen, das ihre Vorliebe für Champagner teilte, Poppy LaRue. Sie hatte fantastische Beine, und eines Abends hatte Violet versucht, sie ins Bett zu kriegen, doch anscheinend fühlte sich Poppy ihrer potthässlichen Lesbenfreundin verpflichtet.

Ryan zog eine Flasche Krug Champagner hervor.

„Cool", kommentierte er. „Ich wusste gar nicht, dass der da drin ist."

Er goss ihr ein Glas ein.

„Soll ich dir eine Führung geben?", fragte er. Einerseits wollte Violet Ja sagen – sie konnte es kaum erwarten, alles zu sehen. Andererseits wollte sie sich nicht noch mehr beeindrucken lassen. Sie verlor ohnehin schon zu sehr die Kontrolle über die Situation. Jetzt nahm sie einen Schluck Champagner. Der schmeckte fantastisch, und sie fragte sich, ob er wohl sehr teuer war.

„Warum machst du es dir nicht einfach bequem und zeigst mir, wo das Badezimmer ist?", schlug sie vor.

„Die Treppe hoch, aber komm erst mal her. Das hier musst du sehen."

Widerwillig ließ sich Violet von ihm in den hinteren Teil des wie ein Loft angelegten ersten Stocks führen, zum Heimkino, komplett ausgestattet mit einer riesigen Sammlung DVDs, sicher Hunderte von Filmen.

„Heilige Scheiße", sagte sie. Sie liebte Filme. Hatte eine Zeit lang DVDs gesammelt, dann aber begriffen, dass das reine Geldverschwendung war – die Investition in Sexspielzeug erwies sich als so viel sinnvoller. Aber das … das war bestimmt das Luxuriöseste an der ganzen Suite. Hier standen mehr Filme, als sie hätte zählen können.

„Wirklich krass", erklärte sie, während sie eine Box aus der Abteilung mit den Klassikern nahm. „Den ‚Blauen Engel' haben sie auch."

„Wer spielt denn da mit?", wollte Ryan wissen, nahm ihr die DVD aus der Hand und fragte sich ganz offensichtlich, ob sein Agent es versäumt hatte, ihm eine Rolle in diesem Film zu verschaffen.

„Marlene Dietrich", erklärte Violet kurz. „Das ist der Lieblingsfilm der Inhaberin vom *Blue Angel.* Ihre Inspiration."

„Total alt, oder?", meinte er.

„Weiß ich. Aber richtig gut. Wirklich." Der Film war in Deutschland gedreht worden und stammte aus den Dreißigerjahren; es ging um einen Mann, der sich in eine wunderschöne Kabarettkünstlerin namens Lola Lola verliebte. Er war sehr streng und hatte sich immer voll unter Kontrolle, aber Lola Lola erweckte in ihm eine unstillbare Leidenschaft, die ihn am Ende zerstörte. So war das mit der Leidenschaft – sie fühlte sich wunderbar an, aber irgendwann brachte sie dich um.

Violet musste an ihre eigene Lola Lola denken, und das konnte sie jetzt überhaupt nicht gebrauchen.

„Also, wo ist das Badezimmer?", fragte sie.

Ryan sah von der DVD auf, als sei ihm plötzlich wieder eingefallen, dass sich in seiner Suite eine Frau befand, die ihm eine Alternative zur Unterhaltung im The Slit versprochen hatte. Er warf den Film auf einen Stuhl.

„Du bist einfach wahnsinnig sexy", verkündete er, während er sich ihr mit einem Lächeln näherte. Dann schob er ihr eine Hand unters Top, fuhr mit dem Daumen über ihre Brustwarze. Besonders aufregend fand sie das nicht.

Ich habe Sex mit Ryan Ellison, sagte sie zu sich selbst, versuchte sich mit diesem Gedanken ein bisschen heiß zu machen.

Die beiden schauten sich in die Augen, und er küsste sie auf den Mund. Wie ein Junge vom College, zu eifrig und ein bisschen zu feucht. Violet schob seinen Kopf hinunter zu ihren Brüsten, und er liebkoste sie über dem Stoff, umfasste sie mit hartem Griff und presste sich an sie, sodass sie seinen steifen Schwanz an ihrer Taille spüren konnte.

„Das Bad ist oben?", fragte sie noch einmal.

„Was?"

„Das Badezimmer? Das große."

Die Sache sollte endlich vorangehen. Sie wusste schon, wie ihre ‚Vorführung' aussehen würde. Es war eine Nummer, die sie für nächste Woche im Club vorgesehen hatte, und zweimal kurz hintereinander konnte sie sie nicht bringen. Aber heute Abend würde diese besondere Form des kreativen Ausdrucks bestimmt bessere Verwendung finden. Außerdem ging es um etwas, das Agnes sehr wütend gemacht hätte.

„Die Treppe hoch."

Sie nahm ihn bei der Hand und führte ihn das Treppenhaus aus Stahl und Glas in der Mitte des Raumes hoch. Als sie sich nach links wandte, sah sie das Empire State Building grün und lila leuchten; der Rest der Stadt lag darunter ausgebreitet wie ein Kunstwerk, das nur zu ihrer persönlichen Unterhaltung geschaffen worden war.

Kurz spielte sie mit dem Gedanken, dort zu bleiben, Ryan Ellison vor den Augen von ganz Manhattan zu ficken. Doch eines wusste sie: Man tat immer, wirklich immer besser daran, abzuwarten und solchen Impulsen nicht nachzugeben. Ryan Ellison allerdings hatte ganz offensichtlich keine Bedenken dieser Art. Mit einem Arm umfasste er ihre Taille und begann, ihr die Jeans aufzuknöpfen. Dann fuhr er mit beiden Händen über ihre Unterwäsche, und Violet spürte, wie sie feucht wurde. Gott sei Dank. Wenn es dem attraktivsten Schauspieler von ganz Hollywood nicht gelänge, sie zu erregen, hätte sie wirklich ein Problem.

Während sie das grüne Leuchten des Gebäudes in der Ferne betrachtete, wünschte sie sich nichts sehnlicher, als sich über das Geländer zu beugen und ihm zu erlauben, seinen Filmstarschwanz in sie zu stecken.

„Stopp", gebot sie ihm und schob seine Hand weg. Er gehorchte, einen fragenden Ausdruck im Gesicht. Sie zog Stiefel und Jeans aus, warf die Hosen über das Treppengeländer nach unten auf den Boden. Er sah sie an: In Tanktop, Stringtanga und Springerstiefeln stand sie vor ihm. Violet wusste, wie sie in diesem Raum wirkte, auf diesen Treppenstufen, vor dem Hintergrund des atemberaubenden Panoramas. Wusste, wie gut sie zusammen aussehen würden, wenn sie fickten, sexy hoch zwei. Schade, dass niemand anders es sehen würde. Zum ersten Mal im Leben verstand sie, welche Faszination davon ausging, Pornofilme zu drehen.

Ryan kniete sich hin und leckte durch ihre Unterwäsche hindurch ihre Muschi.

„Komm mit", befahl sie, nahm ihn bei der Hand und führte ihn ins Zwischengeschoss, wo sie ihn auf eine Couch drückte.

Violet lief durch das geräumige Schlafzimmer, das ganz in neutralen Farben gehalten war und einen Fußboden aus Kirschholz hatte; außerdem gab es ein großes Bett mit breitem Rahmen und strahlend weißem Bezug. Den wollte sie sofort schmutzig machen. Auf dem Nachttisch stand ein iPod in einem iDock. Sie schaltete ihn ein und schaute sich die Playlist an: Kings of Leon, Black Eyed Peas, Duffy. Dabei fragte sie sich, ob sie gerade einen Einblick in Ryans Musikgeschmack erhielt oder ob jemand vom Hotelpersonal das Ding dort deponiert hatte. Sie entschied sich für Duffy.

Als Nächstes nahm sie den Eiskübel von der Bar, gönnte sich dann einen Blick in den begehbaren Schrank. Ryans Jeans und sein Hemd lagen zusammengeknäult auf dem Boden. Wunderbar – ein wenig Unordnung machte ihm also nichts aus.

Weiter ins Badezimmer.

„Heilige Scheiße." Das hier war noch mal eine ganz andere Nummer – mit italienischen Mosaikfliesen aus Bisazza, einer verglasten Dusche und als Glanzstück eine Wanne im japanischen Stil, in der locker zwei Personen Platz hatten. Sie verspürte die Versuchung, schnell ein Bad zu nehmen, entschied sich jedoch dagegen. Wahrscheinlich würde Ryan nach ihr suchen und sich zu ihr gesellen wollen, und das entsprach nicht ihrem Plan für den Abend.

Sie durchsuchte die exklusiven Pflegeprodukte und beschloss, die Suite nicht ohne Beute zu verlassen. Dann wandte sie sich wieder ihrer Mission zu.

Aus dem Topf mit den Produkten nahm sie sich Rasierschaum und einen Waschlappen, aus der Dusche Ryans Rasierer. Danach füllte sie den Eiskübel zur Hälfte mit Wasser.

Auf dem Weg zurück zum iPod zog sie ihr Tanktop aus und wählte den Titel, der ihre Vorführung untermalen sollte. Nein, nein, nein … Da: „Phone Call" von The Faint. Sie hoffte, damit Ryans Geschmack zu treffen: Männer, die The Faint mochten, fickten normalerweise gut.

Vielleicht würde sie auch endlich das Ende ihrer Pechsträhne erleben und zum Orgasmus kommen.

Violet drehte die Musik laut genug auf, dass Ryan sie hören konnte, griff nach Rasierschaum, Rasierer und Eiskübel und ging zurück zur Couch.

Mr Moviestar fummelte an seinem BlackBerry herum, ließ es jedoch sofort fallen, als er Violet mit bloßen Brüsten und den Utensilien vor sich stehen sah.

Sie stellte alles auf einem Glastisch schräg gegenüber der Couch ab.

Ryan war klug genug, den Mund zu halten.

Als ob sie ganz allein und unbeobachtet wäre, begann Violet, die Hüften kreisen zu lassen, ganz langsam. Zwar konnte sie Ryans Blicke förmlich auf sich spüren, ignorierte das jedoch. Als sie bereit war, warf sie den Stringtanga von sich und stieß ihn mit dem Fuß weg. Mit der Hand fuhr sie sich über das helle Schamhaar, das zu einem schmalen Streifen rasiert war, als frage sie sich, wo es wohl herkäme. Sie schielte zu Ryan hinüber und hätte schwören können, dass er bereits schwer atmete. Sie liebte es einfach, wenn sie die Männer im Zuschauerraum so anschauten, als genüge ihr bloßer Anblick, um sie abspritzen zu lassen. Gerne hätte Violet sich selbst gefingert, nicht, weil es ihm gefallen würde, sondern weil diese unverhohlene Bewunderung das beste Aphrodisiakum darstellte, und weil sie das immer am Anfang eines Auftritts am deutlichsten spürte. Wenn sie erst einmal weitermachte, nahm sie ihre Umwelt nicht mehr wahr, wurde fast gefühllos. Aber wenn sie jetzt aufhörte, wurde sie den Rhythmus kaputtmachen. Also kein Orgasmus für sie selbst. Sie war sicher, dass Bette Noir nicht die Kontrolle über sich verloren hatte, als sie sich die sexy Musikerin schnappte. Jetzt war sie damit an der Reihe, ihr Bestes zu geben, und diese Chance würde sie sich ganz sicher nicht entgehen lassen.

Violet wandte Ryan den Rücken zu und nahm sich den Rasierschaum; dabei beugte sie sich weiter vor als nötig, um ihm die optimale Aussicht auf ihren Po zu gewähren.

„Du lieber Gott, du bist einfach perfekt", meinte er.

Das brachte sie an ihre Grenzen – sie konnte einfach nicht anders. Ryan Ellison starrte völlig gebannt auf ihren Arsch. Wann würde sich ihr je wieder so eine Gelegenheit bieten? Seit Wochen hatte sie keinen guten Orgasmus mehr gehabt. Was würde Bette Noir jetzt tun? Ach, zum Teufel mit den Skrupeln.

Mit dem Rücken zu ihm stellte Violet den Rasierschaum wieder weg, hob ein Bein auf den Tisch und schob sich einen Zeigefinger in die Muschi. Nur ganz kurz hatte sie sich gestreichelt, da stand er schon hinter ihr und umfasste ihre Hand mit seiner.

„Was machst du da? Nein, nein, nein", ermahnte sie ihn, wandte sich um und führte ihn zurück zur Couch. Du liebe Zeit, von einem Star erster Güte hätte sie wirklich mehr erwartet. Aber alles in allem war er eben auch nur ein Mann wie jeder andere. Und das Ganze war ihre Schuld – sie hatte ihrer Pussy mehr Macht eingeräumt als ihrer Professionalität. „Schau einfach zu."

Er öffnete den Mund, um zu protestieren, überlegte es sich dann jedoch anders und strahlte Violet an. Als sie dieses ganz besondere Lächeln zuletzt gesehen hatte, galt es Reese Witherspoon.

Ja, heute Abend würde sie ihren Orgasmus bekommen.

Sie nahm Rasierschaum und Rasierer wieder zur Hand, wandte sich Ryan zu und bedeckte ihre Muschi mit Schaum. Ein gezielter Strich mit der Klinge, dann beugte sie sich träge nach vorne und tunkte das seifige Teil in den Kübel mit Wasser. Wenn diese Nummer funktionieren sollte, musste sie sich Zeit nehmen, dafür sorgen, dass schon die Bewegungen des Rasierers auf ihrer Haut einem Tanz glichen.

Heute Abend würde sie diese Zeit jedoch nicht haben, denn Ryan hatte sich schon wieder von der Couch erhoben.

„Was habe ich dir gerade gesagt?“, schalt sie ihn, konnte sich ein Lächeln jedoch nicht verkneifen. Er nahm ihr den Rasierer aus der Hand, kniete sich hin. Sie wollte Nein sagen, entschied sich dann jedoch dafür, ihn einfach machen zu lassen.

Ryan drückte seine linke Hand auf ihre Haut, um sicherzustellen, dass sie gespannt genug war, um Violet nicht zu verletzen, wenn er die Klinge bewegte. Er ging langsam, vorsichtig zu Werke, zugleich jedoch energisch und voller Selbstbewusstsein. Violet schloss die Augen, versuchte sich selbst zu erlauben, die Kontrolle aufzugeben, nur für ein paar Minuten. Es blieb unmöglich.

„Setz dich hin“, wies sie ihn an und griff nach dem Rasierer. Er ging in die Hocke, und sie nahm das systematische Streicheln ihrer Pussy mit dem Rasierer wieder auf. Ryan beobachtete die Szene völlig gebannt. Als alles ganz kahl war, langte Violet nach hinten, tauchte den Waschlappen ins Wasser und reichte ihn Ryan. Er nahm den Lappen, kniete sich vor sie und wischte gehorsam wie ein Diener die letzten Reste des Rasierschaums weg.

Violet setzte sich mit dem nackten Po auf das kühle Glas des Tisches. Er schob ihr die Beine auseinander und tauchte das Gesicht in ihre Muschi, leckte sie mit Bewegungen, die fast denen des Rasierers von gerade eben entsprachen. Sie schaute hinunter auf sein dunkles glänzendes Haar und fuhr mit den Fingern hindurch. Er war schön, daran gab es keinen Zweifel. Und sie konnte es kaum erwarten, endlich seinen Schwanz zu sehen und zu kriegen.

Er drückte seine Zunge gegen ihre Klit, und sie stöhnte auf, schob das Becken nach vorne und den Rücken gegen die Wand. Stellte einen Absatz auf den Tisch, um ihm noch besseren Zugang zu verschaffen. Wenn er mir jetzt einen Finger reinsteckt, komme ich, dachte sie – aber das wusste er natürlich nicht. Das war das Problem, wenn man mit irgendwelchen Männern schlief – sie hatten nur sehr selten eine Ahnung, welche Knöpfe sie drücken mussten. Mit Frauen hatte man eine bessere Chance; sie erfassten oft intuitiv, was zu tun war.

Violet dachte an ihre Lola Lola, stellte sich vor, wie deren Zunge sich in ihr bewegte. Aber halt, nicht heute Abend. Ryan Ellison leckte sie, und da würde sie sich nicht von einer Fantasie ablenken lassen.

Mit der Hand umfasste sie seinen Unterkiefer, hob sein Gesicht an. Er stand auf, und sie fuhr mit der Hand über seine stattliche Erektion unter dem Jeansstoff. Was sie dort spürte, gefiel ihr sehr gut. Ryan öffnete sich den Reißverschluss und zog sich die Hosen über die Hüften herunter. Sie griff mit einer Hand in seine schlichten weißen Boxershorts, ließ die Finger um seinen steifen Schwanz kreisen. Er zog die Hose aus und lächelte Violet an. Sie kniete sich hin, schloss die Augen und bewegte ihre Zunge langsam um sein Glied, vom Schaft bis zur Spitze. Dann nahm sie ihn ganz in den Mund. Er war riesig, aber dann erinnerte Violet sich daran, das auch irgendwo mal über ihn gelesen zu haben. Wie beruhigend, dass nicht alles gelogen war, was in den Klatschblättern stand.

Sie ließ von ihm ab.

„Was ist los?“, wollte er wissen.

„Gehen wir wieder runter.“

„Du bleibst gern in Bewegung, das steht fest“, meinte er, half ihr jedoch beim Aufstehen. Er küsste sie auf den Mund –

besser diesmal –, dann auf den Hals, während er mit den Händen ihre Brüste berührte und sie dann wieder nach unten gleiten ließ, ihren Hintern und ihre Hüften an sich zog. Wie er da hart an ihren Bauch gedrückt war, spürte sie etwas zwischen den Beinen, und sie wusste, sie würde ihn gut positionieren müssen, damit er sie richtig ficken konnte.

„Auf die Treppe", sagte sie mit heiserer Stimme, und das brauchte sie nicht zu wiederholen.

Auf halbem Weg nach unten blieben sie stehen, und wieder wandte sich Violet den blinkenden Lichtern und dem Schein des Empire State Building zu. In ihrer Erregung nahm sie zum ersten Mal wahr, wie sehr das Gebäude einem Phallussymbol ähnelte, einem hell erleuchteten Schwanz, der sich mitten im Stadtzentrum allen zur Schau stellte.

Der attraktivste Teil der Aufsicht war allerdings Ryan Ellison, der sich im Fensterglas spiegelte.

Er presste sich an sie, rieb seinen Schwanz an ihrem Hintern. Dann bewegte er beide Hände nach vorne, um mit ihren Brustwarzen spielen zu können. Leckte sie am unteren Rücken, sodass ihr ein kalter Schauer die Wirbelsäule hochkroch.

„Fick mich", verlangte sie, beugte sich leicht über das Geländer und betrachtete ihr eigenes Spiegelbild in der Glasscheibe. Schaute ihm tief in die Augen, versuchte im Voraus zu ahnen, wie er gleich in sie eindringen würde und wie sich dieser Schwanz in ihr wohl anfühlte.

Sie war überrascht, als er sich eine Minute Zeit ließ und ihr von hinten die Muschi leckte, ehe er sie bei den Hüften packte und sein Teil tief in sie rammte, mit kräftigen, harten Stößen, die sie nach Luft schnappen ließen. Dann jedoch gab sie sich seinem Rhythmus hin und genoss den schönen Anblick im Spiegel des Fensterglases. Als sie seinen dicken Schwanz tief in sich spürte und sich selbst dabei zusah, wie sie es mit einem Filmstar tat, wusste sie: Ihre Durststrecke würde ein Ende haben. Die Erwartung ihres Orgasmus machte sie fast schwindlig, doch in diesem Moment wurde er langsamer.

„Nicht aufhören", stöhnte sie.

„Ich will dich in den Arsch ficken", erklärte er.

Natürlich willst du das, du perverser latenter Homo. Das wollt ihr doch alle.

„Ach, wirklich?", antwortete sie.

„Ja – dein Tattoo da ist einfach sehr … einladend."

Es war schon eine ganze Weile her, dass Violet jemandem gestattet hatte, sie die unterwürfige Haltung einnehmen zu lassen, die Analsex voraussetzte. Sie liebte es, wenn man sie so bearbeitete, aber nur ganz wenige Männer konnten das wirklich gut. Andererseits, wenn sie nicht einmal Ryan Ellison dieses Vergnügen gönnte … Für wen sparte sie ihren Hintern dann sonst auf?

Das bedeutete aber auch, dass ihre Chance auf einen Höhepunkt vertan war. Analsex verschaffte ihr nie einen Orgasmus. Der brachte nur Schmerz – aber die bestmögliche Art des Schmerzes. Außerdem war es heute Abend nie darum gegangen, dass sie auf ihre Kosten kam. Sondern um einen Tanz, eine Show für einen anderen.

„Okay", willigte sie ein.

„Cool." Langsam zog er sich aus ihr zurück. „Ich bin gleich wieder da."

Während er ins Badezimmer ging – hoffentlich, um Gleitgel zu besorgen –, spielte Violet mit sich selbst und bewunderte dabei ihr eigenes Spiegelbild. Ein Glück, dass sie schön war. Wenigstens darauf konnte sie sich verlassen. Alles andere war so furchtbar anstrengend.

Ryan kam die Treppe heruntergeschritten, nahm seine Position hinter ihr wieder ein. Mit beiden Händen zog er ihr dann die Pobacken auseinander und drang mit einem Finger in sie ein. Sie klammerte sich am Geländer fest und ließ ihre Stirn auf dem Handrücken ruhen, als er langsam seinen Schwanz in ihren Hintern einführte.

Violet spürte den wohlbekannten schmerzhaften Stich, der sich so nah an einem Lustgefühl befand; die intensive Empfindung, die jede einzelne Synapse ihres Körpers in Verwirrung stürzte. Ryan gab ein Geräusch von sich, umklammerte fest ihre Hüften.

Violet wünschte sich, zum Höhepunkt kommen zu können. Schloss die Augen und dachte an ein Mädchen, das sie vor ein paar Wochen nach der Show kennengelernt hatte. Besonders hübsch war sie nicht gewesen, hatte aber eine wunderschön weiche, zartrosa Muschi. Eine ganze Stunde lang hatte Violet sie geleckt und dabei irgendwann den Überblick darüber verloren, wie oft ihre Partnerin zum Höhepunkt kam. Violet selbst war allerdings unbefriedigt geblieben.

Sie bewegte eine Hand nach unten und fasste sich an, dachte dabei an diese niedliche kleine Muschi. Erstaunt stellte sie fest, wie sich in ihrer Grotte eine Spannung aufbaute, und sie rieb sich immer weiter, während Ryan schwer atmend seinen Schwanz mit vorsichtigen Stößen in ihr bewegte. Dann spürte sie ihn, diesen überwältigenden Schauer. Im Bruchteil einer Sekunde änderte sich das Bild vor ihrem geistigen Auge, und Violet stöhnte auf, als sie ihre ganz persönliche Lola Lola vor sich sah.

Sie dachte an Mallory.

Alec klopfte an die Badezimmertür.

„Kommst du bald ins Bett?“

Mallory schaute sich selbst im Spiegel an. Nur leicht verschmiert. Sie öffnete den Badezimmerschrank und suchte nach einem weiteren Behälter Wattepads mit Öl. Der wasserfeste Mascara, mit dem ihr Poppy heute vor dem Auftritt ausgeholfen hatte, musste irgendeine neue Designermarke sein – das Zeug wollte einfach nicht abgehen. Sie hatte schon eine halbe Packung Kosmetiktücher verbraucht, ohne Erfolg. Daher beschloss sie, eine ihrer Grundregeln zu brechen und geschminkt schlafen zu gehen.

Dadurch würde sie am nächsten Morgen wie ein Wrack aussehen, das wusste sie. Trotzdem gab sie auf und warf die Watte in den Abfall.

Alec klopfte wieder. „Lebst du noch? Ich werde nie begreifen, was du da immer treibst. Mach schon, lass mich rein."

Sie öffnete die Tür. „So. Jetzt zufrieden?"

In seinem blassblauen Langarm-T-Shirt und seinen marineblauen Boxershorts sah er umwerfend aus. Er hatte schöne Beine und einen noch schöneren Hintern, und es gab nichts, was sie mehr genoss als in seinen Armen zu liegen. Sie musste sich mit aller Kraft zusammenreißen, um sich nicht an ihn zu schmiegen.

„Nein. Warum bist du so genervt?", wollte Alec wissen. „Klar, Billy ist manchmal ein Widerling, aber er unterschreibt jeden Monat meinen Gehaltsscheck. Und glaub mir, er ist kein schlechter Kerl. Der hört sich einfach gerne reden."

„Kann ich mich erst mal mit meinem Make-up beschäftigen?"

Sie machte die Tür wieder zu. Männer waren doch einfach nur dumm. Glaubte er denn wirklich, sie sei wegen Billy so außer sich? Dachte er etwa, der Streit von gestern Abend habe sich einfach in Luft aufgelöst – dass es sozusagen verjährte, dass er Violet Offender zu ihrem Date eingeladen hatte?

Sie band ihr langes dunkles Haar zu einem Pferdeschwanz zusammen und schaute kritisch in den Spiegel. Es fühlte sich herrlich an, nach einem Abend im Kostüm ein einfaches weißes Baumwoll-T-Shirt zu tragen, doch sie überlegte es sich anders. Vielleicht ließ sie sich zu sehr gehen – möglicherweise war Alec deswegen so fasziniert von dieser verrückten Schlampe, Violet Offender. Es war schwer, sich diese Frau in irgendeinem anderen Outfit als in einer Korsage und in Leder vorzustellen. Sie schlief wahrscheinlich in einem Stachel-BH, mit Handschellen am Kopfende gefesselt.

Mallory zog sich das Shirt über den Kopf und wickelte sich in ein Handtuch. Dann schlich sie aus dem Badezimmer und ging zum Kleiderschrank, aus dem sie ein rotes Seidenhemdchen mit dazu passendem Slip nahm. Auf Sex mit Alec hatte sie überhaupt keine Lust, aber gerade deswegen sollte er ruhig ein wenig Appetit bekommen. Sie konnte es kaum erwarten, dann Nein zu sagen.

Er lag im Bett und las in einer *Vanity Fair*. Sobald er Mallory bemerkte, legte er die Zeitschrift weg, suchte aufmerksam in ihrem Gesicht nach dem kleinsten Anzeichen von Wärme oder des Verzeihens.

Sie sorgte dafür, dass er nichts fand.

Auf ihrer Seite des Bettes waren die Laken fest unter die Matratze geschoben. Mallory lockerte sie, gerade so weit, dass sie darunter kriechen konnte. Dann knipste sie ihre Nachttischlampe aus und wandte Alec den Rücken zu.

Auch er bewegte sich unter der Bettdecke, versuchte jedoch nicht, sie zu berühren. Das rechnete sie ihm hoch an. Einen Moment später knipste er ebenfalls seine Nachttischlampe aus.

Plötzlich trieb ihr der Gedanke, einzuschlafen, ohne mit ihm gesprochen zu haben, die Tränen in die Augen.

Natürlich wollen sie ihn einfach auflaufen lassen, aber sie brachte es nicht fertig. Wütend schlafen zu gehen oder eine Auseinandersetzung damit zu beenden, dass einer von ihnen wegrannte, hatte ihnen in der Vergangenheit eine Menge Probleme beschert. Hoffentlich, so dachte sie, hatte sie daraus nach all diesen Jahren mit Alec wenigstens etwas gelernt.

„Ich bin immer noch richtig wütend und traurig wegen gestern Abend“, sagte sie. Na also. Einfach und direkt – wie aus einem Lehrbuch für Kommunikation.

„Ich weiß“, erwiderte er. „Und das tut mir wirklich leid. Violet wollte wissen, was ich nach der Show vorhabe; ich habe ihr erzählt, dass wir im Stone Rose noch etwas essen, und sie dann gefragt, ob sie vielleicht mitkommen möchte, einfach aus Höflichkeit. Ich wollte dich ganz bestimmt nicht traurig machen. Ich weiß, du glaubst, ich hätte Hintergedanken gehabt, aber ich schwöre dir, so war es nicht.“

„Willst du mir etwa weismachen, dass du kein sexuelles Interesse an ihr hast?“, fragte Mallory, setzte sich auf und knipste die Nachttischlampe an.

„Habe ich nicht“, erklärte er und setzte sich ebenfalls auf. Sein Haar war zerzaust, seine graublauen Augen wirkten verschlafen. Sie wollte eine Hand ausstrecken und ihm das Gesicht streicheln, ihre Lippen an seinen Hals pressen, sein Duft einatmen.

„Sei ehrlich.“

„Also gut, sexuelles Interesse wäre eine Übertreibung. Aber ich muss wohl zugeben, dass ich sie faszinierend finde.“

Mallory holte tief Luft. Obwohl sie das längst gewusst hatte, ohne dass er es eingestand, taten seine Worte ihr weh.

„Und was soll ich jetzt mit dieser Information?“, meinte sie, verschränkte die Arme vor der Brust. Er schaute sie an – sie wusste, wie sehr er es hasste, wenn ihre Körpersprache ablehnend wurde. Und richtig, er streckte eine Hand aus und zog sie am Arm. Sie versetzte ihm unter der Bettdecke einen Tritt.

„Au!“, rief er.

„Weißt du, mir begegnen auch eine ganze Menge faszinierender Männer – und Frauen. Aber sie sind mir niemals wichtiger als unsere Beziehung. Aber dir war es gestern Abend wichtiger.“

„Mir ist gar nichts wichtiger als unsere Beziehung! Meine Güte, Mallory. Dir kann man es einfach nicht recht machen. Ich bin doch ehrlich – ja, ich finde sie attraktiv. Wer täte das nicht? Wenn überhaupt, habe ich doch dafür gesorgt, dass die sexuelle Spannung zwischen uns verschwindet, indem ich sie zusammen mit meiner Freundin einlade. Jeder weiß doch, dass wir beide zusammen sind – da gab es keine versteckte Botschaft. Ich hätte genauso Poppy oder Scarlett dazugebeten. Außer …"

„Außer was?" Sie erlaubte sich endlich, ihm in die Augen zu sehen.

„Außer, du projizierst alles auf mich. Dass *du* sie attraktiv findest."

„Sei doch nicht albern", meinte Mallory. Dabei wusste sie nur zu gut, dass sie ihm damit unrecht tat. Letztes Jahr hatte er sich für Bette Noir interessiert. Und doch war es Mallory gewesen, die mit ihr herumgemacht hatte – selbst überrascht über diese Facette ihrer eigenen Sexualität. Aber diesmal war das nicht der Fall – nichts lag ihr ferner. Nicht nur traute sie Violet nicht, sie mochte sie nicht einmal, da konnte sie noch so sexy daherkommen.

„Oder irre ich mich?", wollte er wissen

„Und ob!"

„Kannst du denn nicht einfach zugeben, dass es dir genauso geht?"

„Nein", erklärte sie, wusste dabei jedoch, er konnte am Ton ihrer Stimme erkennen, dass sie ihm verziehen hatte. Und richtig, unter der Bettdecke fuhr er mit der Hand an der Spitzenborte ihrer Unterwäsche entlang und streichelte ihren Po. Mallory war jetzt froh, nicht das T-Shirt anbehalten zu haben.

„Aber obwohl du so sauer auf mich warst, war deine Pussy richtig feucht, da in der Garderobe", flüsterte er ihr ins Ohr.

„Es hat mich ziemlich viel Selbstdisziplin gekostet, dich nicht sofort an Ort und Stelle zu ficken."

Mallory lächelte, schmiegte sich mit dem Rücken an ihn. Sie spürte seine Erektion, griff hinter sich, um seinen Schwanz über den Boxershorts zu streicheln.

„Und wie kommst du auf die Idee, dass ich nicht mehr sauer bin?"

„Okay – vielleicht noch auf mich. Aber meinem Penis hast du ganz offensichtlich verziehen."

„Auf den sollte ich wahrscheinlich am meisten sauer sein. Schließlich denkst du ganz offensichtlich ziemlich oft mit ihm."

„Nur wenn ich mit dir im Bett bin." Er nahm sie in die Arme und drehte sie um, sodass sie auf ihm zu liegen kam. Das war ein ziemlich ungeschicktes Manöver, und sie musste lachen.

„So ist das aber nicht bequem."

„Dann mach es dir bequem", erwiderte er und streichelte ihr übers Haar. Mallory warf die Decke vom Bett, bewegte sich dann langsam nach unten, bis ihre Brüste sich zwischen seinen Beinen befanden, ihre Arme auf seinen Schenkeln, und sie mit der Zunge sein Glied unter der Hose ertasten konnte.

„Ja, definitiv besser", erklärte er. Erregung klang aus seiner Stimme. Vielleicht ließ sie sich zu leicht besänftigen, aber Ficken war immer so viel besser als Streiten.

Sie schob sanft seine Boxershorts nach unten, fuhr mit den Lippen über seinen nackten Schwanz, während sie ihn ganz auszog.

Mallory liebte Alecs Körper, und zwar alles daran – von seinen Beinen bis zu seinem Schwanz und der Grube in seinem Schlüsselbein, die sie so gern küsste. Aber ihr allerliebster Körperteil – wahrscheinlich der, den sie zuerst bemerkt hatte – waren seine Hände. Die beiden hatten im letzten Jahr an der Uni in einem Seminar als Partner zusammengearbeitet, und Mallory war sofort aufgefallen, wie schön Alecs Hände aussahen: kräftig und zugleich elegant, mit schönen, langen, spitz zulaufenden Fingern wie die eines Bildhauers oder eines Pianisten. Wenn er etwas aufregend fand und darüber sprach, gestikulierte er wild damit. Dann musste sie einfach auf seine Hände schauen und sich beschämt vorstellen, wie sie sich wohl auf ihren Brüsten oder zwischen ihren Beinen anfühlen würden. Dann, eines Tages, wollte er ihr auf dem Computer in der Bibliothek etwas in einem Dokument zeigen, und sie versuchte, mit der Maus hinzuscrollen, schoss aber immer über den entsprechenden Abschnitt hinaus. Er legte seine Hand auf ihre, um sie zu führen, und damit war es um Mallory geschehen.

Am nächsten Morgen hatte sie sich bei einer Tasse Kaffee Julie anvertraut.

„Ich finde meinen Projektpartner unglaublich sexy."

„Willst du etwa mit Jeremy Schluss machen?", erkundigte sich Julie. Das war Mallorys Freund, mit dem sie seit sechs Monaten ging.

„Nein! Natürlich nicht. Ich liebe Jeremy."

Drei Wochen später landete sie mit Alec Martin im Bett. Und das bedeutete das Aus für Jeremy.

Jetzt spürte sie, wie er mit ebendiesen Händen in ihren Haaren wühlte, während sie seine Boxershorts noch weiter herunterzog und die Spitze seines Penis in den Mund nahm. Mit der Zunge neckte sie seine Vorhaut, hob sie leicht an und leckte dann seinen Schaft, bis sie bei seinen Hoden ankam. Sie umfasste beide und berührte sie dann sanft, bis Alec laut stöhnte.

„Dreh dich um ... Ich will dich lecken, während du das tust", sagte er. Mallory lächelte. Es gefiel ihr so gut, dass er ohne Umschweife aussprach, was er wollte, dass er solche schmutzigen Dinge über die Lippen brachte. Als sie ein Paar geworden waren, hatte es sie schockiert. Inzwischen fragte sie sich, wie sie jemals anders Befriedigung hatte finden können.

Mallory gehorchte bereitwillig, veränderte ihre Position, sodass sich sein Gesicht zwischen ihren Beinen befand und sie ihn aus dieser Stellung heraus verwöhnen konnte. Jetzt, wo sich sein Schwanz ihr aus einem neuen Winkel anbot, konzentrierte sie sich ganz auf die Spitze, fuhr mit der Zunge um den Rand seiner Krone, bevor sie ihn in seiner ganzen Länge in den Mund nahm. Sie sog kräftig, bewegte die Lippen vor und zurück; mit der Zunge umkreiste sie jedes Mal die Spitze, wenn sie sie erreichte, hielt gleichzeitig seinen nassen Schaft mit einer Hand fest und vollführte dann beide Bewegungen im selben Rhythmus. Nun konnte sie den ersten Samentropfen schmecken. Zwischen ihren Beinen bewegte sich seine Zunge in ihrer Grotte, während er mit den Fingern ihre Klit massierte.

Wenn ihre eigene Erregung zunahm, fiel es Mallory immer schwerer, sich darauf zu konzentrieren, seinen Schwanz mit dem Mund zu verwöhnen. Sie tat ihr Bestes, doch sobald er ihren Anus liebkoste, wusste sie, sie hatte verloren. Sanft drückte er ihr seinen Daumen in den Hintern, hörte dabei nicht auf, an ihrer Klit zu saugen wie an einem Granatapfelkern. Sie konnte ein leises Stöhnen nicht unterdrücken.

Er hielt sie bei den Hüften, ließ seine Zunge von ihrer Perle zur Mitte ihrer Pussy wandern, drang dann tief in sie ein und nahm sie, während sein Daumen sich in ihrem Hintern rhythmisch bewegte. So wollte Mallory nicht zum Höhepunkt kommen – ohne ihn, während er sie wie ein Instrument bespielte. Sie entzog sich ihm.

„Was ist?“

„Ich möchte dich in mir spüren“, erklärte sie. Er setzte sich auf, drückte sie auf das Bett. Erlaubte ihr jedoch nicht, ihn zu besteigen, sondern legte sich mit seinem ganzen Gewicht auf sie. Mallory schlang die Arme um ihn, küsste ihn auf den Hals, fuhr mit den Lippen über die rauen Stoppeln auf seinem Kinn. Alec strich mit dem Schwanz über ihre geschwollenen äußeren Schamlippen, und sie verspürte eine vertraute Welle der Vorfreude, weil sie wusste, dass er gleich in sie eindringen würde. Doch das tat er nicht, sondern rieb seinen Schwanz an ihr, bis sie fast außer sich geriet vor Lust. Sie packte ihn am Hintern, zog ihn an sich, so fest sie nur konnte.

„Alec …"

„Was denn?", fragte er, küsste sie auf die Stirn.

„Ich will dich", sagte sie ruhig, während sie noch überlegte, ob das reichen würde, damit er tat, was sie sich wünschte. Manchmal ließ er sie betteln – so sehr sie Sex liebte, sie hasste es, ihre Wünsche laut auszusprechen. Und tatsächlich, wenn es darum ging, ihr Befriedigung zu verschaffen, brauchte sie nie auch nur ein Wort zu sagen. Er war mit ihrem Körper beinahe besser vertraut als sie selbst.

„Ich will dich auch", erwiderte er. So plötzlich, dass sie fast erschrak, stieß er seinen steifen Schwanz in sie hinein. Sie rang nach Luft, positionierte ihr Becken anders, damit er nicht ganz so tief eindrang. Er ließ seinen Mund hinabgleiten, biss sie in eine Brustwarze. Warum es ihr manchmal gefiel, ein bisschen härter genommen zu werden, wusste Mallory selbst nicht. Aber mit Alec hatte sie gelernt, diesen Bereich zwischen Lust und Schmerz zu genießen.

Langsam bewegte er sich in ihr, rein und raus, und sie kämpfte gegen den Drang an, zu ihm zu sagen, er solle damit aufhören und einfach in ihr bleiben. Es fühlte sich an, als würde sie nur dadurch kommen, dass sie ihn in ihrer Muschi fühlen konnte, die er ganz und gar ausfüllte. Dann beschleunigten sich seine Bewegungen, verwandelten sich in kurze, harte Stöße, und sie wusste, dass er sich kurz vor dem Höhepunkt befand. Er drückte seinen Finger tief in ihren Hintern, und ihre Pussy zog sich in Wellen zusammen.

„Oh Gott", flüsterte Mallory, klammerte sich an seinem Rücken fest. Er stieß immer fester zu, fast animalisch, und dann schrie er auf. Ihre Muschi umschloss seinen Schwanz, wieder und wieder; Wellen der Lust überspülten sie.

Als er sich aus ihr zurückzog, pulsierte ihre Pussy noch immer ganz leicht, wie aus Widerwillen, den Orgasmus aufzugeben. Atemlos lagen sie Seite an Seite da, und er zog sie an sich, sodass sie den Kopf in seine Armbeuge betten konnte. Sie betrachtete sein Profil, seine geröteten Wangen und die markante Nase, und bewunderte einmal mehr seine Schönheit. Irgendwo hatte sie gehört, dass Männer vor dem Sex nicht richtig denken konnten und dass dasselbe nach dem Sex auf Frauen zutraf. Sie fragte sich, ob das wohl stimmte, denn in diesem Augenblick war alles, was sie spürte, die tiefe Liebe, die sie für Alec empfand. Sie war einfach verrückt nach ihm.

5. KAPITEL

Die Warteschlange in der City Bakery erstreckte sich von der Kasse bis fast ans Büfett. Mallory, Julie und Allison entwickelten rasch einen Plan: Sie teilten sich; Julie würde im oberen Stockwerk einen Tisch erobern, Mallory das Gebäck besorgen und Allison das ‚richtige' Essen, von dem sie meinten, sie müssten es zusammen mit den Laugencroissants und dem Zucchini-Schokoladenkuchen konsumieren, für die der Laden so berühmt war.

„Dieser Ort hier erinnert mich immer an unseren Schlafsaal", verkündete Julie. Ihre perfekte Zusammenarbeit hatte ihnen einen fantastischen Aussichtspunkt im ersten Stock verschafft, dazu drei Tabletts, auf denen sich das Essen häufte, außerdem Kaffee und heiße Schokolade.

„Wenn es an der Uni so leckeres Essen gegeben hätte, wäre das fast die hohen Gebühren wert gewesen", stellte Allison fest.

„Kein böses Wort über unsere Alma Mater", erwiderte Mallory.

„Und das aus dem Mund der einzigen Burlesque-Tänzerin, die einen Abschluss von einer Eliteuniversität besitzt."

„Damit du's weißt: Ich bin nicht die einzige Burlesque-Tänzerin, die einen Abschluss von einer Eliteuniversität hat, ich bin noch nicht einmal die einzige in New York."

Allison schüttelte den Kopf. „Dann haben wir wirklich zu viel bezahlt."

Mallory warf mit einem Strohhalm nach ihr. Ihre Freundin lachte, hielt sich die Hand vor den vollen Mund. Und in diesem Moment entdeckten sie den Ring.

„Augenblick mal, junge Frau – was haben wir denn da?", wollte Allison wissen.

„Ich bin ja geradezu geblendet!" Mallory sprang auf und umarmte ihre langjährigste Freundin.

Warum war es ihr nicht sofort aufgefallen, als sie den Laden betreten hatte? Julie strahlte doch richtiggehend. *Ich bin einfach zu sehr mit diesem ganzen Stress mit Alec beschäftigt, daran liegt es.*

„Jonathan hat mir gestern Abend einen Antrag gemacht. Ich konnte es kaum erwarten, es euch zu erzählen, aber ich wusste ja, dass ich nur zwölf Stunden warten muss, um euch die Botschaft persönlich zu überbringen." Julie betrachtete ihren Ring, als sähe sie ihn zum ersten Mal.

„Sag schon, wie ist das Ganze denn abgelaufen?"

„Mein Gott, es war so romantisch. Wir sind ins Shake Shack im Madison Square Park gegangen, haben ungefähr eine Dreiviertelstunde angestanden und dann unser Essen mit zu einer Bank auf der Fifth-Avenue-Seite genommen. Dann haben wir einfach dagesessen und gegessen, und überall waren Tauben, die auf Reste gelauert haben. Plötzlich kniet Jonathan vor mir, und ihr müsst mir glauben, ich habe zuerst gedacht, er füttert die Vögel oder so etwas. Aber bevor ich richtig hingucken konnte, hielt er diesen wunderschönen Ring in der Hand und hat mich gefragt, ob ich ihn heiraten möchte! Genau wie im Film – als ich Ja gesagt habe, fingen die Leute auf der Bank gegenüber an zu applaudieren."

„Ach Julie, ich freue mich so sehr für dich", erklärte Mallory. Und das stimmte auch. Doch sie konnte nicht anders, sie musste daran denken, dass Julies Freund sie heiraten wollte, während ihr eigener immer noch damit beschäftigt war, andere Frauen für einen Dreier ins Bett zu holen. Natürlich hatten sie und Alec schon oft heimlich darüber gelacht, dass Jonathan genau der richtige Typ für Blümchensex zu sein schien. Julie allerdings beklagte sich hingegen nie. Am Nebentisch quietschte ein Kind laut auf.

„Mensch, überall nur noch Babys." Allison zog eine Grimasse.

„Allison!“, ermahnte Julie sie.

„Was denn?“

„Ich hab’s doch gewusst, sobald ich nach Westchester ziehe, bin ich bei euch beiden unten durch.“

„Du hast dich gestern Abend verlobt, und jetzt willst du gleich nach Westchester ziehen?“, fragte Mallory nach.

„Damit das klar ist, wir werden dich nicht fallenlassen, nur weil du in einem Vorort wohnst – jedenfalls nicht, bist du mit dem Werfen anfängst“, zog Allison die Freundin auf. „Stimmt’s, Mallie?“

Mallory spielte an ihrer Tasse mit heißer Schokolade herum. „Ich mag Kinder ganz gern“, meinte sie.

„Was mich angeht, kann ich auf diese Erfahrung ohne Probleme verzichten.“

„Ach, tatsächlich? Und wie sieht Andrew das?“, wollte Mallory wissen. Allison hatte ihren Partner, Andrew Goldmark, vor einem Jahr auf einem der PR-Events kennengelernt, die sie koordinierte. Er arbeitete für den Bürgermeister, war fünf Jahre älter als sie, und beide zusammen bildeten ein typisches erfolgreiches Manhattan-Paar.

„Was das betrifft, sind wir uns ganz und gar einig. Heiraten ja. Kinder – nein. Und wir wollen beide eine traditionelle Hochzeit: hundert Gäste, weißes Brautkleid, mit allem Drum und Dran. Eben das komplette Paket.“

„Ich liebe Hochzeiten“, gestand Mallory. „Jedes Mal, wenn ich an einem Brautmodengeschäft vorbeigehe, versetzt es mir einen Stich.“

„Wirklich?“, fragten Allison und Julie im Chor.

„Ja. Findet ihr das so komisch?“

Allison und Julie tauschten einen Blick, schauten dann auf den Tisch.

„Was ist los?“, wollte Mallory wissen.

„Na ja, wir machen uns einfach Sorgen um dich“, antwortete Julie. „Du wünschst dir das Gleiche vom Leben wie wir: eine Karriere, eine gut funktionierende Beziehung. Aber du … gehst die Sache irgendwie merkwürdig an."

„Was meinst du denn damit?", erkundigte sich Mallory.

„Ich glaube, Julie fragt sich einfach, wohin zum Teufel diese ganze Burlesque-Sache wirklich führen soll? Ich meine, wir verstehen ja, dass es cool ist und Spaß macht; und es ist auch ganz toll, dass du den Sprung gewagt und es ein ganzes Jahr lang ausprobiert hast. Aber im Ernst, Mallory – wie sieht das mit deiner Zukunft aus?"

Mallory kämpfte gegen den Drang an, etwas Schnippisches zu erwidern. Doch in Wahrheit stellte sie sich manchmal genau dieselbe Frage.

„Du sagst, du willst heiraten und Kinder bekommen, aber du bist jetzt schon seit Jahren mit Alec zusammen, und ihr benehmt euch immer noch wie Collegestudenten", meinte Allison.

„Was soll das denn heißen?"

„Du brauchst nicht gleich in Verteidigungshaltung zu gehen, Mallory. Es ist einfach so, dass du in dieser verrückten Burlesque-Welt herumrennst, dich aber gleichzeitig fragst, warum Alec ständig nach anderen Frauen Ausschau hält. Es ist einfach nicht das ideale Umfeld für eine gesunde, monogame Beziehung."

„Ich habe euch doch erzählt, dass wir jetzt monogam leben."

„Wann hat Alec dir das letzte Mal vorgeschlagen, eine andere Frau mit nach Hause zu nehmen?"

„Das ist Monate her."

„Nun, ich denke, das endgültige Urteil über Alec steht noch aus."

„Wer hat dich denn zur Richterin befördert?", fragte Mallory in giftigem Ton.

„Okay, Themenwechsel. Mallory, wir machen uns einfach Sorgen um dich."

„Danke, aber mir geht's gut."

Sie dachte daran, was sich Alec neulich mit Violet geleistet hatte. Dabei fühlte sie sich alles andere als gut. Und da Allison und Julie sowieso negativ eingestellt waren, was ihre Beziehung betraf …

„Da gibt es schon etwas, das mich beunruhigt, wegen neulich Abend", erklärte sie.

Allison und Julie beugten sich so weit es ging über den Tisch zu ihr herüber, als habe Mallory erklärt, sie werde jetzt die Weltformel preisgeben.

„Wie du schon so kritisch angemerkt hast, hatten Alec und ich ab und an mal einen Dreier …"

„Genau, und wir finden es absolut bescheuert, dass du dich darauf eingelassen hast", antwortete Allison.

„Kannst du dich ganz kurz mit dem Kommentieren zurückhalten und mich einfach die Geschichte erzählen lassen?"

„Ja, sei still, ich will sie hören", pflichtete Julie ihrer Freundin bei und spielte mit ihrem teuren Ring.

„Mittlerweile sind wir aber der Meinung, dass sich der ganze Aufwand nicht lohnt und wir diese Phase hinter uns haben – von jetzt ab sollte es nur noch uns beide geben. Monogamie. Eine traditionelle Beziehung."

„Außer dieses eine Mal, als du die E-Mail entdeckt hast, die von dieser Tussi aus dem Village Tavern", ergänzte Allison.

„Jetzt halt doch mal den Mund und lass sie ausreden", rief Julie.

„Okay. Außer dieses eine Mal. Außerdem hat *sie* ihm eine E-Mail geschickt, nicht umgekehrt. Dafür kann er nun wirklich nichts. Also, vor zwei Abenden hatte ich einen Auftritt, und danach wollten wir noch etwas essen. Wir haben beide wie verrückt gearbeitet, und es war einfach Zeit, mal wieder etwas zu zweit zu machen. Er hat mich gefragt, wohin ich gehen möchte, ich habe das Stone Rose vorgeschlagen, und alles war in bester Ordnung. Wir gehen also ins Restaurant, warten an der Bar darauf, dass unser Tisch frei wird – denn natürlich herrscht Chaos, und es dauert alles, und während wir da so warten, erscheint plötzlich diese Tänzerin, Violet, aus dem Blue Angel."

„Die mit den verrückten Tattoos, die auch als Domina arbeitet?"

„Genau die. Zuerst habe ich noch gedacht, was für ein Zufall. Sie kommt also auf uns zu, und Alec sagt noch ‚Hallo, Violet'. Und sie: ‚Cooler Schuppen – hier war ich noch nie.' Und da habe ich begriffen, dass er sie eingeladen hat!"

„Du machst Witze", meinte Allison.

„Nein!"

„Hast du da nicht sofort das Restaurant verlassen?"

„Nein. Daran gedacht habe ich schon, aber dann habe ich beschlossen, die beiden wohl besser nicht allein zu lassen."

„Wenn du gegangen wärst, wäre Alec dir nachgekommen, da bin ich ganz sicher", meinte Julie.

„Ich weiß. Trotzdem …"

„Was hast du denn gemacht?"

„Dann wurde unser Tisch frei, wir haben was getrunken und gegessen, und die Atmosphäre war ganz okay, aber Alec wusste, dass ich sauer war, und ich habe zu Hause nicht mehr mit ihm gesprochen. Seine Anrufe habe ich gestern auf der Arbeit auch nicht angenommen. Aber nach der Show gestern Abend hat er mir dann erzählt, dass sie wissen wollte, was wir noch machen, dass er ihr von unseren Essensplänen erzählt und sie nur eingeladen hat, weil er höflich sein wollte."

„Völliger Quatsch!", rief Allison.

„Nicht unbedingt", gab Julie zu bedenken. „Was, wenn er es wirklich nur ganz zufällig erwähnt hat, ohne die leiseste

Vermutung, sie könnte Ja sagen, und dann ist genau das passiert? Warum sollte Alec etwas so Plumpes tun und Mallory einfach so vor den Kopf stoßen?"

„Aber genau davon rede ich doch", erklärte Allison. „Ihr beide bewegt euch in einer Welt, in der es keine natürlichen Grenzen gibt. Du ziehst dich auf der Bühne aus, du hast in der Vergangenheit mit anderen Frauen rumgemacht, und dann wunderst du dich darüber, dass die Grenzen nicht mehr deutlich gezogen sind."

„Willst du damit etwa sagen, alles ist meine Schuld?", fragte Mallory.

„Nicht alles. Aber die Kombination von Alecs Persönlichkeit und der Tatsache, dass es dir noch nie besonders gut gelungen ist, Schranken zu setzen ... Schwer zu sagen, ob er da neulich überhaupt etwas falsch gemacht hat."

„Ich kann einfach nicht glauben, dass du ihn verteidigst", stellte Julie fest.

„Das tue ich doch gar nicht. Ich meine nur, nicht Alec hat etwas falsch gemacht, oder Mallory – es ist die Dynamik zwischen den beiden, die diese ständige Spannung verursacht."

„Was ist denn deiner Meinung nach die Lösung?", wollte Mallory wissen.

„Gebt diese ganze Burlesque-Szene auf. Solange ihr euch darin bewegt, wird eure Beziehung darunter leiden."

Mallory schüttelte den Kopf. „Da irrst du dich", erklärte sie. Doch ein winziger Teil von ihr fragte sich bereits, ob das auch tatsächlich so war.

6. KAPITEL

Violet stand vor dem Gebäude in der Mercer Street in SoHo. Noch nicht einmal zehn Uhr, und sie war schon seit vier Stunden auf den Beinen. Sie hatte Ryan Ellison erlaubt, sie noch mal gründlich zu lecken, nachdem sie im Hotel in der Rivington Street aufgewacht war. Dann hatte sie sich rasch angezogen und sich einen Weg durch die Paparazzi-Meute gebahnt, die draußen wartete.

Jetzt saß sie im Taxi nach Brooklyn. Es wäre wirklich am besten, sie suchte sich eine Möglichkeit, um irgendwo in Manhattan ihr Domina-Equipment zwischenzulagern – es immer mit sich herumzuschleppen, bedeutete einfach einen viel zu großen Aufwand. Besonders, wenn die Buchung kurzfristig erfolgte. Gleichzeitig war das natürlich der Preis der Selbstständigkeit; als Violet noch im Stadtzentrum in einem berüchtigten Kerker namens The Cellar gearbeitet hatte, ging das mit der Bequemlichkeit einher, dass sie all ihre Kostüme und Instrumente ganz einfach in einem Spind unterbringen konnte. Doch dieser Service hatte sie einiges gekostet: Mehr als die Hälfte ihrer Einnahmen musste sie damals an den Club abtreten. Jetzt, wo sie nur für sich arbeitete, konnte sie ihre eigenen Preise verlangen und brauchte keinen Cent davon abzugeben. Das war es wert, ab und zu mit einem Koffer voller Peitschen und Nippelklemmen durch die U-Bahnhöfe zu hetzen.

Wenn es ihr doch nur gelingen würde, ihre Karriere als Burlesque-Tänzerin ähnlich lukrativ zu gestalten!

Sie zog die Schlüssel aus der Tasche ihres Trenchcoats. Ja, sie hatte jederzeit Zutritt zum Luxusapartment ihres Kunden. Seine ganz besondere, bis ins Detail ausgearbeitete Fantasie schloss dieses künstliche Überraschungselement ein.

Violet öffnete die schwere Haustür, fuhr mit dem winzigen Aufzug bis in den obersten Stock. Für Ende Oktober war es warm, und sie schwitzte in ihren schenkelhohen Kunstlederstiefeln und der beengenden Korsage. Sie stellte den Koffer ab und nahm sich einen Augenblick Zeit, um etwas Puder nachzulegen, damit sie nicht ganz so bleich wirkte. Es war von größter Wichtigkeit, wie es so schön hieß, dass keiner ihrer Kunden sie jemals außer Atem sah. Sie war ein Übermensch. Die Herrscherin über das Universum.

Sie war Mistress Violet.

Genau zehn, zeigte ihr ein kurzer Blick auf die Uhr. Sie steckte den Schlüssel in das Schloss des Penthouse-Apartments. Langsam schob sie die Tür auf. Und da, wie immer, saß der Mann auf einem antiken Holzstuhl in der Mitte des Raumes. Er trug ein altmodisches rotes Ballkleid, das er hochgezogen hatte, sodass sein kleiner Schwanz sichtbar war, den er mit geübten Bewegungen bearbeitete.

In selbstbewusster Haltung betrat Violet den Raum; die spitzen Absätze ihrer Stiefel klackerten dabei drohend über den Marmorboden.

„Billy! Treibst du etwa schon wieder diese schrecklich schmutzigen Dinge?", fragte sie und gab sich schockiert.

„Ja, Herrin", erwiderte der Angesprochene mit ebenso unechtem Schuldbewusstsein.

„Damit machst du mich sehr, sehr traurig, Billy", erklärte sie, während sie sich ihm näherte und den Trenchcoat abwarf, um ihm ihren in Leder und Satin gehüllten Körper zu präsentieren.

„Habe ich dir erlaubt, mich anzusehen?", schrie sie.

„Nein, Herrin. Verzeihung, Herrin", entgegnete er und senkte sofort den Blick.

„Du bist ein ganz böses Mädchen", schalt sie. „Ich werde dich bestrafen müssen, das ist dir klar, oder?"

Der Mann nickte und duckte sich ein wenig. Violet zog eine Peitsche aus ihrem kleinen Koffer.

„Runter damit …“, befahl sie. Er gehorchte, zog mit geübten Griffen den Reißverschluss auf dem Rücken auf und trat vorsichtig aus dem Kleid. Er faltete es zusammen und legte es auf den Stuhl. „Jetzt zeig mir deinen Arsch“, wies ihn Violet an. Als er dem nachkam, wartete sie einen Moment, sodass er die Erwartung des ersten Schlages auf sein Fleisch auskosten konnte. Dann hob sie den Arm und ließ die Peitsche mit geübter Präzision niedersausen. Sah, wie der bekannte Schauer ihn durchlief, von dem sie nie sagen konnte, ob es sich um Genuss oder Schmerz handelte. Wieder hob sie den Arm.

Nach ein paar Minuten zeigte sich ein Zickzackmuster aus roten Striemen auf seinen beiden Hinterbacken. Violet ließ mit einem Seufzer die Peitsche fallen.

„Das war die Strafe dafür, dass du mich ohne Erlaubnis angesehen hast“, erklärte sie, während sie ihn langsam umkreiste. Der Mann rührte sich nicht, wagte nicht, den Blick zu heben. „Jetzt müssen wir dich noch dafür bestrafen, dass du wieder so schmutzig an dir herumgespielt hast, nicht wahr?“

„Ja, Herrin“, erwiderte er.

„Leg dich über den Stuhl, du kleine Hure“, befahl Violet. Er gehorchte und stützte den Oberkörper mit den Oberarmen ab. Seine Beine waren fast gestreckt, sein Hintern ragte hoch empor.

Violet unterdrückte mit Mühe ein Gähnen. Todlangweilig war es, Woche für Woche denselben Ablauf befolgen zu müssen. Außerdem hatte sie letzte Nacht im Hotel zu wenig Schlaf bekommen, und aus diesen Gründen verlangte ihr diese Session ungewöhnlich viel ab.

Früher hatten ihr gerade solche Begegnungen großen Spaß bereitet – einfaches SM, ein paar Beschimpfungen. Der Klassiker, sehr befriedigend. Etwa nach der Hälfte der Sitzung hatte sich bei ihr immer ein Hochgefühl eingestellt, das für mehrere Stunden anhielt. Jetzt brauchte sie an den meisten Tagen ein wenig Unterstützung, um überhaupt in Stimmung zu kommen, und das ging auf Dauer ins Geld. Ein Teufelskreis: Sie kaufte Kokain, um die Sessions als Domina, mit denen sie Geld verdiente, überhaupt durchhalten zu können. Gefühle, wie sie ihr das Koks verschaffte, konnte sie auf natürlichem Wege inzwischen nur noch bekommen, wenn sie im Club auf der Bühne stand. Aber das Honorar, das sie dafür bekam war lächerlich. Sie hatte keine Ahnung, wie sie dieses Problem lösen könnte.

„Das werde ich dir ein für alle Mal austreiben müssen“, erklärte Violet, während sie sich neben den Koffer kniete. Sie zog einen dicken schwarzen Dildo hervor, den sie großzügig mit Gleitgel einrieb. „Das wird dich lehren, deine Muschi in Ruhe zu lassen. Hast du mich verstanden?“

„Ja, Herrin.“

Langsam näherte sie sich ihm, strich mit dem Stiefelabsatz an seinem Arschloch entlang. Er sehnte sich ganz offensichtlich nach ihren Berührungen.

„Denkst du etwa, du hast es verdient, meinen schönen Stiefel in deiner dreckigen, hässlichen Spalte spüren zu dürfen?“, wollte sie wissen.

„Nein, Herrin.“

„Da hast du ganz recht. Ich werde dich mit meinem schmutzigen Schwanz ficken – und selbst das bist du kaum wert.“ Eine Sekunde später versenkte sie den Dildo tief in seinem Anus. Er mochte es, wenn man grob in ihn eindrang und das Teil dann langsam hin und her bewegte, während er sich einen herunterholte.

Es dauerte, bis er kam. Violet schaute sich im Apartment um, bewunderte die Kunstgegenstände, die Fotografien an den Wänden, das mit einem sehr guten Auge zusammengestellte Mobiliar und die dazu passenden Farben. Sie dachte daran, wie viele berühmte Leute hier in diesem Apartment schon Partys gefeiert, vielleicht sogar auf dem Stuhl gesessen hatten, über dem ihr Gastgeber nun ausgestreckt war, während er Analsex genoss und dabei ein Ballkleid vollsabberte, die Hand am eigenen Schwanz.

Violet vermochte sich kaum an die Zeiten zu erinnern, in denen sie solchen Szenen etwas hatte abgewinnen können. Sie wusste, früher war das so gewesen, aber das schien so weit weg, als handele es sich um einen Traum. Inzwischen empfand sie nur noch Widerwillen. Es war nicht leicht, immer die Rolle derjenigen einzunehmen, die anderen Befriedigung verschaffte, während sie selbst niemals Befriedigung bekam. Vielleicht, sagte sich Violet, war sie neulich abends dicht dran gewesen, als Alec sie eingeladen hatte, mit ihm und Mallory zum Abendessen zu gehen. Aber dann war Mallory mit diesem sauren Gesicht im Restaurant erschienen. Gütiger Himmel, wenn sie ihr nur diesen Gummischwanz in den Hintern stecken könnte, damit sie ein wenig lockerer wurde. Aber was dachte sie da überhaupt. Wenn es jemals zum Sex zwischen ihr und Mallory Dale käme, würde sie ihre ganze Frustration sofort vergessen und ihre Pussy lecken wie ein Kind im Süßwarenladen.

„Mami!“, rief ihr Kunde, wie immer, wenn er zum Höhepunkt kam.

Violet schaute auf die Uhr. Vielleicht könnte sie Alec anrufen und ihn zu einem Kaffee überreden …

Der Mann war über dem Stuhl zusammengesunken, völlig erschöpft.

„Vielen Dank“, stieß er atemlos hervor.

„Das Vergnügen war ganz auf meiner Seite, Mr Barton“, erwiderte sie.

Zeit fürs Badezimmer.

Sie betrat den Raum, wusch sich die Hände und packte ihre Taschen um. Das Hochgefühl, dass sie früher nach solchen Begegnungen empfunden hatte, wollte sich immer noch nicht einstellen; Violet fühlte sich ausgebrannt. Immer Befriedigung verschaffen, nie befriedigt werden, das war auf die Dauer schrecklich ermüdend.

Als sie das Wohnzimmer wieder betrat, hatte sich ihr Kunde bereits von einem schluchzenden Sexsklaven in einen Medienmogul verwandelt. Sein Gesichtsausdruck hatte sich völlig verändert, und er trug Hosen, ein Jackett und darunter ein grün, blau und rosa gestreiftes Hemd, das sie schon im Schaufenster der Thomas-Pink-Boutique an der Madison Avenue bewundert hatte.

Wortlos überreichte er ihr drei Hundertdollarscheine.

„Bis nächste Woche", verabschiedete sie sich.

„Da ist noch etwas", sagte er. „Einer meiner Reporter wird über diese Show hier schreiben. Die Karten sind längst ausverkauft, und die Vorstellung soll fantastisch sein." Er hielt ihr Tickets für eine Veranstaltung mit Jack Terricloth in Joe's Pub hin.

„Danke. Connections sind wirklich unbezahlbar", erklärte sie, während sie das Geschenk einsteckte. „Schon mal drüber nachgedacht, selbst einen Club zu kaufen?"

„Nicht richtig", antwortete er. „So ein Club kostet eine Menge Zeit, und Umsatz macht man nur in den seltensten Fällen. Ich glaube, ich bleibe dabei, die Medienwelt zu dominieren."

Bei dem Wort „dominieren" konnte Violet ein Grinsen nicht unterdrücken. Als Herausgeber eines Magazins sollte er über einen ausgeprägteren Sinn für Ironie verfügen. Und aus irgendeinem Grund sah sie Mallory vor sich. „Ganz nach Belieben. Aber gibt es vielleicht noch eine Karte für diesen Abend?"

„Nein. Die andere braucht mein Redakteur, damit er für das Magazin über die Show schreiben kann."

„Das ist ja schade“, erklärte Violet und streckte die Hand aus. „Es ist nämlich so: Nächste Woche wird es bei mir terminlich wirklich richtig eng. Ich hoffe, ich finde überhaupt Zeit für unser Treffen …“

Er gab ihr die Karte. Draußen griff sie sofort zum Handy.

Mit beiden Händen hielt sich Mallory an der Stange fest, ihr rechtes Bein lag gestreckt oben auf dem glatten waagerechten Holz, ihr Fuß war gekrümmt. Sie streckte den rechten Arm leicht gebeugt über den Kopf aus, wandte das Gesicht langsam in diese Richtung, während sie den Rücken durchstreckte und das Bein auf der Stange nach vorne schob, um es zu stretchen.

In dem großen Spiegel, der vom Boden des Raumes bis zur Decke reichte, konnte sie die Balletttänzerin hinter sich sehen, Nadja. Sie teilten sich ein- oder zweimal die Woche die Kosten für diesen Übungsraum in der Ballet Academy. Nadja arbeitete darauf hin, bei einem der angesehensten Ballett-Ensembles unter Vertrag genommen zu werden, um sich so einen Namen zu machen.

Mallory bezweifelte, dass ihre Proberaumkollegin auch nur die geringste Vorstellung davon hatte, welche Art Auftritte sie Abend für Abend absolvierte – oder dass sie dabei war, sich als „Moxie“ zu etablieren. Wenn Nadja allerdings sehen würde, wie Mallory eine neue Nummer zu dem Song „Heart-Shaped Glasses“ von Marilyn Manson entwickelte, würde ihr wahrscheinlich schnell klar werden, dass sie nicht für eine Aufführung des „Nussknackers“ probte. Normalerweise übte Mallory ihre Choreografien nur im Club, aber in letzter Zeit hatte sie immer stärker das Bedürfnis empfunden, sich von den anderen Mädchen zu distanzieren.

Als es an die Tür des Studios klopfte, war ihre Konzentration dahin. Sie wandte sich um und sah Alec, der vor der

Glasscheibe stand und winkte. Er bedeutete ihr, sie solle zu ihm kommen.

„Was machst du denn hier?", wollte sie atemlos wissen, als sie ihm geöffnet hatte. Ein kalter Windstoß fegte zur Tür herein und ließ sie spüren, wie sehr sie schwitzte. Es gab kein besseres Work-out als Ballett – weder Pilates, noch Yoga oder Spinning.

„Ich wollte dich zum Lunch abholen. Ich weiß, wir sind für später sowieso verabredet, aber ich konnte einfach nicht mehr warten."

„Ich habe noch eine halbe Stunde."

„Macht es dir was aus, wenn ich zuschaue?"

„Nein, natürlich nicht. Ich würde dir auch einen Kuss geben, aber ich rieche ein wenig streng."

„Tust du gar nicht."

Mallory schüttelte den Kopf und ging wieder ins Studio zurück. Nadja packte gerade ihre Sachen zusammen.

„Es tut mir leid. Stört es dich, wenn er zusieht? Ich kann ihn auch bitten, draußen auf mich zu warten", meinte Mallory.

„Warum sollte mich das stören? Publikum ist bei mir immer willkommen. Ich muss einfach los – gleich habe ich Training auf der anderen Seite der Stadt."

Die Disziplin und die strenge Kontrolle, die Nadjas Leben beherrschten, erfüllten Mallory immer wieder mit Erstaunen. Eine endlose Folge von Training, Ruhephasen, wieder Training. Sie fühlte sich schuldig, weil sie sich oft darüber beklagte, wie wenig Zeit ihr zwischen ihrem Job in der Kanzlei und den Shows im Blue Angel blieb. Verglichen mit dem Stress, dem sich richtige Tänzer aussetzten, war das ein Spaziergang.

Jetzt hatte Mallory den Raum für sich. Sie legte das Marilyn-Manson-Album in die uralte, in die Wand eingelassene

Stereoanlage. Zum Glück hatte sie ihre CDs aufgehoben und kaufte sich sogar ab und zu neue, nur um sie hier im Studio benutzen zu können.

Sie wählte den Song aus. Von allen Nummern auf dem Album mochte sie diese am liebsten – eine dunkle, dekadente Hommage an Lolita. Im Video sah man eine junge Evan Rachel Wood, und es gab Gerüchte, dass sie am Scheitern der Ehe von Marilyn Manson mit der berühmtesten Burlesque-Tänzerin der Moderne schuld war – Dita von Teese.

Für dieses Lied und ihre dazu passende Choreografie hatte sich Mallory überlegt, mit den Ansichten ihrer Zuschauer zu spielen: Was war Begierde, und was durfte man begehren?

Anders als bei vielen anderen Vorführungen, bei denen die Künstlerin angezogen begann und sich dann langsam ihrer Kleidungsstücke entledigte, würde sie nackt anfangen – nur mit einem Stringtanga und Pasties bekleidet. Ihre Figur würde im Bett aufwachen, sich recken und strecken und das Publikum reizen, indem sie ihm kurze Blicke auf ihren Po, ihre Beine, ihre Brüste gewährte. Mallory würde noch herausfinden müssen, wie sie am besten ein Bett auf die Bühne bekam – vielleicht würden eine Liege und ein Kopfende aus Pappe und Kissen reichen. Die Decke würde sie mit herzförmigen Kissen und Kuscheltieren ausstatten, und diese Requisiten sollten ihre Nacktheit teilweise verdecken, während sie mit übertriebenen Gesten die Erwachende spielte. Außerdem brauchte sie einen Frisiertisch, und an den würde sie sich setzen, nur im Slip und mit Pasties, würde ihr Haar zu Zöpfen zusammenbinden.

Spätestens dann müsste sich das Publikum darüber wundern, dass eine erwachsene Frau ihr Bett mit Kuscheltieren teilte und Zöpfchen trug. Wenn Mallory dann rhythmisch die Brüste schüttelte und die unscheinbare, gestärkte weiße Bluse zusammen mit dem kurzen Faltenrock einer Schulmädchenuniform anzog, würde den Zuschauern klar werden, dass sie sie eigentlich nicht begehren durften.

Es gefiel Mallory, sich immer wieder neue Methoden zu überlegen, um ihr Publikum zu provozieren; es nur heiß zu machen, war ihr nicht genug.

Der Plan erfüllte sie mit Aufregung; sie schnappte sich ihre Tasche und ging nach draußen zu Alec, schlang ihm die Arme um den Hals.

„Uh … Du schmeckst ein bisschen salzig", meinte er.

„Ich habe eine ganz tolle Idee für meine Nummer mit ‚Heart-Shaped Glasses'."

„Du immer mit deinem Marilyn Manson! Ich habe fast den Eindruck, seine Musik ist für dich gleichbedeutend mit Sex, weil du Bette zum ersten Mal zu einem seiner Songs hast auftreten sehen."

„Da könntest du sogar recht haben. Aber ist ja auch egal, warum, auf jeden Fall bin ich voller Inspiration, Baby."

„Wann willst du denn damit auftreten? In der Halloween-Show?"

„Nein – das Thema dieses Jahr ist ‚Scary Tales', das würde also nicht funktionieren."

„Also geht es um Märchen?"

„Fast – *Märchen zum Fürchten*. Wir geben den klassischen Geschichten eine dunkle Pointe. Ich denke da an Schneeweißchen und Rosenrot. Dabei fällt mir ein, dass du vielleicht ein Bärenkostüm anziehen musst." Sie küsste ihn auf die Wange. „Ich ziehe mich schnell um. Wir treffen uns draußen."

„Ein Bärenkostüm? Daran habe ich eigentlich nicht gedacht, als ich begonnen habe, mich für die Burlesque-Szene zu interessieren. Ich hatte eigentlich gehofft, du würdest mich bald bitten, endlich alles auszuziehen, nicht einen Pelz anzulegen. Wobei ich weiß, dass extreme Körperbehaarung auch durchaus erotisch wirken kann …"

„Sehr witzig. Das wirst du schon uns überlassen müssen. Und jetzt lass mich gehen, damit ich endlich aus dem verschwitzten Zeug komme."

Die Garderobe war voller Schulmädchen, die gerade eine Spitzentanzstunde beendet hatten. Ihr lebendiges Geschnatter erinnerte Mallory daran, wie es sich anfühlte, so jung zu sein – das Leben streckte sich vor einem aus wie eine endlos lange Straße, und alles Wichtige befand sich in der direkten Umgebung: Noten, Freundinnen und Jungs. Sie betrachtete die jungen Mädchen, ihre langen Beine und die rosigen Gesichter, und beneidete sie darum, dass sie nur einfache Entscheidungen treffen mussten.

Natürlich handelte es sich bei dieser Vorstellung von einer sorglosen Jugend um eine Illusion. Mallory konnte sich noch sehr gut an die starken Ängste und Zweifel erinnern, die sie in diesem Alter beherrscht hatten. Aber wenigstens gab es damals die Hoffnung, der Sinn all dieser Dinge würde sich ihr erschließen, wenn sie erst einmal erwachsen war. Niemand hatte ihr gesagt, dass alles einfach immer komplizierter und verworrener wurde. Allerdings hätte sie es auch gar nicht erst geglaubt, wenn jemand sie gewarnt hätte.

Mallory zog sich an und dachte daran zurück, wie ehrgeizig sie auf der Highschool gewesen war: eine vorbildliche Schülerin mit vielen Auszeichnungen, im letzten Jahr Mannschaftsführerin des Hockeyteams, Chefredakteurin des Jahrbuches. Zusagen für die Universitäten von Pennsylvania, Cornell und Columbia. Und die Gewissheit, dass sie Rechtsanwältin werden würde, genau wie ihr Vater; verheiratet spätestens mit achtundzwanzig, mit zwei Kindern, genau wie ihre Eltern, in Main Line Philadelphia in einem Haus aus Stein mit einem Bach im Garten …

Und so sah ihr Leben jetzt aus: Sie war tagsüber eine Rechtsanwaltsgehilfin, die abends als Burlesque-Tänzerin arbeitete, und lebte mit ihrem Freund zusammen, der vielleicht ein Auge auf eine andere Frau geworfen hatte. Wie hätte sie das denn ihrem vierzehnjährigen Ich erklären sollen?

Wenigstens empfand Mallory ein Gefühl des Triumphs, wenn sie sich vor Augen führte, auf welch aufregende Weise sie vom großen Plan abgewichen war. Wenn sie jedoch daran dachte, wie sie früher einmal gelebt hatte, fragte sie sich doch, ob sie sich auch auf dem richtigen Weg befand.

Eines der Mädchen betrachtete ihre schwarzen Schnürstiefel mit den zehn Zentimeter hohen Absätzen – ein Geschenk von Bette.

„Die sind einfach wunderschön“, hauchte sie, die Augen vor Bewunderung weit aufgerissen.

„Danke“, antwortete Mallory. „Deine Jeans sehen schick aus.“

Es waren einfache Levis, gerade richtig abgetragen, mit einem Loch im Knie, um das sie mit blauem Kugelschreiber ein Herz gemalt hatte. Die Kleine errötete und ging zu ihren Freundinnen zurück.

Draußen schritt Alec vor dem Gebäude auf und ab; er sprach in sein Handy. Als er Mallory entdeckte, legte er auf und fragte, wohin sie zum Lunch wollte: Eli's Restaurant oder Gracie Mews Diner. Sie zuckte die Schultern.

„Was hast du?“, fragte er.

„Gar nichts. Mir ist beides recht.“

„Als du gerade vom Training kamst, sahst du richtig glücklich aus, aber jetzt wirkst du irgendwie fertig.“ Der letzte kleine Tropfen Schweiß trocknete in der kalten Oktoberluft. Alec nahm sie bei der Hand, und sofort wurde Mallory wieder ruhig. Sie liebte das Gefühl, wenn er mit seiner großen Hand ihre umschloss, sich ihre Finger mit einer einzigen vertrauten Bewegung ineinander verschränkten. „Vielleicht hebt das hier ja deine Laune." Er überreichte ihr eine Plastiktüte mit dem Logo der Ballet Academy East.

„Was ist das denn?", fragte sie und schaute hinein.

„Das habe ich entdeckt, während du dich umgezogen hast, und ich dachte, du kannst es brauchen."

Mallory zog eine schwarze Duffelbag hervor, auf die in Pink die Initialen „BA" für „Ballet Academy" gestickt waren. Die Schnüre waren ebenfalls rosa, und ganz oben prangten die Daten der aktuellen Ballettsaison. „Wunderschön!", rief sie. „Wie lieb von dir."

„Deine alte Tasche sieht inzwischen ziemlich mitgenommen aus, und die vielen Auftritte im Blue Angel machen das auch nicht besser."

„Stimmt", sagte Mallory, während sie zufrieden den Reißverschluss der neuen Tasche aufzog. „Da werde ich gleich mein ganzes Zeug umräumen."

Alecs Handy klingelte. Sie schaute ihm dabei zu, wie er das Gespräch annahm und konnte ein Lächeln nicht unterdrücken. Seit er das Gerät einmal dazu verwendet hatte, zu filmen, wie er sie mit den Fingern verwöhnte, und ihr die Sequenz dann vorgespielt hatte, fand Mallory jedes iPhone erregend.

Sie wandte sich wieder ihrem Geschenk zu, wurde jedoch von etwas in Alecs Stimme abgelenkt. Normalerweise konnte sie innerhalb von dreißig Sekunden feststellen, mit wem er sprach. Diesmal jedoch nicht. Seine Stimme klang merkwürdig beherrscht, und er sagte nur „Ah so. Keine Sorge … Keine große Sache … "

Er warf Mallory einen Seitenblick zu, schaute jedoch direkt wieder weg. „Ich denke, wir haben schon etwas vor, aber auf jeden Fall danke für das Angebot."

Offenbar hatte er es eilig, das Gespräch zu beenden, und als er das Telefon einsteckte, schaute er seine Freundin nicht an.

„Wer war das?“, wollte sie wissen.

„Violet“, erwiderte er. Mallory unterdrückte den Impuls, mit einem „Warum zum Teufel ruft die dich an?“ zu reagieren. Stattdessen dachte sie unwillkürlich an Allisons Kommentar, ihre Beziehung sei zum Scheitern verurteilt, solange sie sich nicht aus der Burlesque-Szene zurückzogen. Mallory war fest entschlossen, diese düstere Prophezeiung nicht wahr werden zu lassen. Sie würde diese paranoiden Hirngespinste überwinden und ihrem Freund vertrauen. Wenn Violet sich danebenbenahm, würde Mallory sie einfach damit konfrontieren.

„Ach ja? Was wollte sie denn?“

„Hm, sie hat sich dafür entschuldigt, dass sie dich neulich abends verletzt hat.“

„Ich war nicht verletzt.“

„Mallory, du hast fast einen ganzen Tag nicht mit mir gesprochen.“

„Stimmt, aber davon weiß sie nichts.“

„Du hast mir im Restaurant non-stop wütende Blicke zugeworfen. Ich glaube, das hat sie durchaus mitbekommen.“

„Und das war's schon? Sie wollte sich entschuldigen, weiter nichts?“

„Genau. Und sie kam mit einer Art Friedensangebot: Sie hat uns zu Jack Terricloth in Joe's Pub eingeladen. Morgen Abend. Ich habe dankend abgelehnt“, erklärte er, sah Mallory aber endlich an und lächelte. Wieder nahm er ihre Hand.

„Die Show würde ich eigentlich ganz gerne sehen.“

Er hielt mitten in der Bewegung inne.

„Bist du sicher – wir zu dritt?“

„Ja, bin ich“, erklärte sie. „Warum denn nicht?“

Alec schüttelte den Kopf. „Ich werde dich nie verstehen.“

„Stimmt“, antwortete Mallory und drückte seine Hand. „Wirst du nie.“

7. KAPITEL

Wieder einmal war es Sonntagabend, und wieder einmal stand die Unterhaltung ganz im Zeichen der Serie „Law and Order".

Mittlerweile war es so weit gekommen, dass Poppy und ihre Freundin Patricia das Haus überhaupt nicht verließen, wenn Poppy nicht im Blue Angel auftrat.

„Ich arbeite die ganze Woche wie ein Pferd, und du hast an mehreren Abenden in der Woche Shows, da ist es doch schön, wenn wir's uns zusammen ein bisschen gemütlich machen können", erklärte Patricia. Sie hatte ja recht – gerade war sie zur Partnerin in der angesehenen Anwaltskanzlei Reed & Warner aufgestiegen und musste ein Arbeitspensum bewältigen, das schon nicht mehr als gesund bezeichnet werden durfte. Poppy brauchte tagsüber nicht zur Arbeit zu gehen, und dank der Stelle ihrer Freundin konnten sie sich einen luxuriösen Lebensstil leisten. Poppy verstand das und schätzte es auch. Das Problem bestand nur darin, dass die „gemütlichen Abende", die sie miteinander verbrachten, immer öfter darauf hinausliefen, dass sie im Bett lagen und fernsahen. Was den Sex betraf – nun ja, ab und zu gab es schon noch welchen.

Poppy zog sich die mit Blumen bedruckte Tagesdecke bis zur Taille hoch. Ohne die Augen vom Bildschirm abzuwenden, reichte Patricia ihr die Schüssel mit dem Popcorn. Poppy nahm sich die Schale, stellte sie neben sich auf den Nachttisch und schaute unauffällig auf ihr BlackBerry. Keine Nachrichten. Natürlich nicht. Außer ihnen beiden waren alle auf dem Weg zu einer Veranstaltung, auf der sie sich prächtig amüsieren würden.

Vielleicht entwickelten sich alle Beziehungen in diese Richtung, wenn erst einmal acht Monate vergangen waren. Poppy konnte das nicht wissen – sie erlebte gerade ihre erste richtige Beziehung. Und mit wem hätte sie denn lieber zusammen sein wollen? Patricia war ihre beste Freundin; sie hatte Poppy vor der Einsamkeit bewahrt, unter der sie seit ihrem Umzug nach New York gelitten hatte, und vor dem Gefühl, sich zum ersten Mal im Leben wie eine unbedeutende Person unter vielen zu fühlen. Sie hatte ihr auch über den Schmerz hinweggeholfen, der Poppy ihre unerwiderte Verliebtheit in Bette Noir bereitet hatte. Es stimmte, ihr Interesse an der Künstlerin hatte damit begonnen, dass sie ihre Karriere hatte in Schwung bringen wollen. Aber das Gefühl des Verletztseins, dass sie empfunden hatte, als Bette sich Mallory Dale zuwandte, hatte sie tiefer getroffen, als jede Zurückweisung im Job sie hätte verletzen können. Doch dann hatte Patricia sie bei sich aufgenommen, ihr ihre Liebe bewiesen, ihr das Gefühl vermittelt, Teil von etwas Besonderem zu sein. Vielleicht war das wichtiger als Sex.

„Gib mir die Fernbedienung", bat Patricia.

Poppy gehorchte pflichtbewusst, warf ihrer Freundin einen Blick zu. Vielleicht würde es schon helfen, wenn Patricia ein bisschen mehr auf ihr Äußeres achtete. Poppy wusste, dass es nicht fair war, Vergleiche zu ziehen. Es nicht zu tun, gestaltete sich jedoch schwierig, weil sie selbst so viel Zeit in der sexuell aufgeladenen Atmosphäre im Blue Angel verbrachte; mit Frauen, die, obwohl sie nicht alle schön waren, ohne Frage das Beste aus sich machten. Patricia hingegen hatte noch nie ein Fitnessstudio von innen gesehen, und in ihrem Universum war ein Strumpfhalter eine Art exotisches Tier, nicht Teil eines schicken Wäschesets.

„Eigentlich würde ich heute Abend ganz gerne ausgehen", sprudelte es aus Poppy heraus. Überrascht sah Patricia sie an.

„Wirklich?" Sie schaltete um und erwischte einen Nachrichtensender mit Wetterbericht. „Heute Nacht ist es total kalt draußen – schau dir das nur an. Gerade mal fünf Grad. Ich schlage vor, wir bleiben hier, wo wir es warm und gemütlich haben."

„Geht klar. Ich setze mich kurz an den Computer und schaue, ob ich einen Film entdecke, den wir uns morgen ansehen können."

„Gute Idee", antwortete Patricia und schaltete zufrieden wieder um zu ihrer Anwaltsserie.

Poppy zog sich eine Strickjacke über ihr durchsichtiges Mieder von La Petite Coquette. In einem hatte Patricia ganz ohne Zweifel recht – es war kalt.

Im Büro schaltete sie das Licht und den Computerbildschirm an und schloss die Tür ab. Als Nächstes zog sie die Unterwäsche aus, warf sich in den Stuhl am Schreibtisch und loggte sich auf einer ganz bestimmten Webseite ein. Rasch klickte sie sich durch einige Links mit Videos, in denen Frauen einander mit Dildos verwöhnten oder Blowjobs austeilten. Sogar ein seltsames Fetischvideo konnte man sich anschauen, in dem zwei Frauen sich damit die Zeit vertrieben, einen schwarzen Ball zwischen sich hin und her wandern zu lassen, wobei sie nur ihre Rosetten gebrauchten. Nichts davon erregte Poppy. Von all den Frauen auf dieser Webseite machte sie nur der Pornostar Stoya scharf. Mit ihrer Alabasterhaut, dem schwarzen Haar und dem straffen Körper mit seinen perfekten kleinen Brüsten sah sie Bette Noir auf geradezu unheimliche Weise ähnlich.

Poppy klickte sich zu einem Link durch, in dessen Video Stoya von zwei Männern zugleich penetriert wurde – einer der Typen hatte seinen Schwanz in ihren Hintern, der andere seinen in ihre Pussy gesteckt. Auf dem Gesicht des Pornostars war ein Ausdruck verzückter Leidenschaft zu erkennen, und der Mann, der auf ihr lag, hatte seine Hand in ihr Haar vergraben. Dann drückte er ihr eine Hand an die Kehle.

Poppy schloss das Video wieder – entschieden zu penislastig für ihren Geschmack. Sie wollte Stoya beim Solo-Sex oder zusammen mit einer anderen Frau. Schließlich begnügte sie sich mit einigen Fotos von Stoya, auf denen außerdem eine Frau namens Jizz Lee zu sehen war. Jedenfalls stand das so in den Bildunterschriften. Poppy arbeitete sich durch die zwei Dutzend Fotos, auf denen das Paar vorgab, sich am Morgen nach den AVN Awards miteinander im Bett zu vergnügen. Auf einigen sah man Stoya unter Jizz; ihre Brüste wurden mit der Zunge verwöhnt, und ein freches Lächeln umspielte ihre vollen Lippen. Auf anderen Fotos lag sie oben, hatte ihre Hand zwischen die Beine der anderen Frau geschoben. Stoya und Jizz küssten sich, lächelten beide – entweder waren sie wirklich verrückt nacheinander oder konnten sehr gut schauspielern.

So sollte das aussehen, wenn zwei Frauen miteinander ins Bett gingen!

Poppy ließ eine Hand zwischen ihre Beine wandern; mit dem Mittelfinger berührte sie sanft ihre Klit, drang dann in ihre Muschi ein. Zu ihrem eigenen Erstaunen war sie schon sehr feucht, und einen Moment lang spielte sie mit dem Gedanken, wieder ins Schlafzimmer zu gehen und Patricia zu verführen. Doch dann musste sie an das letzte Mal denken, als sie es getan hatten, und daran, wie sie selbst nur mit Mühe zum Orgasmus gekommen war. Darum blieb sie, wo sie war, und drang immer tiefer in sich selbst ein, während sie sich Stoyas Porzellankörper ansah, eng umschlungen von der männlich wirkenden Lesbe mit dem millimeterkurzen Haar.

Poppy schloss die Augen. Stoya verwandelte sich in Bette, und es war Poppy, an die sie sich so heftig schmiegte. Ihre eigene Brust, die von der dunkelhaarigen Schönheit liebkost wurde. Sie stellte sich vor, wie es sich anfühlen würde, wenn Bette mit den Zähnen ihre Brustwarze umklammerte – das

Bild war halb Erinnerung, halb Fantasie. Sie sah Bettes Finger vor sich, und wie sie mit geübten Bewegungen zwischen ihren Beinen herumspielte, ihren Daumen, der ihre Klit neckte, ihren Mittelfinger, den sie in Poppys Muschi einführte – genau wie an diesem Abend vor einem Jahr. Sie konnte Bette förmlich riechen, diesen Duft des Parfums von Vanille und Zitrus, als sie das erste und einzige Mal Sex gehabt hatten.

Poppy krümmte den Rücken, spürte den harten Schreibtisch hinter sich. Immer rascher bewegte sie ihre Hand, schob ihren Finger in sich hinein und zog ihn wieder heraus. Ihr Atem ging schneller, und weil ihre Muschi stark anschwoll, wusste sie, dass sie bald ihren Höhepunkt erreichen würde.

„Poppy? Warum hast du denn abgeschlossen?“, rief Patricia von draußen und klopfte dabei an die Tür.

„Sorry – eine Sekunde noch“, antwortete ihre Freundin, öffnete die Augen und sah Stoya vor sich. Dabei versuchte sie, ihren Orgasmus nicht entwischen zu lassen, der so nahe schien.

„Schau doch mal nach, ob dieser Film mit Colin Firth im Angelika läuft“, schlug Patricia von draußen vor.

Poppy ließ eine Hand an Ort und Stelle; mit der anderen klickte sie sich hektisch durch die Bilder auf dem Monitor. Aber da war nichts mehr zu machen – der Orgasmus löste sich in nichts auf, wie ein Ballon, aus dem die Luft entwich.

„Gib mir eine Minute, ja?“, bat sie in gereiztem Tonfall, war dabei selbst überrascht, wie ärgerlich sie klang.

Auf der anderen Seite der Tür herrschte Stille.

Wieder fragte sich Poppy, ob es so in einer normalen Beziehung ablief. Und wenn dem so war, wie viel länger würde sie das noch ertragen?

Das Wort „Pub“ in „Joe’s Pub“ war völlig irreführend. In Wirklichkeit handelte es sich um eine Lounge mit einer kleinen Bühne, perfekt geeignet für professionell organisierte Shows in gemütlicher Atmosphäre. Oft war es sehr schwierig, überhaupt an Karten zu kommen, aber die Plätze, die ihnen Billy Barton besorgt hatte, gehörten ohne Frage zu den besten. Mallory, Alec und Violet saßen nicht vorn in der Mitte, sondern in einer Nische, die zugleich geräumig und gemütlich wirkte, ein wenig im Dunkeln und dabei leicht erhöht, sodass sie einen perfekten Blick auf die Bühne hatten.

Eine Kellnerin nahm ihre Bestellung auf.

„Will außer mir noch jemand Champagner? Dann können wir gleich eine Flasche bestellen“, erklärte Violet. Alec warf Mallory einen Blick zu. Den ganzen Abend über hatte er sie behandelt, als sei sie seine Mutter – und sie alles entscheiden lassen: wann sie losgingen, um Violet zu treffen, wie sie sich hinsetzten (Mallory auf die Bank, Violet folgte ihr, Alec bildete das Schlusslicht); jetzt überließ er es ihr, ein Getränk auszuwählen.

„Champagner klingt gut“, antwortete Mallory.

So ungern sie es zugab: Violet sah atemberaubend aus mit ihren faszinierenden grünen Augen, dem Porzellanteint, dem Mund, der einer Rosenknospe ähnelte. Doch das Ätherische ihrer natürlichen Schönheit wurde durch ihren extremen Stil noch verstärkt: durch das Weißblond ihrer jungenhaft kurz geschnittenen Haare, ihr Zungenpiercing und ihre verschiedenen Tattoos. Ihr rechter Oberarm war komplett tätowiert, auf dem einen Schulterblatt hatte sie ein Pikass, und über ihrer linken Brust befand sich ein Strauß Veilchen – was auch sonst, bei ihrem Namen?

Auch ihre Kleidung konnte man nur als aufsehenerregend bezeichnen; sie trug zerrissene schwarze Jeans, ein Bustier in derselben Farbe und eine Lederjacke.

Die Musiker hatten bereits ihren Platz auf der Bühne eingenommen. Jack Terricloth und seine Bassistin Sandra saßen einander auf Hockern gegenüber. Mallory hatte irgendwo gelesen, dass die beiden ein Paar waren und sich kennengelernt hatten, als Sandra Teil von Jacks Band The World/Inferno Friendship Society geworden war. Sie genossen Kultstatus, dennoch war Mallory noch nie bei einer ihrer Shows gewesen.

Sandra und Jack alberten ein wenig herum. Die Musikerin sah einfach fantastisch aus; sie hatte blaue Augen und trug blutroten Lippenstift, dazu lange Dreadlocks.

„Sie ist echt heiß", sagte Violet zu Mallory und wies mit einem Kopfnicken zu Sandra.

„Ja, stimmt", entgegnete Mallory. Im nächsten Augenblick schob Violet eine Hand unter ihr kurzes schwarzes Kleid und legte sie ihr auf den Oberschenkel. Mallory war völlig überrascht und versuchte, sich nichts anmerken zu lassen. Dabei fragte sie sich, ob ihre Kollegin die andere Hand wohl auf Alecs Bein platziert hatte. Davon musste sie wohl ausgehen. Sie schob Violet weg und warf Alec einen schnellen Blick zu. Er war ganz auf das Geschehen auf der Bühne konzentriert; nichts an seinem Gesichtsausdruck deutete darauf hin, dass unter dem Tisch irgendetwas vor sich ging.

Nun begann das Duo mit dem ersten Lied, und der Champagner wurde gebracht. Mallory trank einen großen Schluck und machte es sich dann in der Nische bequem, versuchte sich zu entspannen. Wieder ging Violet auf Tuchfühlung; nun bewegte sie die Finger sanft streichelnd auf Mallorys Oberschenkeln auf und ab, bis sie den Saum ihrer Unterwäsche erreichte. Mallory schaute zu Alec hinüber, der ihr zuzwinkerte. Ihr fiel auf, dass Violet ihr Champagnerglas in der linken Hand hielt – also konnte sie unmöglich zugleich Alec berühren. Ob der wohl wusste, was da unter dem Tisch ablief?

Violet ließ ihre Hand die Innenseite von Mallorys Schenkel entlangwandern, berührte dann mit einer federleichten Bewegung über der Unterwäsche ihre Muschi. Mallory sprang auf.

„Entschuldigung – ich muss nur mal eben zur Toilette", erklärte sie.

„Alles okay bei dir?", wollte Alec wissen.

„Klar. Natürlich. Bin sofort zurück."

Aber von okay konnte keine Rede sein. Mallory gestand es sich selbst nur sehr widerwillig ein, aber es erregte sie, von Violet angefasst zu werden.

Die Toilette bestand aus einer einzigen Kabine, und die Beleuchtung war so schlecht, dass sie kaum ihr eigenes Spiegelbild erkennen konnte. Deswegen ließ sich auch nicht mit Sicherheit sagen, ob sie blass aussah und Rouge auflegen sollte, oder ob ihre bleiche Erscheinung dem Licht zuzuschreiben war. Mallory widerstand der Versuchung, mehr aufzulegen – das war zu riskant, weil es bei besserer Beleuchtung möglicherweise übertrieben wirken würde.

Im nächsten Augenblick fragte sie sich, warum ihr das so wichtig war. Warum es ihr etwas ausmachte, ob Violet sie attraktiv fand oder nicht. Vielleicht lag es daran, dass sie sich in letzter Zeit wie das hässliche Entlein der Burlesque gefühlt hatte. Die Art, wie die Mädchen wie Pfauen voreinander herumstolzierten, lag ihr einfach nicht, und sie hatte als Einzige keine Tattoos, kein auffällig gefärbtes Haar, keine abgefahrene Frisur, keine Nacktfotos auf *Fleshbot*. Wenn Mallory sich mit anderen Frauen in der Kanzlei verglich oder mit ganz normalen Leuten auf der Straße, war sie außergewöhnlich gut aussehend, auf eine unkonventionelle Weise. In der Welt der Burlesque jedoch erschien sie langweilig, unauffällig. Sogar ihr Titel als „Moxie, die Burlesque-Ballerina" klang eher nach kühler Distanz, nicht nach ungezähmter Sexualität. Einerseits hob sie das aus der Menge heraus und war genauso ihr Markenzeichen wie für Violet Springerstiefel und Tattoos. Doch manchmal fühlte sich Mallory, als bremse ein Teil von ihr sie immer noch aus, als klammerte sie sich zu sehr an die „normale" Welt, weil sie Angst hatte, es in der Welt der Burlesque nicht zu schaffen. Und das, obwohl sie es in den Augen der meisten bereits geschafft hatte: regelmäßige Auftritte im Blue Angel, Erwähnungen in Zeitschriften, eintausend Facebook-Freunde und fast genauso viele Leute, die ihr auf Twitter folgten. Trotzdem fragte Mallory sich, ob sie wohl genug Ausdauer besaß, um so eine Karriere hinzulegen wie Bette Noir, oder so viel Aufmerksamkeit zu erregen wie Violet. Und was, wenn Allison recht hatte? Was, wenn die Burlesque ihre Beziehung zu Alec zerstörte … Nein, zu diesem Opfer war sie nicht bereit.

Vorsichtig legte sie ein wenig Rouge auf und ging zum Tisch zurück, wo Violet und Alec sich angeregt unterhielten. Mallory unterdrückte die Verärgerung, die in ihr aufstieg, und setzte sich wieder hin.

„Lasst uns weiterziehen", schlug Violet vor und legte dabei ganz selbstverständlich ihre Hand auf Mallorys Knie wie eine besitzergreifende Freundin. Innerlich schäumte Mallory vor Wut.

„Wir sind doch gerade erst gekommen", antwortete sie.

„Ich habe gehört, im Plaza soll was gehen. Da gibt es heute Abend eine Veranstaltung mit Mischa Galit. Ich bin dafür, wir hauen hier ab und schauen nach."

Von Mischa Galit hatte Mallory schon gehört. Er war dreiundzwanzig und ein ehemaliger DJ, der die überkandidelte New Yorker Clubszene hinter sich gelassen hatte. Jetzt nutzte er ein Netzwerk aus Trendsettern und den Reichen und Schönen; er hatte eine wilde Untergrundpartyszene begründet, in der spontan gefeiert wurde. Jeden Abend fanden diese Aktionen an verschiedenen Orten statt; manchmal in einem nur von Kerzen erleuchteten verlassenen Gebäude in Chinatown oder in einem Art Deco-Loft in Soho; in einigen Fällen auch in einem Fünf Sterne-Hotel. So ungern Mallory sich das auch eingestand: Sie war neugierig.

„Das hört sich doch ganz cool an", meinte Alec.

„Also gut. Gehen wir", stimmte Mallory zu.

Violet lächelte. „Alles klar. Da ist allerdings noch eine Sache: Um reinzukommen, muss man einen Hut tragen."

„Was denn für einen Hut?"

Violet zuckte die Schultern. „Ganz egal."

„Soll das heißen, wir fahren nach Hause, besorgen uns Hüte und treffen uns dann wieder?", erkundigte sich Mallory.

„Nein, natürlich nicht. Hier in der Nähe gibt es ein Kostümgeschäft, nur ein paar Blocks von hier. Und dann hin zur Party", erklärte Violet.

„Haben die denn so spät noch geöffnet?"

„Am Wochenende immer. Du wärst überrascht, wie viele Leute sich an einem gewöhnlichen Samstagabend in letzter Minute ein Kostüm besorgen müssen."

„Das kann ich mir kaum vorstellen", meinte Mallory.

„Das Mädchen, mit der ich mir an der Uni ein Zimmer geteilt habe, hat da früher gearbeitet. Von ihr weiß ich, dass man mit einem Kostüm eine um sechzig Prozent höhere Chance hat, abgeschleppt zu werden."

„Das ist doch lächerlich", erklärte Mallory.

„Ach, wirklich?", konterte Violet. „Denkst du vielleicht, dass die Leute an Halloween wegen der Süßigkeiten draußen herumgeistern?"

8. KAPITEL

Im Plaza war Mallory mit sechs Jahren zum letzten Mal gewesen. Damals hatte ihre Mutter ihr den Eloise-Shop gezeigt. Nun, zwanzig Jahre später, trug sie einen Fedora und folgte ihrem lebendig gewordenen Albtraum, der von oben bis unten tätowierten weißblonden Frau mit einem Piratenkopftuch, durch einen Seiteneingang ins Gebäude, in die mittlerweile privaten Räumlichkeiten.

Viele Leute waren außer sich gewesen, als das berühmte Hotel im Jahr 2002 für über siebenhundert Millionen Dollar von einem Privatmann aufgekauft worden war und man angekündigt hatte, man werde es in einen Komplex mit privaten Wohnungen umwandeln. Damals hatte Mallory diesen Unmut geteilt, doch letzten Endes waren einige der Räume erhalten worden, und viele andere waren Hotelzimmer geblieben. Den neuen Besitzern war es gelungen, die majestätische Eleganz, die das Plaza Hotel über ein Jahrhundert lang zu einem der berühmtesten in der Welt hatte werden lassen, wiederherzustellen und zu erhalten.

Ein Türsteher mit weißen Handschuhen zeigte ihnen den Weg zum Aufzug und drückte den Knopf für das oberste Stockwerk. Als sich die schmiedeeiserne Tür hinter ihnen schloss, erklärte Violet: „Noch was – hier braucht man ein Tattoo."

Mallory und Alec tauschen einen Blick.

„Mallory hat keins, Violet. Das hättest du früher sagen müssen", erklärte Alec. Violet musste sich ganz offensichtlich keine Gedanken machen, und Alec hatte einen Hai auf dem linken Arm. Doch Mallory hatte noch nicht der Versuchung nachgegeben, sich unter die Nadel zu legen – sehr zum Erstaunen ihrer Kolleginnen im Blue Angel.

„Lasst mich doch mal ausreden", erklärt Violet gereizt. „Wenn man keins hat, bekommt man hier ein temporäres."

„Wie diese Abziehbilder für Kinder?", wollte Alec wissen.

„Warum wartest du's nicht ab?", kam die Antwort.

Mallory und Alec tauschten einen Blick. Lächelnd rollte er mit den Augen, als wollte er sagen: ‚Das mit heute Abend ist auf deinem Mist gewachsen.'

Die Tür öffnete sich, und sie betraten einen beeindruckenden Raum mit hohen Decken, kristallenen Kronleuchtern und antiken Möbeln – wie man es in einem so luxuriösen Gebäude erwartete. Zu dieser Kulisse passten das Lied von Rihanna und Eminem, das über die Musikanlage zu hören war, und die demonstrativ coolen Gäste, die ohne Hemmungen ihre Haut herzeigten – ihre mit allen möglichen Tattoos verzierte Haut –, überhaupt nicht.

Eine superschlanke, hochgewachsene Blondine begrüßte sie am Eingang. Sie trug einen zylinderförmigen Hut mit Federn und Halbedelsteinen. Eine merkwürdigere Kopfbedeckung hatte Mallory noch nie gesehen. Irgendwie kam die Frau ihr bekannt vor – als kenne sie ihr Foto aus einer Zeitschrift oder aus der Klatschpresse.

„Hereinspaziert! Ich bin Penelope. Ist es okay, wenn ich Ihre Tattoos fotografiere? Für ein Kunstprojekt."

„Kein Problem", antwortete Violet.

„Einfach fantastisch", rief die Frau, fuhr mit dem Finger über die lilafarbenen Blüten auf Violets Brust. Dann richtete sie ihre Digitalkamera auf Violets Dekolleté, anschließend auf ihren Rücken und ihre Arme. Mallory und Alec standen inzwischen neben ihrer Begleiterin.

„Das ist alles ziemlich seltsam", meinte Mallory.

„Würdest du jetzt lieber zu Hause sitzen und fernsehen?"

„Ich komme mir wie im Fernsehen vor. Vielleicht ist das hier ja Teil irgendeiner Dokushow."

Die Blondine wandte sich ihnen zu.

„Wir kennen uns“, sagte sie zu Mallory.

„Ich denke nicht, dass wir einander schon begegnet sind.“

„Ich habe sie in meinem Club gesehen. Wenn jemand einmal in meinen Club kommt, vergesse ich sein Gesicht nie“, erklärte sie mit dramatischer Geste.

„Welcher Club ist das denn?“

„The Slit. Penelope Lowe.“

Jetzt erkannte Mallory sie wieder. Penelope Lowe war ein berüchtigtes Partygirl, eine reiche Erbin, ihr gehörte der Club The Slit. Die meisten echten Burlesque-Künstlerinnen erfüllte es mit Wut, dass diese Frau ihre eigenen Shows als Burlesque bezeichnete – es handelte sich viel eher um übertrieben sexualisierte Performances.

„Ach, natürlich. Ein cooler Laden. Letztes Jahr habe ich Ihre Weihnachtsshow gesehen. Zusammen mit meiner Freundin Bette Noir.“

„Bette Noir, eine tolle Frau! Wie geht es ihr denn? Seit sie berühmt ist, bekommt man sie überhaupt nicht mehr zu Gesicht.“

„Ganz ausgezeichnet. Sie tritt sehr viel in L. A. auf, weil Zebra dort ein Haus hat.“ Zebra war der exzentrische, extrovertierte Popstar, der Bette von einer Burlesque-Tänzerin in ein Lieblingskind der Presse und eine Ikone der Modewelt verwandelt hatte.

„Sie sollten auch einmal bei uns auftreten.“

„Vielen Dank, aber ich arbeite nur für das Blue Angel.“

„Seien Sie doch nicht albern! Agnes muss einfach mit der Zeit gehen, sich ein bisschen entspannen. Ihr Mädchen vom Blue Angel seid die Einzigen, die nicht in verschiedenen Clubs auf der Bühne stehen, und auf Dauer kann das eurer Karriere nur schaden. Was ich damit sagen will: Wem nützt dieses Exklusivitätsgetue denn letzten Endes? Doch nur der alten Agnes.“

„Nun, die ‚gute alte Agnes' hat mir damals eine Chance gegeben, und mir gefällt es im Blue Angel", erwiderte Mallory. Sie schaute Violet an, deren Karriere nicht im Blue Angel begonnen hatte, die jedoch von der gleichbleibenden Qualität der Shows dort profitierte. Hoffentlich würde sie dieses Gespräch nicht zum Anlass nehmen, ihre Zeit in beiden Clubs zu verbringen. Vielleicht sollte sich Mallory aber auch genau das wünschen – dann würde Violet wohl ihre Auftrittsmöglichkeit im Blue Angel verlieren. Auf diese Weise bekäme Alec sie nicht mehr ständig zu Gesicht. Zugleich schämte sich Mallory jedoch für diese Überlegung – dem Blue Angel sollte es gut gehen, und sie wünschte sich, dass Agnes noch lange ihren besonderen Status in der Szene behalten würde.

Doch Violet war bereits in der Menge verschwunden, und Mallory konnte nicht einmal mit Sicherheit sagen, ob sie Penelopes Einladung überhaupt mitbekommen hatte.

„Also schön", erklärte Penelope mit einem Lächeln. „Jetzt aber zu Ihrem Tattoo – Burlesque-Künstlerinnen haben da immer am meisten zu bieten."

„Ich nicht."

„Einfach unglaublich! Unberührte, jungfräuliche Haut. Phänomenal. Sie sind die Erste heute Abend. Bitte gehen Sie den Flur dort hinunter und dann nach rechts. Wenn Sie fertig sind, kommen Sie wieder zu mir. Dann mache ich ein Foto. Ach ja, wenn Sie einen besseren Hut möchten, müssen Sie in die Bibliothek. Dort stellt Brenda Waites Bolling ihre Herbstkollektion vor."

Mit diesen Worten wandte sie ihre Aufmerksamkeit dem Hai auf Alecs Arm zu.

Mallory bahnte sich einen Weg durch die Menschenmenge im Korridor, machte nur einmal kurz Halt, um sich einen Mimosa-Cocktail vom Tablett einer vorbeikommenden Kellnerin zu nehmen. Diese trug einen reich verzierten Kopfschmuck, sodass es aussah, als sitze ein Pfau auf ihrem Kopf.

Am Ende des Flurs trat Mallory durch eine Flügeltür und befand sich plötzlich in einem kleinen, gut ausgeleuchteten Raum. Dort saß eine Frau vor einer Staffelei, von verschiedenen Farbbehältern umgeben. Im ganzen Raum waren Kunstwerke aufgestellt, sorgfältig gezeichnete Skizzen von nackten Menschen, Blumen, reich verzierten Kruzifixen und Stars aus alten Filmen.

Das braune Haar reichte ihr bis zur Taille, ihre Nase wirkte flach, und ihre braunen Augen strahlten freundlich. Es sah aus, als seien ihre Arme und Beine mit Farbklecksen bedeckt, doch als Mallory genauer hinschaute, erkannte sie, dass es sich bei den schrillen Farbgebilden um Tattoos handelte.

„Ist das … Sind das …?“ So etwas hatte Mallory noch nie gesehen.

„Tattoos? Ja. Kommen Sie her.“ Die Frau deutete auf den Hocker vor sich.

„Ich will aber keins“, erklärte Mallory. Die Frau lachte. „Ich bin auch keine Tätowiererin. Sondern Malerin.“

Mallory starrte ihr aufs Bein. Es sah aus, als wäre hier Jackson Pollock am Werk gewesen.

„Sieht total echt aus.“

„Genau das soll es auch“, lautete die Antwort. „Ich habe mich extra an eine Spezialistin gewandt.“

Mallory ließ sich auf dem hölzernen Hocker nieder.

„Also, was soll ich jetzt hier? Penelope hat gesagt, ich muss hierherkommen, weil ich kein Tattoo habe.“

„Ich male Ihnen eins“, erklärte die Frau. „Ich bin Celeste.“

„Mallory. Gut, wie funktioniert das hier?“

„Sie können mir etwas beschreiben, irgendein Bild, oder sich ein Motiv aus meinen Zeichnungen oder Gemälden aussuchen.“

„Wie lange hält das Ganze denn?"
„Die Farbe, meinen Sie?"
Mallory nickte.
„Wenn Sie das wollen, lässt sich alles noch heute Abend mit Babyöl wieder entfernen. Wenn es etwas länger halten soll, kleben Sie das Motiv einfach vor dem Duschen ab. Sonst werden sich Risse bilden, und in ein paar Tagen ist der Spaß vorbei."
Mallory stand auf, sah sich die Bilder und Skizzen genauer an. Es gab nichts, was sie auf ihrem Körper haben wollte, nicht einmal für kurze Zeit. Sie konnte einfach nicht verstehen, wie sich jemand endgültig für so etwas entscheiden konnte.
„Also, ich weiß nicht …", sagte sie unschlüssig.
„Erzählen Sie mir doch einfach etwas von sich selbst. Was machen Sie denn beruflich?"
„Ich bin Burlesque-Tänzerin." Das so einfach über die Lippen zu bringen, hatte Mallory einiges an Übung gekostet. Anfangs war sie sich wie eine Hochstaplerin vorkommen, nach drei Jahren Jurastudium und einem halben Jahr in einer Anwaltskanzlei war es so selbstverständlich für sie, sich als Juristin vorzustellen, wie ihren Namen zu nennen.
„Cool", antwortete Celeste. „Wo treten Sie denn auf?"
„Im Blue Angel", antwortete Mallory.
„Oh, in einem meiner Lieblingsclubs! Ich war schon länger nicht mehr dort, aber da habe ich zum ersten Mal eine Burlesque-Show gesehen."
„Das Blue Angel ist einer der ältesten Clubs in New York. Dort gab es schon Burlesque-Nummern, als man die noch nirgendwo sonst sehen konnte. Jetzt schießen sie sozusagen wie Pilze aus dem Boden. Oder sagen wir, Shows, die sich Burlesque nennen", erklärte Mallory und dachte dabei an Penelope und das The Slit.
„Ich muss unbedingt mal kommen, wenn Sie auftreten.

Aber jetzt suchen wir erst mal ein Bild für Sie aus. Wie wär's denn mit einem blauen Engel?"

„Warum nicht." Die Idee gefiel Mallory.

„Ich kann ihn ganz sexy gestalten, sozusagen als Femme fatale mit Flügeln, oder eher wie einen gewöhnlichen Engel. Was meinen Sie?"

Mallory dachte einen Moment lang nach. Eine schwierige Entscheidung. Genau aus diesem Grund würde sie sich nie ein Tattoo machen lassen.

„Warum nicht ...", meinte sie.

„Ich finde, du solltest das sexy Motiv nehmen", erklang plötzlich Violets Stimme. Mallory wandte sich um; sie hatte noch nicht einmal bemerkt, dass ihre Kollegin das Zimmer betreten hatte. Celeste musterte sie gründlich.

„Wie ich sehe, haben Sie meine Dienste nicht nötig."

„Das stimmt", erwiderte Violet. Doch die beiden schauten einander auf eine Weise an, die Mallory erkennen ließ, dass sie darüber nachdachten, einander ganz andere Dienste zu erweisen. „Was dagegen, wenn ich zusehe?", erkundigte sich Violet bei Mallory.

„Nein", erwiderte diese.

Violet ließ sich auf einem Sofa nieder. Celeste machte sich daran, auf einer Palette Farbe anzuordnen – Blau, Schwarz, Weiß und Lila in einem halben Dutzend Schattierungen.

„Also eher sexy, ein gefallener Engel, sozusagen ein Fallen-Angel-Motiv?", wollte Celeste wissen.

„Ja, das klingt gut."

„Auf Ihren Bizeps?"

„Okay."

Während die Künstlerin mit einem feinen Pinsel ihren Arm bearbeitete, sah sich Mallory im Zimmer um. In der ersten Sekunde fühlte es sich kalt an, als die Farbe ihre Haut berührte, aber danach spürte sie fast gar nichts mehr.

Violet kam näher heran, setzte sich neben Celeste auf den Boden und gab vor, ihr bei der Arbeit zuzusehen. Doch Mallory konnte fühlen, wie sie den Blick über ihren Körper wandern ließ, von ihren Beinen zu ihren Brüsten und wieder zurück. Das machte sie ganz nervös, doch sie wusste nicht, was sie hätte sagen oder tun können, damit es aufhörte. Auf seltsame Weise fühlte sie sich von den beiden Frauen kontrolliert – Celeste verwendete ihre Haut als Leinwand, und Violet betrachtete sie wie ein Objekt. Sie glitt gedanklich in eine Fantasie ab, in der Violet näher kam und ihr wieder eine Hand unter das Kleid schob; diesmal drang sie bis unter das Gummiband von Mallorys Unterwäsche vor und berührte zart ihre Klit, bevor sie ihre Finger in ihre Muschi einführte.

„Sieht cool aus", kommentierte Violet. „Kann ich das auch mal probieren?"

„Was denn? Etwas malen?", fragte Celeste nach.

„Genau. Auf ihrer Haut."

„Natürlich. Aber nicht an meinem Motiv – Sie machen es nur kaputt", meinte die Künstlerin. Dabei schenkte sie ihr ein verführerisches Lächeln.

„Du willst etwas auf mir malen?", vergewisserte sich Mallory.

„Du bist schließlich diejenige, die hier auf einem Hocker sitzt", antwortete ihre Kollegin.

„Ich denke, ein Bild ist genug für einen Abend", erklärte Mallory.

„Keine Sorge – ich habe mir eine Stelle ausgesucht, an der niemand es sehen wird."

Mallory spürte, wie es zwischen ihren Beinen zu kribbeln begann.

Sie konnte Violet nicht in die Augen schauen. Stattdessen konzentrierte sie sich auf das schöne Bild, das Pinselstrich für Pinselstrich auf ihrem Arm entstand. Eine feingliedrige Frau mit braunem Haar, die eine blaue Korsage und schwarze Hotpants trug. Ihre Beine bedeckten schwarze Strümpfe, und der Pinsel tanzte gerade um den unteren Teil von Mallorys Bizeps, sodass winzige Stilettos entstanden. Die Frau hatte den Kopf zur Seite gewandt, die Hände hinter dem Rücken verschränkt, und Celeste malte eine große blaue Straußenfeder dazu, die wie Flügel wirkte.

Sekunden später legte die Künstlerin ihre Utensilien zur Seite und begutachtete ihr Werk.

„Sind Sie fertig?“, erkundigte sich Mallory.

„Ja“, bestätigte sie und reichte ihr einen Handspiegel. Mallory richtete ihn auf ihren Arm. Der Burlesque-Engel sah sogar noch besser aus, wenn sie ihn direkt betrachtete.

„Das gefällt mir sehr, sehr gut“, kommentierte Mallory. „Da bekomme ich fast doch Lust auf ein richtiges Tattoo!“

Das stimmte tatsächlich. Sie hatte sich beim Hinsetzen vorgenommen, die Farbe abzuwaschen, sobald sie nach Hause kam. Jetzt jedoch hoffte sie, das Motiv werde wirklich eine Woche halten, wenn sie es gut pflegte. Sie fragte sich, ob es wohl Alec gefallen würde. Vielleicht stand er aus diesem Grund so sehr auf Violet – wegen all der Kunstwerke, die ihre Haut zierten.

„Jetzt ich“, erklärte ihre Kollegin.

„Sind Sie denn Künstlerin?“, erkundigte sich Celeste.

„Sicher doch“, lautete die trockene Antwort. „Eigentlich gehöre ich in die Renaissance.“

„Ich wüsste nichts, was ich noch auf mir haben möchte“, warf Mallory ein.

„Ich schon.“

„Ach, und ich habe überhaupt nicht dabei mitzureden, was da auf meinen Körper kommt?“ Mallory lachte nervös.

„Nein“, meinte Violet.

Celeste räumte ihren Sitzplatz, sodass Violet Pinsel und Farben benutzen konnte. Mallory schaute in Richtung Tür und fragte sich, ob Alec wohl nach ihr suchte.

„Schieb deinen Rock hoch", forderte Violet sie auf. „Oder besser, zieh ihn gleich ganz aus. Ich will nicht, dass Farbe draufkommt."

„Den anderen Arm kannst du gern nehmen. Meinen Rock ziehe ich nicht aus."

„Ich dachte, Sie sind Burlesque-Tänzerin", mischte sich Celeste ein. „Vor uns brauchen Sie sich doch nicht zu schämen."

Ganz herzlichen Dank auch, dachte Mallory.

„Ich habe schon zigmal hinter der Bühne die Umkleide mit ihr geteilt. Keine Ahnung, warum sie sich jetzt so anstellt", kommentierte Violet. Beide Frauen sahen Mallory erwartungsvoll an.

„Wie lange dauert es denn, bis die Farbe trocken ist? Ich habe keine Lust, den ganzen Abend in meiner Unterwäsche hier zu sitzen."

„Wir unterhalten dich schon, bis es so weit ist, da bin ich ganz sicher", erwiderte Violet. „Und jetzt runter mit dem Rock."

In ihrer Stimme lag eine deutliche Schärfe, und ihr Blick war so beschwörend und kalt, dass Mallory beschloss, ihr zu gehorchen. Sie konnte sich vorstellen, dass Violet ihre SM-Kunden sehr erfolgreich zufriedenstellte.

„Also gut", erklärte Mallory. Gerade wollte sie Violet noch einmal darauf hinweisen, dass sie nur ein kleines Motiv akzeptieren würde – sicher keine Farbe auf ihrem ganzen Körper. Doch dann entschied sie sich dafür, lieber nichts zu sagen. Wenn sie zu sehr protestierte oder ihr Anweisungen gab, würde sie die Kollegin damit sicher nur provozieren und damit genau das Gegenteil erreichen. Wenn Mallory schon den

Rock ausziehen musste, konnte sie wenigstens dafür sorgen, dass sie auch Spaß dabei hatte.

Sie stand auf, zog den Reißverschluss ihres Rockes auf und trat aus dem Kleidungsstück. Dann faltete sie es zusammen und legte es auf den glänzenden Holzfußboden. In Bluse und schwarzer Unterwäsche stand sie vor Violet; ihre schwarzen Wildlederstiefel von Tori Burch hatte sie auch noch an.

„Setz dich wieder hin", befahl Violet.

Mallory gehorchte.

„Und jetzt die Beine auseinander."

„Bitte?"

„Mein Motiv kommt genau da hin." Mit dem hölzernen Pinselstiel berührte sie eine Stelle auf der Innenseite von Mallorys Oberschenkel.

Mallory öffnete die Beine, und Violet zog ihren Hocker dichter heran. Sie wählte einen Pinsel mit feiner Spitze aus, tauchte diesen in die lila Farbe und begann, eine Stelle ganz oben auf der Innenseite von Mallorys Oberschenkel zu bearbeiten, nur wenige Zentimeter von ihrer Pussy entfernt.

Celeste erhob sich, um die Tür zu schließen.

„Und was, wenn Penelope noch jemanden herschickt, der ein Tattoo bekommen soll?", wollte Mallory wissen.

„Die Leute können warten. Außerdem bin ich richtig erstaunt, überhaupt einen Partygast ohne Tattoo hier zu haben. Ich glaube, wir brauchen nicht damit zu rechnen, dass demnächst eine aufgebrachte Meute mit Fäusten gegen die Tür hämmert."

Sie gesellte sich wieder zu den beiden und stellte sich hinter Violet, die sich voll und ganz auf ihre Arbeit zwischen Mallorys Beinen konzentrierte. Celeste beugte sich vor, und zuerst glaubte Mallory, sie wolle Violets Werk genauer inspizieren. Doch dann stellte sie fest, dass die Künstlerin mit beiden Händen Violet umfasste und ihre Brüste berührte.

Diese reagierte jedoch nicht darauf, sondern malte immer weiter. Als Nächstes zog sie ihr das Bustier herunter, entblößte ihr den Oberkörper. Violets Busen war – auch wenn Mallory das nur äußerst ungern zugab – einfach vollkommen. Sie konnte nicht anders, sie musste hinsehen, als Celeste ihre Finger über Violets erigierte Brustwarzen wandern ließ, und zugleich spürte sie wieder ein Kribbeln zwischen den Schenkeln.

„Fast fertig", erklärte Violet mit ruhiger Stimme, als würde sie nicht gerade von einer fantastisch attraktiven Frau gestreichelt. Mallory betrachtete das Bild auf ihrem Bein. Ihre Kollegin hatte lilafarbene Blütenblätter gemalt, die sich weit öffneten und aussahen wie eine Vulva.

„Was soll denn das darstellen?", fragte Mallory.

„Ein Veilchen, was denn sonst?", kam die Antwort. „Da ich bekanntlich Violet heiße, also Veilchen, brauche ich mein Werk auch gar nicht mehr zu signieren."

Violet lehnte sich zurück und begutachtete das Ergebnis ihrer Arbeit.

Mallory schaute zu Celeste hinüber, die ihr zuzwinkerte.

„Soll ich ein bisschen pusten? Dann trocknet die Farbe schneller", schlug Violet vor, und ehe Mallory etwas erwidern konnte, beugte sie sich nach vorne und zog ihr das Höschen weg, blies dann sanft über ihre Muschi.

Mallorys Herz begann heftig zu klopfen. Sie wusste, sie hätte aufstehen sollen, der Sache ein Ende bereiten, was auch immer Violet da vorhatte. Doch als die mit einer Hand Mallorys Unterwäsche festhielt und mit dem Daumen der anderen sanft ihre Klit berührte, konnte Mallory sie nur anschauen. Ihre Blicke trafen sich und hielten einander fest, und dann schob Violet einen Finger ganz tief in sie hinein. Mallory musste sich auf die Lippen beißen, um nicht laut aufzustöhnen.

Und genau in diesem Moment öffnete sich die Tür. Alec.

Sofort ließ Violet das Gummi von Mallorys Slip los, doch da sie selbst mit entblößten Brüsten dastand, war es nur allzu offensichtlich, dass in diesem Raum nicht nur Bodypainting stattfand.

„Da bist du ja endlich“, begrüßte ihn Violet. „Wahrscheinlich hätte ich dir eine schriftliche Wegbeschreibung geben sollen.“

Alec nahm die Szene in sich auf und warf seiner Freundin einen fragenden Blick zu. Sie schwieg, und er kam ein paar Schritte auf die Gruppe zu.

„Tut mir leid, wenn ich störe.“ Vorwurfsvoll sah er Mallory an. „Tut einfach so, als wäre ich gar nicht da“, meinte er.

„Na ja, das geht wohl kaum. Wenn du also wirklich bleiben willst, mach dich wenigstens nützlich. Schließ am besten gleich mal die Tür ab“, befahl ihm Violet. Alec untersuchte die altmodische Klinke, machte sich dann am Schloss zu schaffen, bis ein lautes Klicken durch den Raum mit der hohen Decke hallte.

Violet ließ sich wieder in der Hocke nieder, und Mallory schloss ihre Beine, wobei sie darauf achtete, die Oberschenkel nicht aneinanderzupressen, damit das Blumenmotiv nicht verschmiert wurde.

„Warum setzt du dich nicht auf die Couch und schaust zu. Wenn du ein braver Junge bist, lassen wir dich vielleicht auch mitmachen.“

Mallory sah, dass ihr Freund etwas erwidern wollte – wahrscheinlich nichts besonders Freundliches. Celeste kniete jetzt neben Violet und liebkoste mit der Zunge ihre Brust. Alec sagte nichts, setzte sich tatsächlich hin.

Violet wandte sich wieder Mallory zu und zog ihr den Slip herunter. Die wagte es nicht, Alec anzusehen – sie fühlte sich unbehaglich, weil sie Violet begehrte, und weil sie davon ausging, dass Alec ähnlich empfand.

Wenig später brauchte sie sich keine Gedanken mehr darüber zu machen, ob sie Alec anschauen sollte oder nicht: Violet zog ihr ihren eigenen Slip über den Kopf, sodass sie nichts mehr sehen konnte. Mallory rückte an dem Stoff herum, damit der Gummizug nicht zu eng saß, doch Violet schob ihre Hand weg.

„Beine breit", befahl sie. Mallory gehorchte, und Violet drückte ihr die Knie noch weiter auseinander. Sie spürte, wie warm und feucht es sich anfühlte, als Violet sie außen leckte und dann ihren Finger wieder dort einführte, wo er vorher schon gewesen war. Mallory konnte sich nicht auf ihre eigenen Gefühle konzentrieren – zu sehr war sie damit beschäftigt, sich vorzustellen, wie Alec sich alles ansah. Außerdem fragte sie sich, was Celeste wohl gerade tat.

Dann leckte Violet sie nicht mehr, und nun spürte Mallory nichts als die langsame Bewegung ihrer Finger, den einen in ihrem Inneren, den anderen auf ihrer Knospe. Wenn sie entspannter gewesen wäre, hätte sie einen Orgasmus bekommen, aber das war in der jetzigen Situation völlig undenkbar. Sie hob die Hände und zog sich den Stoff von den Augen. Violet hatte den Blick aufmerksam auf Mallory gerichtet.

„Mach nur so weiter, dann binde ich dich noch fest", erklärte sie. Dabei war ihre Stimme ganz heiser vor Lust.

Doch Mallory schaute zu Alec hinüber – oder genauer gesagt dorthin, wo er noch vor zwei Minuten gesessen hatte. Er war nicht mehr da.

Mallory spürte, wie sich alles in ihr vor Schreck zusammenzog.

„Ich muss weg", rief sie und sammelte hektisch ihre Kleidung auf.

„Vergiss den Kerl. Ich will dich ficken", war Violets Antwort.

„Ich glaube, das hast du gerade getan", entgegnete Mallory.

Mallory zitterte am ganzen Körper, als sie das Plaza verließ. Das Angebot des Türstehers mit den weißen Handschuhen, ein Taxi für sie anzuhalten, ignorierte sie. Die Oktobernacht war auf fast schmerzhafte Weise vollkommen – eine perfekte Nacht, in der sie und Alec jetzt normalerweise zum Ufer des East River gehen würden, um dort auf einer Bank zu sitzen, Hand in Hand, um zusammen den Mond zu betrachten. Alec sagte immer, selbst wenn sie alt wären und nicht mehr in der ganzen Stadt herumrennen würden, um aufregende Dinge zu erleben oder wilden Sex zu haben, würden sie immer noch das hier teilen können: lange Spaziergänge, Händchen halten und den Mond anschauen.

Jetzt war sie sich dessen plötzlich nicht mehr so sicher.

„Verdammt noch mal, Alec. Geh schon ran." Sofort sprang die Mailbox an, zum dritten Mal.

Mallory schluchzte laut auf, fiel auf dem Kopfsteinpflaster des Fußwegs beim Central Park beinahe hin. Ein Paar drehte sich alarmiert nach ihr um.

Mallory setzte sich auf eine Bank und ermahnte sich selbst, sich zusammenzureißen. Irgendwann musste er doch ans Telefon gehen. Oder auch nicht.

Mühsam stand sie wieder auf und hielt ein Taxi an. Auch wenn er nicht ans Telefon ging – irgendwann musste er wieder im Apartment auftauchen.

Während der Fahrt rief sie ihn immer wieder an und schickte ihm SMS, erhielt jedoch keine Antwort. Am Ziel gab sie dem Chauffeur einen Zwanzigdollarschein, wartete gar nicht erst auf das Wechselgeld und nahm die Treppe bis in den achten Stock, weil sie keine Geduld für den Aufzug hatte.

Ganz außer Atem schob sie die Tür auf und sah Alec auf der Couch sitzen. Er tippte auf seinem iPhone herum.

„Ich habe die ganze Zeit versucht, dich zu erreichen!“, rief sie, als sie die Wohnung betrat. Ihr Herz klopfte wild.

„Ich weiß“, entgegnete er ruhig und ohne sie anzusehen.

„Warum bist du denn einfach gegangen?“, wollte sie wissen. Sie zog sich den Mantel aus und warf ihn auf einen Stuhl, setzte sich dann neben ihren Freund. Er wandte den Blick nicht von seinem iPhone ab, und auf dem Display konnte sie erkennen, dass er sich seinen Flugplan für die Reise nach L. A. ansah.

„Ist das eine rhetorische Frage?“, gab er zurück.

Mallory begriff, dass er nicht vorhatte, es ihr leicht zu machen.

„Alec“, sagte sie und legte ihm eine Hand auf den Arm. Er schüttelte sie ab. Mallory zwang sich, ruhig zu bleiben. Sie holte tief Luft. „Weißt du noch, als Bette uns letztes Jahr mit zu sich genommen hat? Damals hast du mir erzählt, dass du gern einen Dreier mit ihr wolltest, und du hast mich aufgefordert, einfach alles geschehen zu lassen. Dann ist es nicht dazu gekommen, zumindest nicht in dieser Nacht, aber es war ein Wendepunkt in unserer Beziehung. Du hattest mich gebeten, offen für Abenteuer zu sein. Und dann haben wir entschieden, dass diese Offenheit unsere Beziehung zu sehr kompliziert, und wir haben uns darauf geeinigt, dass Sex nur zwischen uns beiden stattfindet. Aber neulich abends, als du Violet zum Essen eingeladen hast, habe ich das so verstanden, dass du dich wieder für andere interessierst. Ich wollte kein Spielverderber sein und mich durch dein Interesse an Violet nicht bedroht fühlen. Auch nicht, dass es wieder so wird wie damals, als ich gerade nach New York gezogen war. Damals warst du der Abenteuerlustige von uns beiden, und mir hat alles Angst eingejagt.“

„So läuft es doch immer: Du vermutest, dass ich mich für jemand anderen interessiere; ich gebe zu, dass ich bestimmte Fantasien habe, über einen Dreier oder so – ich bin dann einfach ehrlich mit dir, weil die meisten Männer das ihren Freundinnen gegenüber nie zugeben würden, obwohl sie es sich alle wünschen, das kannst du mir glauben. Und während ich mit dir über alles rede, gehst du hin und lässt dich tatsächlich mit anderen Frauen ein! Das ist mit Bette passiert, und heute Abend wieder. Wie willst du mir das bitte erklären? Und wie, glaubst du, fühle ich mich dabei?"

Mallory wusste nicht, was sie darauf erwidern sollte. In gewisser Weise hatte er recht. War sie an allem schuld? Oder vielleicht stimmte auch, was Allison über die Welt der Burlesque gesagt hatte: Man konzentrierte sich dort so sehr auf den Körper als Kunst, als Ausdrucksform, dass es niemanden störte, wenn alle nackt herumliefen; und dadurch verzerrte sich ihre Wahrnehmung. Wenn Mallory erst einmal akzeptierte, dass alles möglich war, blieb dann irgendetwas unmöglich? Und brauchte sie Alecs Neugierde oder sein Interesse an anderen Frauen, sein harmloses Flirten als Vorwand dafür, ihre eigenen Fantasien auszuleben? Sie hätte es beim besten Willen nicht sagen können.

„Es tut mir leid", erklärte Mallory, streichelte ihm zärtlich mit den Fingern durchs Haar. Am liebsten hätte sie sich zu ihm gebeugt und ihn auf die Schläfen geküsst, doch sie fürchtete, er werde sie von sich stoßen. Außerdem wusste sie, dass sie völlig den Boden unter den Füßen verlieren würde, wenn sie jetzt seine Haut an ihren Lippen spürte. „Ich liebe dich. Ich wünschte, ich könnte es ungeschehen machen. Du weißt doch, ich will niemand anderen – genauso wenig wie du."

„Woher nehme ich die Gewissheit, dass das stimmt?", entgegnete er. Mallory konnte den Schmerz in seinen Augen sehen – er stritt nicht nur mit ihr, um einen Machtkampf auszutragen oder Bestätigung für sein Ego zu bekommen. Er empfand tatsächlich Zweifel.

„Alec, bitte sag das nicht. Ich liebe dich. Ich habe nie jemanden geliebt außer dir. Das sind nur unwichtige Begleiterscheinungen. Wachstumsschmerzen, weil wir schon so lange zusammen sind."

„Vielleicht zu lange", lautete seine Antwort.

Sie erschrak. „Was meinst du denn damit?"

„Wahrscheinlich kommt meine Reise nach L. A. gerade zum richtigen Zeitpunkt. Wir sollten einige Zeit getrennt voneinander verbringen. Lass uns nicht miteinander reden, bis ich in einer Woche wieder da bin. Ich muss nachdenken, und wenn du dir selbst gegenüber ehrlich bist, musst du das wahrscheinlich auch."

„Du meinst, dass wir die ganze Zeit keinen Kontakt haben?"

Er nickte.

Das war das Letzte, was Mallory wollte – vor allem jetzt, wo sie wusste, dass er mit Kendall James in L. A. sein würde. Was für ein Desaster. Sie hatte alles besser machen wollen, und das war dabei herausgekommen!

„Ich brauche keine Zeit zum Nachdenken!", sagte sie. „Ich weiß ganz genau, was ich für dich empfinde. Dass ich diese Beziehung will." Sie griff nach seiner Hand, aber er stand auf und ging ins Schlafzimmer. Mallory folgte ihm und sah ihm dabei zu, wie er ein Kissen und die Decke von ihrem gemeinsamen Bett nahm.

„Ich schlafe heute Nacht auf der Couch", erklärte er.

„Bitte nicht." Doch sie wusste, dass sie ihn nicht würde umstimmen können. Alec konnte sehr stur sein, und die Kälte in seinem Blick sagte ihr, dass jedes Wort umsonst wäre. Jetzt war sie nicht mehr nur aufgewühlt – sie hatte Angst.

Und es gab nichts, absolut nichts, was sie dagegen hätte unternehmen können.

9. *KAPITEL*

„Guten Morgen“, grüßte Gavin, als er ihr Büro betrat, den Mantel über dem Arm.

Mallory hatte die letzten beiden Stunden damit verbracht, sich in den Berg Papier auf ihrem Schreibtisch zu vergraben. Nur so konnte sie sich davon abhalten, ständig auf die Uhr zu schauen, Dinge zu denken wie *Jetzt steigt Alec ins Flugzeug, jetzt ist er schon halb in L. A., in zwei Stunden landet er …* Die Vorstellung, heute Abend nach Hause gehen zu müssen, war schrecklich für sie. Sie hatte ihre Ballettsachen mitgenommen, um direkt von der Arbeit ins Studio fahren zu können. Auf diese Weise ließ sich die leere Wohnung länger meiden.

„Müssen Sie heute Morgen zum Gericht?“, erkundigte sie sich bei ihrem Chef. Gavin trug einen marineblauen Nadelstreifenanzug. Solche Outfits standen ihm, und ihr fiel einmal mehr auf, wie gut er aussah – wie ein Model aus einem Männermagazin. Mallory dachte darüber nach, wie es wohl in der Beziehung zwischen ihm und seiner Freundin aussah. Die in Connecticut geborene Susan Moreland, eine Pferdenärrin, hätte ihn sicher niemals zornig gemacht, weil sie einer anderen Frau erlaubt hätte, sie zu fingern – davon ging Mallory jedenfalls aus.

„Ja, leider. Dabei würde ich den Vormittag lieber damit verbringen, ein paar Akten durchzusehen, aber das geht nicht. Haben Sie hier alles unter Kontrolle?“, fragte er.

„Ja, alles klar“, erklärte sie in munterem Tonfall. Überrascht stellte sie fest, dass sich ihre Laune seit seinem Erscheinen in ihrem Büro schlagartig verbessert hatte.

„Ich sehe gerade die eidesstattlichen Aussagen im Fall Marchand durch.“

„Ausgezeichnet. Darum habe ich Fiona auch gebeten. Bis morgen Nachmittag müssen wir damit fertig sein.“

„Kein Problem", erwiderte sie. „Viel Erfolg bei Ihrem Termin."

„Danke. Und danke auch dafür, wie Sie sich für diesen Fall engagiert haben. Bei Richter Hager weiß man ja nie, aber ich glaube, wir können ganz zuversichtlich sein." Er schaute ihr über die Schulter; offenbar hatte er etwas entdeckt, das sein Interesse weckte. „Sie machen Ballett?", fragte er.

„Bitte?", fragte Mallory, drehte dann den Kopf in seine Richtung. Ihre „Ballet Academy"-Tasche lag ganz oben auf einem Aktenschrank. „Ach so. Nein, ich bin keine Balletttänzerin. Ich mache das nur für die Fitness. Ins Studio gehe ich überhaupt nicht gern."

„Das ist ja fantastisch!", meinte er. So enthusiastisch hatte Mallory ihn noch nie erlebt. „Cynthia Hobbs sitzt im Vorstand des New York City Ballet, müssen Sie wissen."

Cynthia Hobbs gehörte zu den Klägern in einem von Gavins erfolgreichsten Verfahren der letzten Zeit. Seine raffinierten Strategien während der Verhandlung hatten ihr Unterhaltszahlungen in Millionenhöhe eingebracht.

„Oh, das wusste ich gar nicht." Es war ein seltsames Gefühl für sie, mit ihrem Chef über Persönliches zu sprechen – sofern man davon ausging, dass es sich beim Thema Ballett um etwas Privates handelte. Wenn man jedoch bedachte, dass sie sonst nur über die Arbeit und nichts als die Arbeit sprachen, war das hier durchaus etwas anderes als ihre üblichen Unterhaltungen.

Mallory ertappte sich bei dem Wunsch, das Gespräch in die Länge zu ziehen, wollte ihren Chef jedoch nicht damit aufhalten, dass er sich verpflichtet fühlte, weiter mit ihr zu reden.

„Prima. Also dann bis später", sagte sie. Bildete sie sich das nur ein, oder blieb er einen Moment länger als nötig im Türrahmen stehen?

Mallory wandte sich wieder ihrem Schreibtisch zu. Wenn sie nur Julie und Allison nichts von ihren Plänen mit Violet und Alec erzählt hätte. Beide hatten schon zweimal angerufen und wissen wollen, was weiter passiert war, aber sie hatte sich einfach nicht dazu überwinden können, ihren Freundinnen die Wahrheit zu sagen. Es war viel einfacher, derartige Bekenntnisse abzulegen, wenn es der Freund war, der den Fehler begangen hatte, nicht man selbst. Sie konnte sich nicht vorstellen, was Allison und Julie sagen würden, wenn sie ihnen von dem vergangenen Abend berichtete. Genau genommen konnte sie es: Beide würden die Meinung vertreten, dass sich Alec endlich halbwegs anständig benahm, wogegen sie vorgeprescht war und sich unverantwortlicher verhalten hatte als er in seinem ganzen Leben. Damit hätten sie auch recht. Und sie würden Mallory unverblümt mitteilen, dass sie die zeitweilige Trennung nur verdient hätte.

Mit einem Seufzer nahm Mallory die Akte Klein gegen Klein zur Hand. Gavin nahm für eine seiner Klientinnen, Marcy Gold Klein, einen Gerichtstermin wahr. Dieser Fall war die perfekte Bestätigung der Redensart, dass Geld allein nicht glücklich macht. Marcy feierte mit ihren Fashion Shows einen Erfolg nach dem anderen, und ihr jetziger, jedoch bald geschiedener Ehemann hatte an der Wall Street ein Vermögen verdient. Sie besaßen mehrere Häuser und waren Gäste auf Promipartys an der West- und an der Ostküste. Außerdem hatten sie zwei wunderhübsche Zwillingsmädchen. Trotzdem handelte es sich bei ihrem Scheidungskrieg wohl um den schmutzigsten, den Mallory direkt oder über die Akten miterlebt hatte, seit sie vor sieben Monaten in die Kanzlei gekommen war. Und das wollte schon etwas heißen. Es erstaunte sie immer wieder, dass Menschen, die sich einmal ewige Liebe versprochen hatten und einander glücklich machen wollten, so viel Energie dafür aufwenden können, das Leben des anderen möglichst gründlich zu zerstören, und das oft nur wenige Jahre nach ihrem feierlichen Versprechen. Als sie ihrem Chef gegenüber diese Gedanken einmal zum Ausdruck gebracht hatte, war seine Antwort gewesen, diese Dinge überraschten oder berührten ihn schon lange nicht mehr. Gleichzeitig hatte er jedoch eingeräumt, dass Scheidungsanwälte besonders häufig Opfer eines Burn-out wurden.

„Glauben Sie, Ihre Arbeit beeinflusst in irgendeiner Weise Ihre Erwartungen im Hinblick auf Ihre eigene Beziehung?", hatte Mallory sich eines Tages im Konferenzraum erkundigt. Wie sie auf den Gedanken gekommen war, es sei in Ordnung, ihm eine so persönliche, so neugierige Frage zu stellen, wusste sie selbst nicht genau. Aber es interessierte sie wirklich. Susan Moreland war eine hübsche Blondine, eine ehrgeizige Reiterin und jemand, den Gavin schon aus der Studienzeit kannte, obwohl sie erst seit einem Jahr miteinander ausgingen.

Ihr Chef schien die Frage nicht unangebracht zu finden und beantwortete sie sorgfältig und durchdacht, wie immer, wenn sie etwas Geschäftliches besprachen.

„Bei meinem Beruf wäre es tatsächlich leicht, zum Zyniker zu werden. Aber ich möchte doch lieber ein Optimist bleiben. Sogar ein Romantiker." Sein Lächeln deutete an, dass er nur halb im Ernst sprach, aber sie hatte den Eindruck, er meine es wirklich so.

Jetzt, nach einer durch und durch unromantischen Nacht, konnte sie nicht anders – sie dachte an diese Unterhaltung zurück.

Ihr BlackBerry klingelte, und ihr Herz schlug schneller. Für einen kurzen Augenblick ließ sie die Hoffnung zu, es sei vielleicht Alec, der Gesprächsbereitschaft signalisierte. Ihr mitteilte, dass er nicht nach L. A. fahren wollte, solange die Dinge so zwischen ihnen standen. Aber es war nicht Alec.

„Bette?"

„Hallo, Süße. Was machst du gerade?"

„Ich bin im Büro – in der Kanzlei, von der ich dir erzählt habe."

„Ach. Ich dachte, aus den Klauen der Juristerei hätte ich dich gerettet."

„Na ja, nur *living la vida loca* reicht eben nicht, um über die Runden zu kommen."

„Bei mir schon."

„Genau darum bist du auch mein großes Vorbild", erklärte Mallory, nur halb im Scherz. „Wie ist das Leben auf der Überholspur?"

„Ach … Okay."

„Okay, mehr nicht?"

„Das erzähle ich dir, wenn wir uns sehen."

„Heißt das, du bist in New York?"

„Noch nicht, aber morgen."

„Perfektes Timing! Morgen Abend steigt die Halloween-Show. Komm doch dazu, um der alten Zeiten willen."

„Aber ich bin doch auf Lebenszeit verbannt, oder?"

Als Bette Knall auf Fall den Club verließ, nachdem sie eine Beziehung mit der schönen, androgynen Popprinzessin Zebra begonnen hatte, erklärte Agnes, sie dürfe nie wieder einen Fuß in den Club setzen – damals hatte sie sofort Mallory eingestellt, um die Lücke in der Show zu füllen, und auf diese Weise deren Karriere als Burlesque-Tänzerin in Gang gebracht.

„Ach was. Agnes hat dein Bild aus der Dolce-Kampagne in der Garderobe aufgehängt. Sie würde es nie zugeben, aber insgeheim ist sie stolz auf dich. Außerdem glaube ich, sie hat zurzeit ganz andere Sorgen."

„Was denn für Sorgen?"

„Das erzähle ich dir, wenn wir uns sehen."

„Klingt, als hätten wir einiges zu besprechen."

„Und ob", entgegnete Mallory und dachte dabei an den vergangenen Abend. Sie war so glücklich, die Stimme ihrer alten Freundin zu hören, dass sie ein freudiges Kribbeln verspürte.

Poppy ging zwischen den Regalen von M&J Trimmings auf und ab, ihrer liebsten Adresse, wenn sie Schleifen, Knöpfe, Federn und andere Verzierungen kaufen wollte. Sobald sie das Geschäft betrat, stieg ein Glücksgefühl in ihr auf – ein Einkaufsparadies, wenn man selber Kostüme nähte.

Sie versuchte, sich nicht von den auf einer Seite abgeflachten Swarovski-Strasssteinen und ihrem wunderschönen Blau und Grün verführen zu lassen, von den poetisch anmutenden Namen wie „Mint-Alabaster", „Peridot", „Olivine" oder „Capriblau". Die Dinger kosteten ein Heidengeld, und sie war nur hergekommen, um sich Tassels für ihr Halloweenkostüm zu besorgen.

Jedes Mal entdeckte sie hier zehn verschiedene Dinge, die sie kaufen wollte – um sie zu besitzen, oder weil sie darin die Inspiration für ein anderes Kostüm fand. Aber eine ihrer wichtigsten Regeln lautete, bei Materialeinkäufen vorher eine Liste zu machen und von dieser niemals abzuweichen. Sonst würde sie zu viel Geld für Dinge ausgeben, die glänzten und die sie nicht wirklich brauchte. Genauso wie bei ihrer Beziehung mit Patricia. Poppy musste sich ganz einfach darauf konzentrieren und durfte sich nicht von Glitzerkram ablenken lassen, von sexy Frauen, die nie so viel für sie empfinden würden wie Patricia, die Poppy wirklich liebte.

Am vergangenen Abend hatte sie solche Gewissensbisse gehabt, weil sie ihre Freundin nicht ins Zimmer gelassen hatte, um sich allein Pornofilme ansehen zu können, dass sie sofort auf Patricia zugegangen war und sich mit ihr versöhnte. Zu ihrer Überraschung war ihre Partnerin sofort dazu bereit gewesen, den Fernseher abzustellen, und ihr Liebesspiel war von einer Intensität erfüllt, die Poppy nur aus den ersten Tagen ihrer Beziehung kannte. Fast als spüre Patricia, dass ihre Partnerin sich unruhig fühlte, und als wünsche auch sie sich ihre harmonische Beziehung zurück.

Poppy bog rasch in einen anderen Gang ab, weg aus der Glitzerstein-Gefahrenzone, wandte sich den verschiedenen Tassels zu. Schnell fand sie die goldenen, die sie suchte, und legte sie in ihren Einkaufskorb. Genau in diesem Augenblick nahm sie wahr, dass sich vor der Ladentür etwas tat.

„Mit der Kamera dürfen Sie hier nicht rein!", schrie einer der Verkäufer.

Poppy suchte sich ein weiteres Set aus, diesmal in Schwarz, falls ihr das Gold plötzlich doch nicht mehr gefiel. Dann ging sie in den vorderen Teil des Ladens. Der Grund für das Geschrei interessierte sie nur mäßig, doch als sie aus dem Fenster schaute und die Menge auf der Sixth Avenue sah, wurde ihre Neugierde doch geweckt.

„Was ist denn da los?", erkundigte sie sich bei einer gelangweilt wirkenden jungen Frau an der Kasse.

„Weiß ich nicht genau", erklärte die Angesprochene schulterzuckend. „Hier läuft wohl irgendein Promi herum. Jedenfalls drängeln sich da draußen die Paparazzi."

Poppy legte ihre Einkäufe auf den Ladentisch. Sie lebte jetzt schon so lange in New York, dass sie die ganzen Berühmtheiten nicht mehr interessierten. Während die Kassiererin ihre Tassels über den Scanner zog und sie in eine Plastiktüte steckte, schaute sich Poppy noch einmal im ganzen Laden um. Hatte sie auch nichts vergessen?

Genau in diesem Moment entdeckte sie sie.

Diesen glänzendschwarzen Bob hätte Poppy überall erkannt. Instinktiv schlich sie hinter der Frau her, wie ein Tier, das seine Beute verfolgt.

„Sie haben Ihre Kreditkarte vergessen!“, brüllte ihr das Mädchen von der Kasse nach. Doch Poppy ignorierte sie – sie wollte ganz sicher sein, musste unbedingt wissen, ob sie sich nicht vielleicht doch irrte.

Von hinten konnte Poppy nur das leuchtende schwarze Haar sehen und feststellen, dass sie knöchelhohe Stiefel mit Stilettoabsätzen trug, außerdem einen schwarzen Ledertrenchcoat. Das reichte schon.

„Bette, Bette“, rief Poppy, fühlte sich wie eine Stalkerin, als sie mit raschen Schritten auf ihre ehemalige Kollegin zulief.

Die Frau drehte sich um, und richtig, da war sie mit ihrer Alabasterhaut, den mädchenhaften Sommersprossen auf dem Nasenrücken. Ihre tiefblauen Augen waren unter einer übergroßen schwarzen Sonnenbrille mit runden Gläsern verborgen.

„Meine Güte, schleich dich doch nicht so an mich ran!“, meinte Bette.

„Tut mir leid! Es ist nur … Was für eine Überraschung, dich hier zu sehen“, entschuldigte sich Poppy. Ihr Herz schlug wie wild.

„Ich bin gerade erst wieder New York gelandet. Da musste ich sofort hierher. In Paris gibt es auch so einen Laden, sogar einen besseren. Aber davon abgesehen gibt es hier Dinge, die ich dort wirklich vermisse. Komm, begleite mich eben. Ich will noch einiges besorgen, bevor es die Paparazzi hier reinschaffen und ich verschwinden muss.“

Poppy schaute sich um, während sie gemeinsam durch die Gänge liefen. Obwohl sich draußen die Fotografen drängelten, schien es keinem der anderen Kunden aufzufallen, welche Berühmtheit sich unter ihnen befand.

„Ist das immer so – mit den Fotografen, meine ich?“

„Seit einiger Zeit, ja. In L. A. am schlimmsten. Ich hatte gehofft, in New York wäre es anders, aber da habe ich wohl Pech.“

Bettes Handy klingelte, und sie wühlte in ihrer Handtasche danach, als gehe es um Leben und Tod.

„Hey“, sagte sie und verbarg das Mobiltelefon in ihrer Hand, als könne jemand zufällig einen Blick auf das Display erhaschen. Mitten im Gang blieb sie stehen. „Weil du gesagt hast, ich soll nicht!“, zischte sie in das Gerät. Dann drehte sie Poppy den Rücken zu und stiefelte davon.

Sie sah ihr einen Moment lang nach, ging dann zur Kasse zurück, um ihre Tassels und ihre Kreditkarte in Empfang zu nehmen. Der Gedanke daran, jetzt zu Patricia nach Hause zu müssen, erfüllte sie nicht gerade mit Begeisterung.

Jetzt hatte Poppy tatsächlich etwas Glitzerndes gefunden, das sie nicht wirklich brauchte. Aber haben wollte sie es. Mehr als je zuvor.

10. KAPITEL

Violet spähte durch einen Spalt im Vorhang ins Publikum. Das Blue Angel war bis auf den letzten Platz besetzt. Eine erwartungsvolle Energie erfüllte den Raum, und sie freute sich auf die Show.

Allerdings verspürte sie ein Gefühl der Enttäuschung, als sie entdeckte, dass Mallory nicht auf dem Plan stand.

„Ist Mallory heute nicht dabei?“, fragte sie Agnes und hoffte, sie hätte sich einfach verlesen.

„Nein. Deswegen übernimmt Poppy die letzte Nummer und du die erste.“

Violet hasste es, gleich zu Anfang dran zu sein. Wer als Erste auftrat, konnte die Zuschauer leicht beeindrucken – zu leicht. Außerdem erinnerte man sich nie an die erste Darbietung, wenn man nach einer Stunde wieder ging. Wie sollte sie denn bekannt werden, wenn sie sozusagen zum Aufwärmen herhalten musste?

Auch die Sexorgie mit Ryan Ellison hatte ihr nicht zu mehr Berühmtheit verholfen; die Paparazzi hatten ja nicht gesehen, wie sie den Club mit ihm verlassen oder sich aus dem Hotel geschlichen hatte. Wenn sie ihm als Mistress Violet ordentlich den mageren Hintern versohlt hätte, hätte er sich das gemerkt – und mehr gewollt. Einem Mann Lust bereiten konnte jede Frau. Ihm Schmerz zufügen, darauf verstanden sich nur wenige.

Als Violet endlich die Bühne betrat, hatte sie schlechte Laune. Zum Glück war ihre Nummer laut und aggressiv; der Song „More Human Than Human“ von Rob Zombie dröhnte durch die Lautsprecher, und sie beherrschte die Bühne mit ihrer Dreadlock-Perücke, mit der Lederjacke, die ihre schwarze Korsage verdeckte. Ihre Beine steckten in schenkelhohen Motorradstiefeln mit fünfzehn Zentimeter hohen Absätzen.

Bestimmt gab es Leute, die kritisieren würden, dass ihr Auftritt wenig mit Kunst zu tun hatte, doch hinter der Art, wie sie sich ihrer Kleidung entledigte, den Zuschauern den Stinkefinger hinhielt und ihnen dann provokant ihre Pussy zeigte, stand eine ebenso ausgefeilte Choreografie wie hinter den Darbietungen ihrer Kolleginnen, die ihre Lockungen ein wenig subtiler gestalteten.

Eine Zuschauerin schien ihre gewagte Performance ganz besonders zu genießen – Violet erwischte Poppy dabei, wie sie ihr vom Bühnenrand aus zusah. Auf ihrem Gesicht, dessen konventionelle Schönheit kein Geheimnis zu verbergen schien, lag unermessliche Ehrfurcht. Zum ersten Mal begriff Violet, dass sie bei der Kollegin wohl gute Chancen hätte. Allerdings fehlte der Reiz. Im ganzen Club gab es nur eine Muschi, an der sie interessiert war, und auf die hatte sie gestern Abend einen Vorgeschmack bekommen. Jetzt wollte sie mehr, das stand fest.

Als sie abging, zog Agnes sie am Ellenbogen beiseite.

„Ich habe doch gesagt, wir bieten hier Burlesque, keinen Striptease."

„Das war doch Burlesque."

„Nicht, wenn es nach den Standards des Blue Angel geht."

„Sei doch nicht so altmodisch, Agnes. Niemand will ein paar fette Kühe sehen, die mit Federn wedeln und zu ‚Diamonds Are A Girl's Best Friend' tanzen. Genau aus diesem Grund kommen die Leute zum Aufwärmen hierher, und dann ziehen sie weiter ins The Slit, für die richtige Unterhaltung."

„Dann solltest du vielleicht auch dorthin weiterziehen. Noch so eine Nummer, und du fliegst raus. Die frechen Antworten kannst du dir übrigens auch sparen."

„Ich bin deine beste Tänzerin, und das weißt du ganz genau", erwiderte Violet.

„Von deiner Sorte habe ich schon Dutzende kommen und gehen sehen. Alle denkt ihr, ihr wärt etwas ganz Besonderes. In Wirklichkeit kann man euch alle problemlos ersetzen. Also mach, was du willst."

Violet griff sich ihre Tasche, wühlte nach ihrem Handy. Auf die alte Frau und ihren Club aus der Steinzeit war sie nicht angewiesen. Sie würde sich etwas Neues suchen, und Mallory würde sie mitnehmen.

Ihr gegenüber, in der Garderobentür, stand Poppy und starrte sie an.

Die dumme Gans da drüben kommt wahrscheinlich sogar mit, ohne dass ich auch nur ein Wort von mir gebe.

Violet fand ihr Telefon und wählte Mallorys Nummer.

Mallory beugte sich zum Badezimmerspiegel vor und untersuchte dabei ihren Arm. Heute Morgen hatte sie mit dem Gedanken gespielt, das Bild abzuwaschen. Doch sie ertrug den Gedanken nicht, es schon wieder loszuwerden, auch wenn es ein Symbol für den Beziehungsstress war, den sie gerade hatte.

Aber Alec war weg, auf der anderen Seite des Landes, hatte ihr nicht einmal eine SMS geschickt, damit sie wusste, dass er gut gelandet war. Deswegen machte Mallory sich daran, dem Tattoo mit einer Flasche Babyöl und ein paar Wattebäuschen zu Leibe zu rücken.

Sie schaute dabei zu, wie sich die blaue Farbe verflüssigte, wie das Gesicht des Engels schmolz.

In ihrer Handtasche auf dem Fußboden klingelte ihr Telefon. Vielleicht doch …?

Sie fischte das Handy aus der Tasche und bemühte sich dabei, es nicht mit Babyöl zu beschmieren.

„Hallo?"

„Hey", meldete sich Violet. „Was machst du denn gerade?"

Beim Klang ihrer tiefen, heiseren Stimme gruselte es Mallory. Erotische und quälende Bilder stürzten zugleich auf sie ein. Sie schloss die Augen, als könne sie sie damit vertreiben.

„Ich wollte gleich ins Bett." Im nächsten Augenblick bereute sie ihre Wortwahl – zu leicht konnte man sie als Einladung auslegen.

„Es ist doch noch ganz früh", war die Antwort.

„Nicht für mich. Gute Nacht."

Damit beendete Mallory das Gespräch. Was wollte Violet nur von ihr?

Vielleicht plante sie eine neue gemeinsame Aktivität für Samstag, um auch mit Alec Sex zu haben.

Mallory wandte sich wieder dem temporären Tattoo zu, bearbeitete das Motiv mit der ölgetränkten Watte, bis es verschwand.

Wieder klingelte ihr Telefon. Diese Violet traute sich was!

„Was ist?", knurrte sie.

„Mallory?"

„Gavin?"

„Ja, ich bin's. Ich hoffe, ich störe nicht."

Mallory brauchte einen Moment, um ihre Fassung wiederzugewinnen.

„Überhaupt nicht. Sind Sie immer noch in der Kanzlei?"

„Nein, auf dem Weg zu einer Dinnerparty bei Cynthia Hobbs. Sie hat eine Benefizveranstaltung fürs Ballett organisiert, und ich habe hier zwei Karten, aber gerade höre ich von Susan, dass sie es nicht schafft. Es wäre einfach schade, einen Platz verfallen zu lassen, und ich dachte mir, Sie hätten an diesem Event sicher Spaß. Die Hauptrollen des Schwanensee-Ensembles werden dort sein. Und Cynthia hat nichts dagegen, wenn Sie mitkommen. Sie war ganz begeistert von Ihrem Engagement für ihren Fall."

Mallory überlegte blitzschnell. Die Aussicht, der Einsamkeit ihrer Wohnung zu entkommen, nicht darüber brüten zu müssen, wo Alec war und ob er anrufen würde oder nicht, war überaus verlockend. Auch an Violet würde sie nicht zu denken brauchen oder an ihren Auftritt morgen, dem sie voller Furcht entgegensah, weil sie sich einfach nicht gut konzentrieren konnte. Aber hier saß sie in Leggins und T-Shirt, und er war schon auf dem Weg!

„Das kommt ehrlich gesagt ziemlich kurzfristig. Ich bin nicht gerade ausgehfertig", erwiderte Mallory.

„Werfen Sie einfach das Kleine Schwarze über. Das Durchschnittsalter auf der Veranstaltung wird ungefähr sechzig betragen. Auch wenn Sie Ihr einfachstes Kleid anziehen, werden Sie allen die Show stehlen. Vertrauen Sie mir."

Mallory musste lachen. Sie stand schon vor ihrem geöffneten Schrank.

„Wie viel Zeit habe ich denn?"

„Können Sie sich beeilen?"

„Natürlich."

„Dann bin ich in einer Viertelstunde da."

Mallory freute sich so sehr, dass ihr beinahe schwindlig wurde.

Violet schäumte vor Wut, als sie ihr Telefon abstellte. Sie war überhaupt nicht auf die Idee gekommen, Mallory könne sie heute Abend nicht sehen wollen. Während ihres gesamten Auftritts hatte sie sich vorgestellt, dass ihre Kollegin im Publikum saß, darauf wartete, dass Violet endlich fertig wurde und ihr die Muschi leckte. Die Erkenntnis, heute Abend nicht zu dieser Befriedigung zu kommen, war fast zu viel für sie. Sie warf das Handy auf den Boden, wo es mit einem Knall aufprallte und unter den nächsten Schminktisch rutschte. Alle Anwesenden schauten sie kurz an, wandten sich dann jedoch wieder ihren jeweiligen Tätigkeiten zu: SMS schreiben und den weiteren Verlauf des Abends in Angriff nehmen. Alle außer Poppy, die den Blick nicht von ihr abwenden zu können schien.

Violet zog Jeans und Springerstiefel an, warf sich ihre Tasche über die Schulter und stapfte zu Tür. Als sie an Poppy vorbeiging, befahl sie: „Komm mit."

Das brauchte sie nicht zweimal zu sagen.

Im Taxi auf dem Weg zu ihrem Apartment zog Violet ein T-Shirt aus der Tasche und verband Poppy damit die Augen. Das hatte nichts damit zu tun, dass sie einen kitschigen, schlechten Gangsterfilm nachspielen wollte – sie schätzte ihre Privatsphäre wirklich sehr, und ihr lag nichts daran, Poppy wissen zu lassen, wo sie wohnte oder wie es dort aussah. Dass ihre Kollegin alles ohne Protest hinnahm, ließ Violet hoffen, sie werde sich ihrem Willen auch im weiteren Verlauf des Abends beugen.

Im Idealfall hätte sie Poppy in den Club The Cellar oder in eine der anderen Lokalitäten für Dominas mitnehmen können, in denen sie arbeitete und manchmal eine Zimmerreservierung bekam. Aber an einem Freitag wäre das zu teuer gewesen, nur um Poppy eine kostenlose Freude zu machen, so sehr Violet jetzt gern ihr Equipment zur Verfügung gehabt hätte. Heute Abend würde sie einfach improvisieren müssen. Außerdem ging sie davon aus, dass Poppy nach ihrer Session noch lange nicht genug von ihr haben würde, und zum ersten Mal an diesem Abend verspürte Violet eine gewisse Erregung, als sie sich vorstellte, welche Freude es ihr bereiten würde, sexuelle Kontrolle über sie zu erlangen.

Allerdings würde sie es langsam angehen lassen – relativ langsam zumindest.

Das Taxi hielt vor ihrem Block, und sie half Poppy dabei, über die breiten Betonstufen den Weg zur Haustür des vierstöckigen Gebäudes aus Sandstein zu finden. Die Beine ihrer Begleiterin wirkten in ihrem kurzen Lederrock lang und schlank, und Violet konnte es kaum erwarten, sie endlich zu berühren.

Eines musste man Poppy lassen: Während der Fahrt hatte sie geschwiegen, und das tat sie auch jetzt noch, blieb dicht neben Violet, um nicht zu stolpern, als sie deren Wohnung betrat.

Violet führte ihren Besuch ins Schlafzimmer, half ihm aus dem Mantel. Poppy hatte noch immer die Augen verbunden, als Violet ihre beiden Arme an das schmiedeeiserne Kopfende des Bettes fesselte.

Poppys Atem ging so schwer, dass ihre Brust sich deutlich sichtbar hob und senkte. Ob das daran lag, dass sie gerade vier Stockwerke zu Fuß bewältigt hatte, oder ob sie aufgeregt und nervös war, wusste Violet nicht.

„Du hältst schön den Mund, das gefällt mir", lobte sie, während sie in ihrem Schrank nach geeigneten Gegenständen wühlte. „Konversation kann oft so langweilig sein."

Sie zog sich das Outfit aus, das sie nach der Show trug: alte Jeans und ein Hemd, das sie schon so lange besaß, dass es sie nicht kümmerte, ob Glitzerpuder darauf landete, ob es verloren ging oder gestohlen wurde. Sie drehte sich kurz um, um sich zu vergewissern, dass Poppy sich auf dem Bett nicht bewegt hatte oder vielleicht versuchte, die Augenbinde loszuwerden oder die Handfesseln zu lösen. Sie sollte es sich nicht zu bequem machen.

Violet zog einen engen Leder-Catsuit an, der im Schritt offen war. Dazu Overknee-Stiefel aus Lack. Als Nächstes durchwühlte sie ihre Schublade mit den Masken und entschied sich für eine reich verzierte im viktorianischen Stil aus einem Fetisch-Shop auf der West Twenty-second Street.

Dann war eine Tasche an der Reihe, in der sich von der letzten Domina-Sitzung mit einem Kunden noch einiges an Equipment befand, unter anderem eine undurchsichtige Augenbinde aus Leder, mit der sie die provisorische ersetzen konnte, die Poppy noch immer trug. Außerdem würde sie ihr beim Wechseln die Gelegenheit geben, einen Blick auf Mistress Violet zu erhaschen – sie sollte sich eine gute Vorstellung von allem machen können, während sie benutzt und beschmutzt wurde.

Langsam ging Violet wieder hinüber zum Bett und band Poppys Arme los. „Setz dich hin!", sagte sie und Poppy gehorchte. Violet öffnete den Knoten von dem Shirt, das sie ihr um den Kopf gewickelt hatte.

Nun trat sie einen Schritt zurück, damit ihr Gast sie in aller Ruhe bewundern konnte. Auf Poppys Gesicht lag die perfekte Mischung aus Ehrfurcht und ängstlicher Erwartung. Violet wusste, sie wollte ihr sagen, dass sie schön war – dass sie einmal im Leben jemanden vor sich hatte, der besser aussah als sie selbst. Doch sie zögerte – und das mit Recht.

Violet legte Poppy die Augenbinde an und befahl ihr, sich wieder hinzulegen. Sie fixierte ihre Handgelenke mit Bondage-Seilen der besten Qualität, die sie besaß. Die würden wahrscheinlich keine Fesselmale hinterlassen.

„Ich muss etwas aus dem anderen Zimmer holen. Beweg dich nicht, während ich weg bin, kein Stück."

Keine Antwort.

„Hast du mich verstanden?"

„Ja", erwiderte Poppy.

„Braves Mädchen. Und wo wir gerade dabei sind: Du sprichst nicht, außer ich erlaube es dir."

Violet kannte sich mit menschlichen Verhaltensweisen gut genug aus, um zu wissen, dass Poppy sich verzweifelt danach sehnte, endlich mal wieder ordentlich gefickt zu werden.

Schnell ging sie in die Küche und holte sich eine Schere. Als sie wieder ins Schlafzimmer kam, lag Poppy noch immer bewegungslos auf dem Bett. Fast war Violet enttäuscht darüber. Nur zu gern hätte sie Poppy ohne Fesseln vorgefunden, nackt, während sie an sich selbst herumspielte – und geradezu wild darauf, Violet anzuweisen, endlich den Mund zu halten und ihr zuzuschauen. Doch andere Menschen überraschten sie nur selten. Äußerst selten.

Ärger stieg kurz und heiß in ihr auf: Warum blieb die ganze Arbeit immer an ihr hängen?

Auf dem Fußboden neben dem Bett breitete sie das Equipment aus, das sie benötigen würde: die Schere, ein Paddel, eine neunschwänzige Peitsche, Fußfesseln. Sie fügte einen Knebel hinzu – nur, falls ihre Sklavin plötzlich geschwätzig werden sollte.

Poppy trug ein enges schwarzes T-Shirt, und Violet hoffte für sie, dass es von einer Billigmarke wie Old Navy stammte und nicht von Vince oder James Pearce. Es würde den Abend nämlich nicht überleben.

Sie stellte sich an den Bettrand und schaute auf Poppy hinunter.

„Lieg jetzt ganz still", befahl sie, während sie den unteren Teil von Poppys Shirt straffzog und die Schere in die Hand nahm. Dann begann sie zu schneiden. Dabei achtete Violet sorgfältig darauf, dass Poppy das kalte Metall auf dem Bauch spüren konnte, während sie das Instrument nach oben wandern ließ.

„Was machst du da?", wollte Poppy wissen und versuchte sich aufzusetzen.

Violet schubste sie wieder um.

„Was habe ich dir gerade gesagt? Nicht sprechen, außer ich erlaube es dir. Du hast nicht gehorcht, und dafür muss ich dich bestrafen. Übrigens geht es dich eigentlich nichts an, aber ich zerschneide gerade dein Shirt. Deine Hände sind verbunden, und wie man sieht, ist das auch gut so, denn ich kann dir nicht vertrauen. Und deshalb geht es nicht anders, ich muss das Teil aufschneiden."

Als das Shirt einmal von oben bis unten aufgeschlitzt war, teilte Violet es wie einen Vorhang und betrachtete Poppys Brüste. Eins musste sie zugeben: Ihre blonde Kollegin besaß einen verdammt heißen Körper. Obwohl sie den Zusammenhang vorher gar nicht hergestellt hatte, erinnerte sich Violet plötzlich an Poppys hässliche Freundin, die ein paarmal im Blue Angel aufgetaucht war, um sich eine Show anzusehen. Auch als scharfe Kritikerin musste Violet zugeben, dass Poppy ganz ohne Frage das schönste Mädchen im Club war. Warum gab sie sich nur mit dieser weit unterdurchschnittlichen Pussy ab?

Poppy wand sich unter Violets Blick. Violet hätte nicht sagen können, ob sie sich verlegen fühlte oder einfach berührt werden wollte.

Im nächsten Augenblick öffnete Violet den Reißverschluss von Poppys Jeans und zog sie ihr grob herunter, warf sie dann achtlos auf den Fußboden. Dann setzte sie die Schere an der Unterwäsche an und nahm wahr, wie Poppy den Atem anhielt, als das kühle Metall ihre Schamlippen berührte. Ihre Muschi wirkte feucht und einladend – war sie schon so erregt?

Violet wusste noch nicht genau, was sie mit ihrem Opfer vorhatte, beschloss jedoch, sich erst einmal Poppys Hintern anzuschauen.

Wieder löste sie die Handfesseln.

„Dreh dich auf den Bauch", befahl sie. Poppy zögerte. „Wird's bald!", schrie Violet.

Langsam und widerstrebend gehorchte Poppy.

„Das nächste Mal lässt du mich das nicht zweimal sagen. Und jetzt auf alle viere mit dir." Poppys Zögern dauerte nur eine Sekunde, dann folgte sie dem Befehl. Violet nahm das Paddel in die Hand und schlug damit kräftig auf Poppys linke Hinterbacke.

„Au!“, war die Reaktion.

„Ich gebe jeden Befehl genau ein Mal, und du bist gehorsam.“ Wieder schlug sie zu. Poppy rührte sich nicht, verharrte angespannt. Violet ging um das Bett herum und benutzte noch einmal das Paddel, diesmal auf der rechten Pobacke. „Leg dich flach auf den Bauch“, lautete ihr nächstes Kommando.

Poppy gehorchte, und Violet zog ihre Arme nach vorne, sodass sie sie wieder am Bettgestell befestigen konnte. Mit einer Hand und ohne hinzusehen suchte sie den Boden ab, fand die Fußfesseln und fixierte Poppy damit am Fußende. Ihre Beine waren weit gespreizt.

Violet betrachtete die Alabasterhaut ihres Hinterteils, auf dem sich zwei Flecken von geradezu absurd aggressivem Rot abzeichneten, wie Staaten auf einer Landkarte.

Sie wusste, Poppy konnte die Spannung kaum ertragen, wollte wissen, was als Nächstes geschehen würde. Deswegen tat Violet gar nichts.

Schließlich verkündete sie leise: „Ich gehe jetzt hinüber ins andere Zimmer. Du rührst dich nicht. Hast du das verstanden?“

Poppy nickte.

„Sag, ja Mistress Violet.“

„Ja, Mistress Violet“, wiederholte Poppy mit gedämpfter Stimme.

Violet erhob sich vom Bettrand und stellte sich in die Schlafzimmertür. Zehn Minuten lang stand sie still da und betrachtete Poppy. Die Gefesselte blieb ganz still liegen. Bewegte sich nicht das kleinste bisschen. Fast war Violet enttäuscht – sie hatte sich schon darauf gefreut, weitere Strafen auszuteilen.

Sie betrat das Zimmer wieder, sorgte dabei dafür, dass das Geräusch ihrer Stiefelabsätze laut über den Holzboden hallte.

„Hast du dich bewegt?“, fragte Violet.

Poppy schüttelte den Kopf.

„Ich habe dich nicht verstanden.“

„Nein“, erwiderte Poppy.

„Nein, und weiter?“

„Nein, Mistress Violet.“

„Braves Mädchen. Zur Belohnung werde ich dir jetzt einen Finger in die Muschi stecken. Würde dir das gefallen?“

„Ja, Mistress Violet.“

Violet setzte sich so auf den Bettrand, dass sie die perfekte Aussicht auf Poppys Spalte hatte. Sie feuchtete Daumen und Zeigefinger an und presste dann ihren Daumen in Poppys Pussy, bewegte den Daumen vorsichtig hinein und wieder heraus. Poppy stöhnte lustvoll, und Violet drang mit dem Zeigefinger tief in ihren Anus ein. Zunächst leistete sie ein wenig Widerstand, gab jedoch bald nach. Violet bewegte den Zeigefinger nicht weg, während sie mit dem Daumen denselben Rhythmus beibehielt, dabei hin und wieder auch Poppys Klit berührte. Poppy atmete schwer und murmelte hin und wieder etwas. Violet verstand nicht, was sie sagte, und es interessierte sie eigentlich auch nicht. Sie beschloss, nun ihre Brüste sehen zu wollen.

Fragend hob Poppy den Kopf, war jedoch klug genug, nichts zu sagen. Rasch band Violet sie los.

„Auf den Rücken“, kommandierte sie. Poppy kam dem Befehl nach, auch wenn sie sich nur schwerfällig bewegen konnte, als sei sie nicht mehr daran gewöhnt, ihre Gliedmaßen zu gebrauchen. Violet fesselte ihr wieder die Arme, dann die Knöchel. Außerdem zog sie sich selbst ganz und gar aus. Völlig nackt kletterte sie aufs Bett.

„Halt den Kopf still – diese Augenbinde bleibt genau da, wo sie ist“, wies sie ihre Sklavin zurecht. Poppy bewegte sich nicht. Violet setzte sich auf ihr Gesicht, sodass sich ihre Spalte nur wenige Zentimeter über Poppys Mund befand.

„Streck die Zunge heraus.“ Poppy gehorchte, und Violet ließ sich auf ihre Lippen niedersinken. „Leck mir die Fotze“, befahl sie. Poppy tat wie geheißen, fuhr eifrig mit der Zunge über Violets Schamlippen und drang damit in sie ein, als die Domina ihren Kopf näher an sich heran presste.

Von einem Orgasmus fühlte sich Violet meilenweit entfernt. Und dann, genau wie bei der Begegnung mit der Asiatin, der Irin und während der Nacht mit Ryan Ellison, dachte sie an Mallory. Plötzlich war es Mallorys glänzendes dunkles Haar, das unter ihr auf dem Bett ausgebreitet lag, waren es Mallorys zarte Gesichtszüge, die sich gegen ihre Schamlippen pressten. Mallorys Mund liebkoste ihre Klit, und Mallorys Hände umfassten ihren Hintern, zogen sie an sich, Mallory bewegte ihre Zunge noch tiefer in sie hinein, bis Violet schließlich ein Gefühl der Erleichterung erlebte.

Sie zog sich zurück und begann sich selbst mit den Fingern zu verwöhnen. Dabei bewegte sie sich nicht zu weit von Poppys Gesicht weg. Die andere konnte sie also spüren und ganz ohne Zweifel auch ihren Duft riechen, aber sie hatte nicht die geringste Vorstellung davon, was Violet tat oder als Nächstes mit ihr anstellen würde. Ohne ein Wort bearbeitete Violet ihre eigene Klit, bis sie hart wie eine Perle war. Langsam bewegte sie sich nach unten, sodass sie sich ganz nah an Poppys Nabel befand, und während sie sich ihrem Höhepunkt näherte, schaute sie sich Poppys Brüste an. Stellte sich vor, wie sie diese in ein paar Minuten berühren wurde, die Brustwarzen malträtierte, bis ihre Sklavin sie anflehte, damit aufzuhören. So kam sie zum Orgasmus, stumm, aber mit einem gewaltigen Zittern, das das Bett zum Wackeln brachte.

Schon im nächsten Moment bewegte sie sich weiter nach unten, zwischen Poppys Schenkel. Violet sah, dass sie noch feuchter als zuvor war und fragte sich, wie viel Genuss es ihr wohl bereitet hatte, Violet die Muschi lecken zu dürfen.

„Hat dir meine Pussy gut geschmeckt?“, wollte sie wissen, während sie wieder mit einem Finger in Poppy eindrang.

„Ja, Mistress Violet“, kam die leise Erwiderung. Violet beobachtete Poppy ganz genau: Auf ihren Wangen lag eine tiefe Röte, sie atmete flach, und ihre Brüste waren vor Lust geschwollen, ihre Knospen aufgerichtet und rosig.

Sie rutschte nach oben, sodass sie mit dem Mund Poppys Brüste erreichen konnte. Mit der Zunge neckte sie Poppy, indem sie ihre Brustwarzen umspielte, und hin und wieder voller Kraft zubiss. Sie änderte den Rhythmus ihrer Bewegungen zwischen Poppys Beinen, bis sie mit dem Daumen ihre Klit stimulierte und mit einem weiteren Fingern rhythmisch in sie eindrang. Es dauerte nur Sekunden, und Poppy schrie auf; das Beben eines gewaltigen Orgasmus durchlief sie, und sie klemmte Violets Handgelenk zwischen ihren Oberschenkeln ein.

Als Poppys lustvolles Stöhnen endlich verebbte, band Violet sie los.

„Du darfst jetzt die Augenbinde abnehmen.“ Poppy gehorchte langsam, mit unsicheren Bewegungen. Dann richtete sie ihre blauen Augen auf Violet. In ihnen war eine Mischung aus Lust, Ehrfurcht und, jawohl, Angst zu lesen. Poppy setzte sich auf, die Wangen gerötet, die Augen glänzten, mit einem bezaubernden Lächeln auf dem Gesicht. Sie wirkte ganz wie jemand, der nach längerer Zeit zum ersten Mal wieder ordentlich durchgevögelt worden war.

„Ich würde vorschlagen, du sprichst mit niemandem über das hier“, erklärte Violet, während sie sich einen schwarzen Bademantel aus dem Schrank holte.

„Geht klar“, antwortete Poppy.

„Schließlich bist du diejenige von uns beiden, die eine Partnerin hat."

„Sie darf auf keinen Fall erfahren, was passiert ist!", rief Poppy.

„Das kann ich mir vorstellen. Aber das ändert nichts daran, dass du jetzt meine Sklavin bist, und wenn ich dich für eine heiße Sitzung herbestelle, hältst du dich lieber dafür bereit. Hast du mich verstanden?"

„Ja. Ich meine, ich glaube schon."

„Ja, und weiter?"

„Ja, Mistress Violet."

Voller Dankbarkeit dachte Mallory an Allison: Ihre Freundin hatte ihr zum Geburtstag ein Stilberatungshandbuch geschenkt. Mallory hatte schon viele der Tipps beherzigt und besaß daher einen ganzen Schrank voller Outfits, unter denen sich zum Glück auch das klassische Kleine Schwarze befand, inklusive dazu passender Handtasche und einem Mantel. Sich für das Benefiz-Dinner fertigzumachen, glich so einer militärischen Operation.

Gavin erschien in einem silbernen Mercedes, um sie abzuholen.

„Sie fahren selbst?", fragte sie.

„Ja. Ich hasse Taxis."

„Dann können Sie doch aber gar nichts trinken", meinte sie und versuchte damit, ihre ein wenig plumpe Bemerkung zu überspielen.

„Das tue ich unter der Woche sowieso nur selten. Vor allem nicht, wenn die Veranstaltung etwas mit meiner Arbeit zu tun hat, und das ist bei dieser der Fall. Schließlich begleiten Sie mich jetzt."

Diese Bemerkung versetzte Mallory einen Stich, obwohl sie wusste, dass das albern war. Was hatte sie denn geglaubt –

dass sie beide gerade ein Date hatten? Natürlich war das hier ein Geschäftstermin. Trotzdem hatte es ihrem Gefühl nach sehr wenig mit Arbeit zu tun, so in einem schwarzen Cocktailkleid neben Gavin zu sitzen. Was war nur mit ihr los?

Cynthia Hobbs wohnte in einer schicken Gegend in einem riesigen Apartment mit drei Schlafzimmern, das von oben bis unten mit Kunstwerken bestückt war. Vom Wohnzimmer aus konnte man die leuchtende Kuppel des Planetariums sehen.

Als Mallory und Gavin dort ankamen, küsste die Gastgeberin Mallorys Chef auf beide Wangen und stellte ihn allen Anwesenden als „den Mann, der mir das Leben gerettet hat" vor.

Im Raum befanden sich acht runde Tische, die mit Kristall und schwerem Silber gedeckt waren. Es gab feste Plätze, und Männer und Frauen saßen abwechselnd nebeneinander. Mallory befand sich zwischen Gavin und einem Wall-Street-Typen, der Mallory ansah, als werde sie gleich zum Dessert serviert.

Zwanzig Minuten später fühlte Mallory, wie der erdig schmeckende Rotwein Kribbeln in ihr auslöste. Sie war aufgeregt, weil sie gerade Anna Sandrine kennengelernt hatte, die dunkelhaarige, rehäugige Tänzerin mit der Schwanensee-Hauptrolle, die sich an dem Tisch befand, an dem offensichtlich die Elite der Gäste Platz genommen hatte, neben Cynthia Hobbs.

„Warum sitzen Sie nicht dort mit am Tisch? Sie haben ihr schließlich das Leben gerettet", flüsterte Mallory ihrem Chef lächelnd zu.

„Die Sitzordnung ist streng geregelt, und es kommt auf das Scheckbuch an", erklärte der. „Ich habe nur einen dreistelligen Betrag gespendet."

Mallory fand das immer noch ziemlich vielstellig.

Doch sie war zufrieden damit, auf ihrem jetzigen Platz zu sitzen – auch wenn sie gut darauf hätte verzichten können, dass Mr Wall Street unter dem Tisch ihr Bein betatschte. Mallory schob seine Hand weg, und er lachte, als handele es sich um einen Witz, den sie beide komisch fanden.

Gavin schaute immer wieder nach ihr, warf ihr einen Blick zu und lächelte, stellte sicher, dass sie gut zurechtkam. Das war auch der Fall.

„Alle Anwälte, die ich kenne, sind total unzufrieden", erklärte ihr Tischnachbar.

„Ja, das stimmt", pflichtete sie ihm bei, weil das einfacher war als sich auf eine Diskussion einzulassen. Mallory schaute zu Anna Sandrine hinüber und dachte, sie könne es kaum erwarten, Alec von der Begegnung zu erzählen. Doch dann fiel ihr wieder ein, dass sie eine ganze Woche lang nicht mit ihm sprechen würde. So lautete die Vereinbarung, und sie wusste, er würde sich daran halten. Also würde sie dasselbe tun müssen. Aber wenigstens Nadja würde sie davon berichten können, wenn sie wieder zusammen das Studio nutzten.

„Allerdings muss ich zugeben, dass eine Menge meiner Arbeitskollegen auch nicht gerade glücklich ist. Um meinen Beruf genießen zu können, braucht man ziemlich viel Geld", fuhr ihr Gesprächspartner fort. „Ich gehöre zu den Glücklichen mit genug Geld. Gefällt Ihnen Ihr Job?"

„Und wie!", antwortete Mallory automatisch und dachte dabei an das Blue Angel. Dann wurde ihr klar, dass er ihre juristische Tätigkeit gemeint hatte.

„Schön für Sie", antwortete er. Ihre enthusiastische Reaktion überraschte ihn ganz offensichtlich.

Mallory trank einen weiteren Schluck Wein und fragte sich dabei, was die Gäste in diesem exquisit ausgestatteten Raum wohl denken würden, wenn sie von ihrer Karriere als Burlesque-Tänzerin wüssten. Sie hatte den starken Verdacht, dass diese selbsternannten Kunstmäzene ihre Karrieregestaltung nicht gutheißen würden. Wie aus heiterem Himmel überfiel Mallory ein intensives Gefühl der Einsamkeit.

Nun wurde das Dessert serviert, Tartufo. Ungeschickt klopfte Mallory mit dem Löffel auf die harte Schokoladenumhüllung. Ganz offensichtlich sollte sie nicht noch mehr Wein trinken. Um ihre feinmotorischen Fähigkeiten war es schon geschehen.

„Entschuldigen Sie mich einen Augenblick“, erklärte sie und bat einen der Kellner, ihr den Weg zur Toilette zu zeigen.

Das Badezimmer hatte eine lachsfarbene Tapete, in die Goldfäden eingewirkt waren. Hinter der Toilette – einem so eleganten und modernen Modell, dass es sich als schwierig herausstellte, den Spülknopf zu finden – hing ein Schwarz-Weiß-Porträt von Cynthia, das der berühmte Fotograf Herb Ritts aufgenommen hatte.

Mallory frischte ihr Make-up auf, benutzte Eyeliner und Lippenstift. Dabei dachte sie daran, dass sie in vierundzwanzig Stunden auf der Bühne des Blue Angel stehen und sich ausziehen würde. Nur in New York war es möglich, so schnell und mühelos die Grenzen zwischen den verschiedenen kulturellen Szenen zu überschreiten. Aber würde ihr das für immer gelingen? Das bezweifelte sie. Ihr wurde unbehaglich zu Mute, als sie begriff, dass sie sich irgendwann würde entscheiden müssen. Es war nur eine Frage der Zeit.

Draußen im Flur wartete Gavin auf sie.

„Oh! Mit Ihnen habe ich gar nicht gerechnet.“

„Amüsieren Sie sich gut?“, wollte er wissen.

„Ja. Eine interessante Veranstaltung.“

„Restlos begeistert klingen Sie aber nicht“, sagte er mit einem Lächeln. „Wir können uns gerne auf den Heimweg machen, wenn Sie möchten.“

„Wirklich?“

„Sicher doch. Bei solchen Abenden muss man wissen, wann Schluss ist. Nach dem Nachtisch geht es sowieso nur noch abwärts."

„Diese Erkenntnis gehört zu meiner Lebensphilosophie", erwiderte sie, und er lachte. „Also dann, gehen wir, Sie fahren ja."

„Dann machen wir jetzt die Runde und verabschieden uns."

Vor dem Gebäude fuhr ein Chauffeur mit Gavins Wagen vor. Mallorys Chef hielt ihr die Tür auf, bevor er sich ans Steuer setzte.

„Ihr Tischnachbar zur Linken – Jackson Deer, Sie wissen schon? Er wollte meine Karte haben. War zehn Jahre verheiratet, wird sich jetzt aber scheiden lassen, und ich glaube, er ist eine halbe Milliarde Dollar schwer", berichtete Gavin.

„Klingt nach einer kostspieligen Angelegenheit."

„Jawohl. Das könnte ein lukrativer Fall für uns werden." Gavin navigierte den Wagen geschickt durch den Verkehr. „Offensichtlich legt er ganz besonderen Wert darauf, dass Sie bei der Besprechung anwesend sind."

„Komisch", meinte Mallory.

„Eigentlich doch aber nicht. Sie sind klug, und attraktiv noch dazu. Ob Sie das nun selbst so wahrnehmen oder nicht, Sie sind ein wichtiger Teil der Kanzlei, Mallory. Und Sie machen Ihre Arbeit sehr gut. Ich weiß, dass Ihre Zeit bei Reed & Warner nicht die beste ihres beruflichen Lebens war, aber ich hoffe, Sie fühlen sich jetzt glücklicher. Außerdem hoffe ich, dass Sie uns möglichst lange erhalten bleiben."

Diese Worte erschreckten Mallory. Ihr Chef hatte keine Ahnung davon, dass sie eine Karriere als Juristin überhaupt nicht mehr interessierte – dass sie die Stelle in der Kanzlei nur brauchte, um ihre Rechnungen bezahlen zu können, während sie an ihrer eigentlichen Karriere feilte, der Karriere, die zu einem Herzstück ihrer Identität und ihrer Beziehung geworden war.

„Ich fürchte, ich habe zu viel Wein intus, als dass ich jetzt über Berufliches reden könnte", erklärte Mallory, und damit sagte sie die Wahrheit. Ihr Hirn funktionierte nur sehr langsam, und alles schien wie umwölkt. Außerdem musste sie ständig ohne Grund grinsen.

„Kein Problem", erwiderte er und lächelte zurück. Mallory ließ den Kopf in den Ledersitz sinken und wünschte sich, es wäre Sommer, damit Gavin das Verdeck herunterklappen könnte. Doch auch so, im Dunkeln, im geschlossenen Auto, in der Oktoberkälte fühlte sie sich wie schwerelos, warm und sorgloser als seit Langem. Dann wurde ihr etwas klar: Bei Alec fühlte sie sich sexy. Bei Gavin fühlte sie sich wie eine Lady.

Und das gefiel ihr.

11. KAPITEL

Am Abend darauf, fast genau vierundzwanzig Stunden nach dem Abend mit Gavin, stand Mallory vor dem Blue Angel und versuchte sich mental auf die Show vorzubereiten – leider mit wenig Erfolg.

Sie konnte sich nicht erinnern, wann sie sich zum letzten Mal vor einem Auftritt so unmotiviert gefühlt hatte. So ungern sie es zugab – wahrscheinlich hing es damit zusammen, dass sie fast noch nie aufgetreten war, ohne dass Alec sich im Club befand. Er war ihr wichtigstes Publikum, ihre aus einer Person bestehende Zuschauermenge, die Person, die das meiste von dem, was sie in ihren Nummern untersuchte und ausdrückte, inspiriert hatte, und derjenige, dem sie vertraute, was das Feedback betraf.

Heute jedoch würde er ihr nicht zusehen.

Außerdem verwirrte es Mallory, wie sehr sie es genossen hatte, den gestrigen Abend zusammen mit ihrem Chef zu verbringen. Sie hatte ihn in der Kanzlei den ganzen Tag lang nicht gesehen, weil er einen Gerichtstermin hatte, und darüber war sie enttäuscht gewesen. Es brachte sie ins Grübeln, ob ihr Fehltritt neulich im Plaza nicht ohne Grund passiert war – vielleicht galt das sogar für alle Auseinandersetzungen mit Alec während des vergangenen Jahres. Sie war nicht daran schuld, und er ebenso wenig. So etwas passierte eben, wenn man versuchte, eine Romanze aus der Collegezeit ins richtige Leben hinüberzuretten.

Da entdeckte sie Poppy, die die Straße hinuntergeschlendert kam – mit ihren endlos langen Beinen fiel sie einem sofort ins Auge.

„Hey“, begrüßte sie Mallory.

„Warum stehst du denn hier draußen rum?“

„Ich versuche, mich mental auf die Show vorzubereiten.“

„Oh.“ Poppy, die Hand schon auf der Klinke, zögerte einen Moment und drehte sich dann wieder um. „Kann ich dich etwas fragen?“

„Natürlich.“

„Du und Alec, ihr seid schon sehr lange zusammen, stimmt's?“

„Ja, schon. Allerdings ist im Moment nicht gerade der ideale Zeitpunkt, um dieses Thema zu besprechen.“

„Was meinst du damit?“

„Gar nichts. Hör einfach nicht auf mich. Leg los.“

„Okay, na ja … In diesen ganzen Jahren, die ihr schon ein Paar seid, ist der Sex dann irgendwann auch mal langweilig geworden? Ich meine, hat er sich alltäglich angefühlt?“

„Nein“, antwortete Mallory ohne jedes Zögern.

„Wirklich nie?“

„Wirklich nie. Warum fragst du? Was ist denn los? Habt ihr Probleme, du und Patricia?“ Über das Sexualleben ihrer ehemaligen Vorgesetzten, Patricia Loomis, wollte sie nun wirklich keine näheren Einzelheiten erfahren, aber Poppy war ganz offensichtlich unglücklich.

„Ja, oder ich meine, nein. Wir streiten uns nicht, wenn es das ist, woran du denkst. Aber ich finde sie einfach nicht mehr attraktiv. Beim Sex machen wir immer das Gleiche. Am Anfang war das gut so, aber jetzt … “

„Jetzt findest du alles zu vorhersehbar?“

„Ja, das auch. Aber … Manchmal fühle ich mich sogar zu anderen hingezogen.“

Mallory seufzte. „Ich glaube, das ist ganz normal. Was ich sagen will, ich treffe auch Leute, die ich attraktiv finde. Aber wenn du dich in einer funktionierenden Beziehung befindest, entscheidest du dich ganz bewusst dafür, diesen Gefühlen nicht nachzugeben. Das bedeutet aber nicht, dass du sie nicht hast, nur weil du in einer festen Beziehung lebst." Man konnte Poppy deutlich ansehen, dass bestimmte Gedanken ihr Unwohlsein bereiteten. „Ist es denn jemand Bestimmtes?"

„Ja. Und gleichzeitig auch nicht. Es gibt da eine Frau, und ich versuche, ihr einfach aus dem Weg zu gehen – ich weiß, dass das nur schlecht für mich enden kann. Aber da ist noch etwas: Ich denke immer noch oft an Bette."

„Oh, Poppy. Mit diesem Kapitel musst du endlich abschließen. Bette lebt jetzt in einer ganz anderen Welt. Und sie ist in Zebra verliebt."

„Weiß ich, weiß ich doch. Es ist ja auch lächerlich. Ich musste es einfach nur … mal laut aussprechen. Vielleicht hilft mir das, sie zu vergessen."

„Genau – einfach so, als wäre sie jemand, den du nur aus Zeitschriften kennst, oder aus einem Film. Völlig unerreichbar. Eine Fantasie."

„Ich weiß. Du hast ja recht."

„Aber wenn dich die Beziehung mit Patricia nicht befriedigt, solltest du sie vielleicht beenden. Halte sie nicht hin, und lass sie nicht in dem Glauben, alles sei in Ordnung."

„Patricia ist mir wichtig. Manchmal bin ich überglücklich mit ihr. Ich fühle mich einfach verwirrt, das ist alles."

„Dann würde ich mich an deiner Stelle von anderen Frauen fernhalten, bis du alles wieder auf die Reihe gekriegt hast. Davon, dass du dich auf leichtsinnige Abenteuer einlässt, wirst du die Dinge auch nicht klarer sehen."

„Okay. Das muss ich mir selbst einfach immer wieder sagen." Poppy berührte Mallory am Arm. „Bitte behalt das für dich."

„Natürlich."

„Danke, Mallory."

„Kein Thema", erwiderte Mallory und schaute auf ihrem BlackBerry nach, wie viel Uhr es war. „Ich gehe dann jetzt auch rein." Es hatte keinen Zweck mehr, hier draußen stehen zu bleiben. Sehr bald würden die ersten Leute erscheinen, um eine Karte zu kaufen, und sie wollte nicht, dass die Zuschauer sie vor der Show in Straßenkleidung sahen. Aber der Gedanke daran, zum ersten Mal seit dem Abend im Plaza Violet zu begegnen, erschreckte sie. Dass Poppy bei ihr war, erfüllte sie mit Erleichterung.

Drinnen war alles der Jahreszeit entsprechend geschmückt; man konnte sehen, dass Halloween bevorstand: Künstliche Spinnweben bedeckten sämtliche Oberflächen, alles glitzerte vor orangefarbenem Puder, und in der Mitte jedes Tisches standen silberne Kürbislaternen, in denen Teelichter flackerten. Trockeneisblöcke an den Ecken der Bühne sorgten dafür, dass Nebel entstand, der dem Ganzen eine unheimliche Stimmung verlieh. Sogar den ohnehin schon engen Backstage-Bereich hatte irgendwer mit Totenschädeln und Kürbisköpfen aus Plastik dekoriert.

Trotz der festlichen Atmosphäre fühlte sich Mallory angespannt. Poppy wirkte ebenfalls verkrampft.

In der Garderobe herrschte ein reges Treiben. Alle Tänzerinnen waren anwesend: Cat-o'-Nine-Tails, Scarlett Letter, Kitty Klitty und natürlich Violet, die heute Abend besonders attraktiv aussah. Ihr Bühnen-Make-up war grell, aber ihre grünen Augen leuchteten beinahe noch mehr.

„Was ist denn das für ein Kostüm?", wollte Kitty von ihr wissen.

„Schau mir einfach zu, dann findest du's heraus", war die Antwort, und Mallory konnte fühlen, wie ihr Violet hinterherblickte, als sie einen Schminktisch in der hintersten Ecke des Raumes mit Beschlag belegte.

Plötzlich schrie jemand auf. Mallory fuhr hoch und bemerkte dann den Moderator, Rude Ralph. Er hatte sich in einem Henkerskostüm in die Garderobe geschlichen und

Kitty Klitty einen abgeschlagenen Kopf aus Plastik in den Schoß geworfen.

„Raus hier!“ Scarlett zielte mit ihren Schuhen auf ihn.

Lachend duckte er sich, sodass die Wurfgeschosse an der Wand abprallten.

„Hey, Violet, ich brauche dich draußen. Du musst deine Requisiten überprüfen, damit wir sie auch richtig aufbauen. Das Ding ist ganz schön schwer.“

„Gib mir noch eine Minute.“

Ralph bewarf Poppy mit einem gruseligen Auge aus Gummi.

„Igitt!“

Nachdem etwa jedes Mädchen einmal laut „Verdammt, raus mit dir!“ gerufen hatte, kam der Moderator der Aufforderung nach.

„Oh Mann. Der Kerl kann einem ganz schön auf die Nerven gehen. Wo steckt denn Alec heute Abend, Moxie?“

„In L. A. Für ein Interview mit Kendall James.“

„Die ist doch total heiß“, kommentierte Violet.

Mallory konzentrierte sich auf ihr Make-up und ihr Kostüm, entschlossen, die Provokation zu ignorieren. Heute Abend war sie ein supersexy Schneeweißchen in einer blauen Korsage mit rotem Bustier und Ärmeln mit blauen Rüschen, die an traditionelle Märchenkostüme erinnerten. Ihr Po steckte in gelben Hotpants, unter denen über den weißen Strümpfen ein paar Zentimeter ihrer nackten Beine hervorlugten. Am besten an dem ganzen Kostüm gefielen ihr die kniehohen Stiefel aus weißem Lackleder. Auf dem Kopf trug sie eine schwarze Bob-Perücke mit einem Haarreif.

Agnes öffnete die Tür zur Garderobe. Sie wirkte angespannt und ein wenig bedrückt. „Die Reihenfolge für heute Abend: Violet, Poppy, Kitty, Cat und Moxie mit Scarlett.“

Mallory würde zusammen mit Scarlett Letter auftreten. Als Soundtrack hatten sie das Lied „I Think That I Would Die“ von Hole ausgewählt. Es gehörte zu einem Album, das Mallory besonders gern mochte: *Live Through This*. In dem Song besang Courtney Love ebenso melancholisch wie leidenschaftlich einen Verlust, und die Figur Rosenrot kam im Refrain vor. Mallory und Scarlett hatten eine passende Choreografie entworfen, mit der sie eine düstere Interpretation des Märchens von Schneeweißchen und Rosenrot lieferten. Wie sie Alec vor einiger Zeit angekündigt hatte, brauchten sie jemanden, der als Bär auf die Bühne kam. Da Alec nicht zur Verfügung stand, musste Scarletts Freund Eric aushelfen. Der hatte zuletzt in der fünften Klasse auf der Bühne gestanden, bei einem Krippenspiel.

„Heute Abend haben wir zwei Helferinnen, weil die Kostüme, der zusätzliche Glitzerpuder und das ganze andere Zeug besondere Aufmerksamkeit erfordern“, erklärte Agnes. „Aber passt trotzdem gut auf; vielleicht entgeht den beiden das eine oder andere. Ich kann mir heute Abend wirklich keine Komplikationen leisten. Mehr habe ich nicht zu sagen. Moxie, komm bitte kurz mit nach draußen.“

Überrascht stellte Mallory den Wimpernkleber weg und folgte ihrer Chefin vor die Tür, wo sie sich direkt hinter den Bühnenvorhang stellten.

„Wie ich sehe, hast du für heute Abend eine ganz besondere Person auf die Gästeliste gesetzt.“

„Stimmt! Bette ist hier. Geht das in Ordnung für dich?“

Agnes lächelte „Ja. Sag ihr, sie soll nach der Show vorbeikommen und Hallo sagen.“

Beim Gedanken daran, dass Bette heute Abend im Zuschauerraum saß, fühlte sich Mallory gleich viel besser. Sie hatte das völlig vergessen – wegen dem ganzen Stress mit Alec und ihrer Unsicherheit wegen einer weiteren Begegnung mit

Violet. Dabei war es eigentlich das Highlight des Abends: Sobald sie die Bühne betreten hatte, würde sie förmlich durch die Nummer schweben, wenn sie nur daran dachte, dass ihre Mentorin sie anfeuerte. Fast konnte sie darüber die Probleme mit Alec und Violet vergessen.

Ihr BlackBerry piepste, sie hatte eine Nachricht bekommen: *Kannst du dich rausschleichen und dir den Anfang der Show mit uns zusammen ansehen? Wir sitzen ganz vorn. Justin und Martha sind auch hier.*

Mallory tippte zurück: *Ist bei euch ein Stuhl frei? Agnes bringt mich um.*

Die Antwort ihrer Freundin lautete: *Nehme alles auf meine Kappe. Hier ist Platz für dich. Schwing deinen süßen kleinen Hintern zu uns raus.*

Mit einem Lächeln warf sich Mallory einen Umhang über.

Draußen im Zuschauerraum entdeckte sie Bette sofort. Selbst zwischen der dunklen, glitzernden Dekoration war sie es, die den dramatischsten Anblick im Raum bot. Mit ihrer leuchtend blassen Haut, dem klassischen schwarzen Bob und den vollen, herzförmigen Lippen, die wie immer in einem matten Dunkelrot geschminkt waren, ging das gar nicht anders. Sie trug einen langen Trenchcoat aus rotem Wildleder, der ein Vermögen gekostet haben musste. Mallory fragte sich, ob sie jetzt wohl von allen Designern Kleidung umsonst bekam – weil sie ja nun ständig mit Zebra fotografiert wurde.

„Da bist du ja, meine Schöne!" Bette sprang auf, als sie Mallory entdeckte. Sie umarmten sich, und Mallory spürte, wie alle Anwesenden sie anstarrten. Sie dachte an ihren allerersten Abend hier im Club. Damals hatte sie Bette vor der Show entdeckt und war sofort von ihr fasziniert gewesen.

„Ich freue mich ja so, dass du hier bist", erklärte Mallory. Dann wandte sie sich Justin Baxter und Martha Pike zu. „Hi! Wunderbar, dass Sie es heute Abend geschafft haben."

„Hallo, Süße“, sagte Justin und zog Mallory in eine herzliche Umarmung.

Das Licht wurde heruntergedimmt, die Zuschauer hörten auf zu reden und setzten sich auf ihre Plätze. Man konnte die gespannte Erwartung förmlich spüren. „Erzähl schon, was ist los mit dieser Violet?“, flüsterte Bette ihr zu.

„Das wirst du gleich selbst sehen. Sie tanzt als Erste.“

Der Vorhang hob sich und gab den Blick auf die Mitte der Bühne frei, wo sich eine Stange befand, die vom Boden bis zur Decke reichte. Mallory und Bette tauschten Blicke. So etwas kannten sie vom Blue Angel noch nicht.

Die ersten Takte des Liedes „The Beautiful People“ von Marilyn Manson erklangen in militärischem Stakkato-Stil. Sofort verwandelte sich die gespannte Erwartung, die bisher im Raum geherrscht hatte, in nervöse Aufregung. Violet erschien, vor dem Gesicht eine Belle-Maske aus dem Disney-Film „Die Schöne und das Biest“. Sie trug eine schwarze, stark taillierte Lederjacke, Netzstrumpfhosen in derselben Farbe und Springerstiefel. Ihr kurz geschnittenes platinblondes Haar wurde von einer langen Perücke aus Dreadlocks bedeckt.

Sie marschierte auf der Stelle, und ihr Körper wirkte steif, fast roboterhaft in seinen Bewegungen. Als das Lied an Tempo gewann, zog sie den Reißverschluss der Lederjacke auf, sodass man ihre Brüste sehen konnte. Die Pasties waren Totenkopfförmig. Die Zuschauer jubelten und applaudierten wild, und Mallory stellte fest, dass Bette Violets Auftritt völlig gebannt verfolgte.

Dann setzte der Refrain ein. Violet sprang zur Stange hin, kletterte sie im nächsten Moment hinauf, wie eine dunkle Spinne. Als sie halb oben war, ließ sie beide Hände los und lehnte sich zurück, hielt sich nur noch mit den Beinen fest. Es sah aus, als liege sie schwebend auf dem Rücken. Im nächsten Moment begann sie, sich einmal um die ganze Stange zu drehen – zum allgemeinen Erstaunen des beeindruckten Publikums.

„Oh. Mein. Gott“, erklärte Bette.

„Und ich dachte, ich hätte schon alles gesehen“, meinte Justin Baxter.

Was Agnes dachte, vermochte sich Mallory nur ungefähr vorzustellen. Ihre Chefin hasste alles, was auch nur entfernt mit Stripkultur zu tun hatte. Für sie lagen Welten zwischen der Burlesque und den modernen Stripclubs, und die Grenzen verschwimmen zu lassen, stellte für sie die größte Beleidigung der Disziplin dar, der sie ihr ganzes Leben gewidmet hatte.

Immer weiter kreiste Violet um die Stange, sprang dann ab, um sich im nächsten Augenblick die Netzstrumpfhose vom Körper zu reißen, sodass sie nur noch in Stringtanga und Springerstiefeln vor dem Publikum stand, die Belle-Maske vor dem Gesicht.

„Walt Disney dreht sich bestimmt im Grab um“, kommentierte Bette.

„Und Agnes gräbt gerade eins für Violet“, erwiderte Mallory. Ihre Freundin lachte.

Als die Nummer sich ihrem Ende zuneigte, pfiffen die Zuschauer, jubelten und stampften mit den Füßen. So eine ekstatische Reaktion hatte Mallory erst selten erlebt, wenn überhaupt jemals.

Sie war hin- und hergerissen: wünschte sich, Alec wäre hier, sodass sie mit ihm darüber reden könnte, fühlte jedoch zugleich ihren Ehrgeiz geweckt und war dankbar, dass er Violets Auftritt nicht erlebt hatte. Mit einem gewissen Unmut stellte sie fest, wie sehr die Show sie aufgewühlt hatte. Leider musste sie zugeben, dass Violets Nummer eine der spannendsten war, die sie seit Langem auf irgendeiner Bühne gesehen hatte.

Es würde nicht einfach sein, die Zuschauer jetzt noch zu beeindrucken.

Es war stockdunkel. Mallory stellte sich in Position, das Gesicht Scarlett zugewandt. Sie konnte hören, wie die Leute im Publikum miteinander flüsterten, unruhig auf ihren Sitzen herumrutschten. Der Vorhang öffnete sich, und man sah die Kulisse eines Waldes – Agnes und Kitty hatten mehrere unechte Weihnachtsbäumchen und Rosen aus Pappe aufgestellt. Die Rosen waren mit weißer und roter Farbe angemalt, die im Dunkeln leuchtete.

Die Unheil verkündenden ersten Takte von „I Think That I Would Die" erklangen, und Mallory wurde von einem Schauer der wohligen Vorfreude erfüllt. Egal, was sonst noch gerade in ihrem Leben passierte – zu hören, wie ein Publikum im Dunkeln darauf wartete, dass sie mit ihrer Nummer begann, voller Aufregung und Erwartung, würde in ihr immer dieses Gefühl der Lebendigkeit und der Macht hervorrufen.

Mallory und Scarlett hielten sich genauestens an ihre Choreografie, tanzten im Kreis durch die Blumen. Scarletts Kostüm orientierte sich an dem von Mallory, nur waren ihr Bustier und ihre Stiefel rot, ihre Hotpants schwarz, und sie trug eine Perücke mit langem kirschrotem Haar. Beide hatten geflochtene Körbe voller Blumen bei sich, und Mallory trug eine Babypuppe auf dem Arm, die in ein Laken gewickelt war. Am Bühnenrand versteckte sich Eric, wartete auf seinen Einsatz. Als Courtney Love die Stimme erhob, um ihre von Trauer erfüllten Verse zu singen, betrat er die Bühne, sodass ihn die Zuschauer sehen konnten, bewegte sich dann langsam auf die beiden Tanzenden zu – Schneeweißchen und Rosenrot, die von der Bedrohung nichts mitbekamen. Im nächsten Augenblick riss er Mallory die Babypuppe weg – und zugleich die Korsage vom Leib – und zog sich ins Dunkel zurück.

Mallory spürte das heiße Scheinwerferlicht auf der nackten Haut. Hörte, wie die Zuschauer den Anblick ihrer Brüste mit lauten Rufen bejubelten. Ihre Brustwarzen waren nur von winzigen Tassels bedeckt. Die Energie des Publikums übertrug sich auf sie, und endlich hob sich ihre Laune. Sie wünschte sich allerdings, die Bühne nicht mit Scarlett teilen zu müssen, denn nur zu gern hätte sie sich den Rest ihres Kostüms vom Leib gezogen, dem Publikum so schnell wie möglich ihren Körper gezeigt, um sich an der Bewunderung zu berauschen. Das hier, so ein Auftritt, war die Erfahrung, die am meisten einem Drogentrip ähnelte, und heute Abend brauchte Mallory die höchstmögliche Dosis. Mehr als jemals zuvor.

Scarlett zog sich langsam aus. Sie zog sich das Bustier herunter und bot es Mallory an, die es jedoch zurückwies. Als der Refrain mit seinem anschwellenden „Rose white, rose red“ einsetzte, tanzten Schneeweißchen und Rosenrot über die ganze Bühne, vorgeblich auf der Suche nach dem Bären. Dabei legten sie immer mehr Kleidungsstücke ab. Als sie nur noch Stringtangas und Stiefel trugen, begannen sie frenetisch durch die Kulissen zu springen. Dabei wirbelten die Tassels an ihren Brüsten synchron. Das Publikum quittierte das mit begeistertem Gebrüll.

Als sie die Nummer zusammen geplant und ausgearbeitet hatten, sowie bei den Proben, hatte Mallory das Ganze gefallen. Jetzt, während des Auftritts, erschien es ihr gezwungen und unbefriedigend. Sie erreichte einfach nicht den ekstatischen Zustand, den sie an jenem Abend erlebt hatte, an dem sie als Marie Antoinette aufgetreten war. Die Zuschauer schienen diesen Unterschied nicht zu bemerken – für Mallory selbst war er nur allzu offensichtlich.

Eric erschien wieder auf der Bühne, und Schneeweißchen und Rosenrot zogen sich die glänzenden Stiefel von den Füßen. Das Publikum applaudierte begeistert, als die beiden

den Bären damit bearbeiteten, bis er das Baby wieder hergab und sich geschlagen zurückzog, zurückkehrte in die Tiefen des Waldes. Schneeweißchen und Rosenrot beugten sich vor, um ihre Körbe aufzuheben. Auf diese Weise wurde den Zuschauern mehrere Sekunden lang der Anblick ihrer Hinterteile gewährt, die nur von den winzigen Slips bedeckt waren. Rufe und Applaus wurden immer lauter, steigerten sich zu einem fieberheißen Höhepunkt. Mallory und Scarlett, nackt und auf bloßen Füßen, mit ihren weißen und roten Tassels, die wie im Triumph wirbelten, verschwanden winkend zwischen den Blumen.

Mallory vermisste immer noch das Hochgefühl, das sie normalerweise nach einer Vorstellung empfand. Sie fühlte sich, als ob sie es völlig verpatzt hätte.

„Sei doch nicht albern!", sagte Kitty Klitty, als Mallory ihren Unmut äußerte, den Tränen nahe, während sie sich die falschen Wimpern abzog. „Du bist doch immer die Beste."

„Danke, Kitty. Aber das stimmt nicht, glaube ich, und heute Abend ganz sicher nicht."

„Wenigstens fliegst du nicht raus", tröstete sie die Kollegin.

„Was meinst du damit?"

„Als du noch auf der Bühne warst, ist Agnes gekommen und hat Violet gesagt, sie soll ihre Sachen packen und verschwinden."

Mallory sah sich in der Garderobe um. Ihr war aufgefallen, dass Violet fehlte, aber es war nicht ungewöhnlich, dass sich die Mädchen in den Zuschauerraum begaben, wenn ihr Teil der Show gelaufen war.

„Agnes hat sie gefeuert?"

Kitty nickte und wollte dann wissen: „Sitzt Bette wirklich im Publikum?"

„Ja."

„Kommt ihr dann später noch mit? Wir wollen ins Elixir."

„Das kann ich noch nicht sagen, Kitty. Ich glaube, Bette möchte lieber nicht auffallen. Jetzt, wo sie mit Zebra zusammen ist, hat sich alles für sie geändert. Sie kann nirgendwohin gehen, ohne dass die Paparazzi hinter ihr her sind, und ich glaube, sie will zur Abwechslung mal einen ruhigen Abend verbringen."

Kitty sah wahnsinnig enttäuscht aus. Mallory war zu abgelenkt, als dass sie daran gedacht hätte, ihr zu versprechen, Bette zu einem weiteren Besuch im Blue Angel zu überreden. Stattdessen machte sie sich auf, um Agnes zu suchen. Sie fand die Clubbesitzerin im Büro.

„Agnes? Ich treffe mich gleich draußen mit Bette. Sie würde sich sicher darüber freuen, dich zu sehen."

Ihre Chefin wandte sich Mallory zu. Auf ihrem Gesicht lag ein Ausdruck der Bitterkeit.

„Es hat ihnen gefallen."

„Wen meinst du? Wem hat was gefallen?", fragte Mallory nach, obwohl sie sich ziemlich sicher war, dass sie ahnte, wovon ihre Chefin sprach.

„Violets Stripnummer."

„Ach, Agnes, sie wissen ja auch gar nicht, was das alles bedeutet. Für sie ist das einfach Unterhaltung. Du kannst nicht erwarten, dass das Publikum sich peinlich berührt abwendet, wenn ihm jemand keine klassische Burlesque liefert."

„Peinlich berührt? Die Leute wollen doch nicht mal Burlesque. Ich glaube, die Leute von heute wollen Stripperinnen, fühlen sich aber wohler, wenn sie das Ganze Burlesque nennen können. Je mehr eine Show einem Striptease ähnelt, desto besser." Sie schüttelte den Kopf. „Meine Tage in diesem Geschäft sind gezählt."

„Sag doch so etwas nicht, Agnes. Der Club ist jeden Abend bis auf den letzten Platz besetzt. Wenn die Leute lieber Stripperinnen sehen wollten, würden sie doch woanders hingehen. Zum Beispiel ins The Slit, wo alles ein bisschen wilder abläuft. Aber das machen sie nicht. Sie kommen hierher."

„Für wie lange noch?" Agnes bedeutete ihr mit einer Handbewegung, sie solle gehen. „Ab mit dir zu deiner Freundin. Ich komme gleich und sage Hallo."

„Okay. Dann warten wir draußen auf dich."

Allerdings stellte sich heraus, dass das unmöglich war: Als Mallory Bette wie geplant an der Vordertür des Clubs traf, teilte die ihr mit, dass sie das Gebäude nicht verlassen konnten.

„Draußen drängen sich die Fotografen quasi auf dem Bürgersteig", erklärte sie.

„Und was machen wir jetzt? Warten wir, bis sie wieder verschwinden?"

„Die bleiben, wo sie sind, bis ich herauskomme."

„Also, was jetzt?", fragte Mallory noch einmal.

„Wir brauchen ein Taxi. Oder einen Privatwagen."

„Warte, ich habe eine Idee." Mallory schickte Justin Baxter eine SMS, in der sie ihn fragte, ob er ihnen ein Auto besorgen könne. Seine Antwort lautete, er stelle ihnen gern sein eigenes zur Verfügung – sein Chauffeur warte ohnehin auf ihn und auf Martha, er parke gleich um die Ecke und würde stattdessen Mallory und Bette mitnehmen.

„Ich hätte nicht gedacht, dass es hier auch so schlimm wird", meinte Bette. „In L. A., logisch – aber hier, dachte ich, wäre ich noch sicher und könnte mir meine geistige Gesundheit bewahren."

„Nun, diese Zeiten sind ganz offensichtlich vorbei."

Mallory entdeckte Agnes, die sich durch die Menge auf sie zubewegte.

„Willkommen zurück, meine Liebe", begrüßte die Clubbesitzerin Bette.

„Hallo! Großartig, dich zu sehen“, antwortete die und ließ sich von der älteren Frau umarmen.

„Geht’s dir gut?“, erkundigte sich Agnes.

„Ich habe keinen Grund zur Klage“, erwiderte Bette. „Aber ich vermisse natürlich meine alte Heimat.“

„Hier bist du immer willkommen. Sag mir nur nächstes Mal vorher Bescheid, damit ich Security organisieren kann. Diese Leute da draußen benehmen sich ja wie die Tiere.“

„Gab es Probleme?“

„Die Tür musste ich abschließen! Das ist natürlich gegen das Gesetz, aber was soll ich denn machen? Die wären hier hereingestürmt mit ihren Kameras ... Dann hätte ich die Polizei rufen müssen, und das hätte Gott weiß was für Schwierigkeiten bedeutet. Also warn mich einfach vor, ja?“ Sie tätschelte Bette die Wangen, als sei sie ihre etwas ungestüme Enkeltochter.

Mallorys BlackBerry piepste.

„Der Wagen steht draußen. Wir sollten gehen. Vielen Dank, Agnes. Vielleicht komme ich sogar früher wegen einer kleinen Gastrolle auf dich zu als du denkst.“

Bette nahm Mallory bei der Hand und zog sie zur Tür. Dicht gedrängt standen da die Paparazzi, sodass eine klaustrophobische Atmosphäre entstand. Fast hätte Mallory hyperventiliert. Ihr wurde klar, dass die Fernsehbilder von Paparazzi-Belagerungen nicht richtig erfassten, wie furchteinflößend diese Erfahrung tatsächlich war. Mit jeder Faser ihres Körpers fühlte sie sich zwischen Flucht oder Angriff hin und hergerissen, aber diese Optionen hatte sie nicht. Sie musste Bette folgen, bis der Chauffeur der Baxters sie gut erreichen konnte.

„Das ist ja der absolute Albtraum! Wie hältst du das nur jeden Tag aus?“

„So schlimm wird es ja nicht immer, und Zebra hat sehr gute Security-Leute. Mir war nur nicht bewusst, dass es so enden würde, wenn ich ohne sie irgendwo erscheine. Das tut mir leid."

„Nicht deine Schuld, oder? Aber wir haben Glück, dass Justin und Martha uns den Wagen leihen."

„Am liebsten wäre ich ein bisschen mit dir rumgelaufen, einfach so zum Quatschen, aber das können wir wohl vergessen."

„Also, wohin fahren wir dann?", wollte Mallory wissen.

„Zum The Standard", sagte Bette dem Chauffeur.

„Wie in den guten alten Zeiten", meinte Mallory mit einem Lächeln.

„Ach so? Darf ich das als Einladung betrachten?", erkundigte sich Bette.

„Sehr witzig. Du bist doch jetzt quasi eine verheiratete Frau", erwiderte ihre Freundin.

„Nein", lautete Bettes Antwort. „Bin ich nicht."

„Was soll das heißen? Ist zwischen dir und Zebra irgendetwas vorgefallen?"

„Das erzähle ich dir, wenn wir im Hotel sind." Mit einer kaum wahrnehmbaren Geste wies sie auf den Fahrer. „Über mich gab es in diesem Jahr schon so viele Zeitungsartikel, dass ich ein bisschen paranoid geworden bin."

„Wow. Geheimnisse haben, die ihr Geld wert sind …"

„Jeder Zentimeter von mir ist Geld wert", meinte Bette. „Und es geht erst richtig los."

12. KAPITEL

Violet hätte nicht sagen können, was ihr mehr auf die Nerven ging: rausgeworfen zu werden, nachdem sie den besten Auftritt des Abends, wenn nicht gar den besten in der ganzen Geschichte des Clubs hingelegt hatte, oder die Menge der wildgewordenen Paparazzi, die vor der Tür auf Bette Noir warteten. Wer interessierte sich schon für die? Sie ging mit Zebra ins Bett, das schon. Und wenn – Violet hatte eine wilde Nacht mit Ryan Ellison verbracht und es trotzdem nicht in die Klatschpresse geschafft. Nicht einmal auf einen dieser albernen Promi-Blogs.

Ihr Handy klingelte. Als sie die Nummer auf dem Display sah, stiegen ihre Hoffnungen für den weiteren Verlauf des Abends wieder. Wenigstens würde sie ihre Aggressionen loswerden können.

„Mistress Violet“, meldete sie sich.

„Billy hier. Ich weiß, meine Anfrage kommt sehr kurzfristig, aber hast du eventuell Zeit?“

„Zeit ist Geld.“

„Natürlich. Aber hast du Zeit?“

„Jetzt?“

„Ja, jetzt“, erwiderte er.

„Und wo?“

„In meinem Apartment. Es ist nur … Ich werde nicht allein sein. Geht das in Ordnung?“

„Für mich geht alles in Ordnung. Aber wenn ich dir heute Abend einen kleinen Gefallen erweise, musst du mir auch einen tun.“

„Alles.“

„Nicht jetzt. Ein andermal.“

„Wir können also davon ausgehen, dass du innerhalb einer Stunde bei uns bist?“

„Ich muss erst mein Equipment holen."
„Wir haben alles hier, was du brauchst."
Stimmt, dachte Violet. Aber das weißt du noch nicht, mein Bester.

Mallory rollte sich auf der Couch in Bettes Hotelsuite zusammen.
„Also, was genau ist passiert?", wollte sie von ihrer Freundin wissen.
Bette schenkte sich einen Wodka ein.
„Es ist mein Fehler", erklärte sie. Sie sah verletzlicher aus, als Mallory sie je erlebt hatte, ihr Gesicht ganz ohne Make-up, ihre bleiche Haut, der starke Kontrast zu ihrem schwarzen Haar. „Ich hab's vergeigt."
„Das kann ich mir nicht vorstellen", antwortete Mallory. Das sagte sie nicht nur, damit Bette sich besser fühlte – wenn es um Beziehungen und Sex ging, dachte Bette immer cool und rational.
„Nein wirklich. Ich hab's vergeigt. Jetzt erst mal eine Zigarette", fuhr Bette fort und zog eine Schachtel aus ihrer teuren Handtasche.
„Seit wann rauchst du?"
„Seit ich Zebra auf ihrer Tour nach Paris begleitet habe."
„Damit ruinierst du dir doch nur deinen perfekten Teint."
„In einem Jahr höre ich wieder auf."
„Warum ausgerechnet in einem Jahr?"
„So viel Zeit gebe ich mir, um über Zebra hinwegzukommen."
„Das ist viel zu lange. Du kennst doch die Formel: Um eine Trennung zu verkraften, braucht man die Hälfte der Zeit, die man mit dieser Person zusammen war. Bei euch beiden also weniger als ein Jahr – das bedeutet, in etwa fünf Monaten bist du wieder völlig die Alte." Mallory lächelte ihre Freun-

din herzlich an und streichelte ihr den Arm. „Außerdem ist es doch wahrscheinlich noch gar nicht aus zwischen euch. Vielleicht habt ihr beiden einfach gerade eine Krise, und alles lässt sich wieder hinbiegen."

Bette schüttelte den Kopf und sank in die dicken weißen Kissen der Couch zurück.

„Ich habe alles kaputtgemacht. Hatte falsche Erwartungen an unsere Beziehung. Ein ganz blöder Fehler." Sie streifte die Zigarettenasche an einem niedrigen Glas ab. „Am Anfang war alles ganz fantastisch – der Sex einfach phänomenal; wir haben uns die ganze Zeit über Kunst und Musik und Tanz unterhalten. Zebra war von der Burlesque fasziniert, und du weißt ja, dass ich in einigen ihrer Shows aufgetreten bin. Wie ein einziger kreativer Organismus waren wir. Wir hatten Spaß im Bett, sind zusammen aufgetreten, in tollen Kostümen rumgelaufen und haben Partys besucht. Aber ich bin völlig in ihr aufgegangen und darin, so viel wie möglich bei ihr zu sein, und die Folge davon war, dass ich aufgehört habe, an mir selber zu arbeiten und meine Karriere weiter aufzubauen. Ich habe nicht trainiert, nicht mehr über neue Nummern nachgedacht oder darauf geachtet, welche neuen Songs auf den Markt kommen, weil es immer nur um Zebra ging. Und ganz plötzlich hat sie mich nicht mehr als Künstlerin wahrgenommen, sondern nur noch als ein Groupie unter vielen, als Teil ihrer Entourage, wie die Stylisten, die Backup-Tänzer und die Make-up-Leute und die vom Kostüm. Sie hatte völlig das Interesse an mir verloren. Und je deutlicher ich das gespürt habe, desto mehr habe ich geklammert. Ein Teufelskreis. Ich kann ihr nicht einmal zum Vorwurf machen, dass sie mich plötzlich langweilig fand. Ich fand mich ja selbst auch langweilig."

„Das klingt aber gar nicht nach dir."

„Das war ja auch so gesehen gar nicht ich! Wie ich immer sage: Die Liebe ist eine gefährliche Droge. Schlimmer als

Kokain. Die Highs sind unglaublich, aber man kann sie nicht aufrechterhalten. Man versucht es immer wieder, und auf diese Weise geht alles nur umso schneller kaputt."

„Ich denke, wenn es ideal läuft, kann man in einer Beziehung dauerhaft glücklich sein."

„Ach ja? Wie funktioniert das denn bei dir?"

„Nicht besonders gut, muss ich zugeben." Mallory erzählte Bette von ihrem Verdacht, Alec könne sich für Violet interessieren, berichtete ihr von dem unseligen Abend, den sie zu dritt verbracht hatten.

„Die Frau ist ganz offensichtlich gefährlich. Alec müsste es eigentlich besser wissen. Und du hättest dich auch lieber von ihr fernhalten sollen. Wie sieht es jetzt also aus zwischen dir und Alec?"

„Sofort nach dem Abend im Plaza ist er nach L. A. geflogen, und seitdem habe ich nichts mehr von ihm gehört. Keine Ahnung, ob er verletzt oder wütend ist, oder ob er nur in Ruhe über die Situation nachdenken will. Vielleicht denkt er aber auch überhaupt nicht an mich. Sondern zieht mit Kendall James von einer Party zur nächsten und hat beschlossen, dass unsere Beziehung die Mühe nicht mehr wert ist."

„Das glaube ich nicht. Der Mann liebt dich doch."

„Aber ich habe so viel falsch gemacht."

„Gut, vielleicht. Aber er auch, und du hast ihm verziehen. Jetzt ist eben er an der Reihe."

„Kann sein. Oder aber diese ganzen Fehler und das gegenseitige Verzeihen – oder auch Nichtverzeihen – lässt offensichtlich werden, dass etwas Grundsätzliches in unserer Beziehung nicht stimmt. Als wir uns kennengelernt haben, waren wir beide Anfang zwanzig. Wie oft klappt es überhaupt, dass solche Beziehungen über viele Jahre halten? Und ich meine damit nicht Leute, die unglückliche Ehen krampfhaft weiterführen. Ich meine Beziehungen, die wirklich funktionieren. In denen beide Partner zusammen glücklich sind und es bleiben."

„Das weiß ich nicht. Aber ich denke, du solltest noch nicht aufgeben; dafür ist es zu früh. Außer natürlich, du willst es."

„Warum sollte ich das denn wollen?"

Bette zuckte die Achseln. „Interessierst du dich denn für jemand anderen?"

„Nein!", rief Mallory ein wenig zu eifrig.

„Es gibt also keinen anderen Mann?"

„Nein! Nur ... manchmal, da stelle ich mir vor, wie es wohl mit meinem Chef wäre."

„Mit dem Anwalt?"

„Ja. Nicht nur, dass er fantastisch aussieht. Oder dass er total clever ist, und supergut in seinem Fachgebiet ... "

„Oje", kommentierte Bette.

„Nein, mit all diesen Dingen hat das nichts zu tun. Eher damit, dass ich bei ihm nicht diesen ganzen Ballast mit mir rumschleppe, den mir die Beziehung mit Alec beschert hat. Es ist als würde Gavin – so heißt er – mich mit ganz anderen Augen sehen, und dadurch kann ich mich selbst auch so wahrnehmen. Mit Alec ist es immer so intensiv, und so sehr ich ihn liebe – ich bin einfach erschöpft. Mit Gavin zusammen kann ich mir ausmalen, wie eine Beziehung zwischen Erwachsenen aussehen sollte."

„Vorsicht, Mallory. Du kennst doch das Sprichwort von den Kirschen in Nachbars Garten. Du und Alec, ihr habt so viel investiert. Das darfst du nicht so einfach wegwerfen."

„Diese Wahl habe ich Moment gar nicht – mich fragt doch niemand, ob ich etwas wegwerfen will oder nicht. Ich weiß ja nicht mal, ob Alec überhaupt noch mit mir zusammen sein möchte. Und ich versuche einfach, die Möglichkeit ins Auge zu fassen, dass eine Trennung vielleicht gar nicht die schlechteste Option ist. Jedenfalls flüchte ich mich nicht in irgendein

Loch, wie ich es bei unserer letzten großen Krise getan habe. Ich denke, ich muss einfach eine Menge bedenken."

„Das alles tut mir sehr leid für dich. Soweit ich das einschätzen kann, liebt Alec dich wirklich."

„Vielleicht. Aber das bedeutet noch lange nicht, dass wir uns gegenseitig langfristig glücklich machen können. Und ich weiß nicht, was ich jetzt anderes tun sollte, als auf Abstand zu gehen und mir alles in Ruhe zu überlegen."

„Dann sind wir schon zwei. Allerdings werde ich versuchen, Zebra zu vergessen. Aber da sie auf dem Cover jeder Zeitschrift prangt, die man sich vorstellen kann, ihre Songs immer zu laufen scheinen, wenn ich einen Laden betrete, und sie der absolute Megastar ist, wird das wohl bedeuten, dass ich auf einen anderen Kontinent umziehen muss. Oder einen anderen Planeten."

„Ich glaube, du musst dich einfach auf dich selbst konzentrieren. Wie wär's mit einem Auftritt im Blue Angel? Agnes ist sicher begeistert. Und du darfst einfach nicht wieder vergessen, dass du dir schon vor Zebra einen Namen gemacht hattest."

„Eins hat mir die Erfahrung mit ihr zumindest deutlich gezeigt: Ich will unbedingt Erfolg haben. Nicht nur berühmt sein, sondern auch einflussreich. Ich muss einfach herausfinden, wie ich es jetzt auf die nächsthöhere Stufe schaffe."

„Ich weiß, im Moment tut der Verlust sehr weh, aber du bist dadurch bekannt geworden, dass du eine Zeit lang an ihrer Seite warst. Das wolltest du doch am Anfang auch; weißt du noch, was du mir erzählt hast?"

„Ja. Das habe ich nicht vergessen. Du warst damals noch enttäuscht darüber, dass ich nicht nach meiner Seelenverwandten gesucht habe. Schon komisch, oder?"

„Vielleicht war dir einfach instinktiv bewusst, dass sie in deinem Leben einen bestimmten Zweck erfüllen sollte. Und

ich habe mich in romantischen Ideen verloren. Aber die lasse ich gerade hinter mir."
„Jetzt bist du also eine hartherzige, abgebrühte Realistin?"
„Jedenfalls versuche ich, eine zu sein."
Bette hob das Glas und prostete Mallory zu.

Ein sehr gut aussehender junger Mann öffnete ihr die Tür zu Billys Apartment. Violet erkannte ihn wieder: In SoHo hatte sie ihn auf einem Werbeplakat für die Marke Burberry gesehen.
„Hey", sagte der Mann.
Violet schälte sich aus ihrem Ledermantel, sodass das Kostüm im Steampunk-Look zum Vorschein kam, das sie nach der Show wieder angezogen hatte. Das Einzige, was sie gerade nicht trug, war die Perücke. Der Mann – wenn dieser Bubi überhaupt einer war – schien ihr außergewöhnliches Outfit überhaupt nicht zu bemerken. Sie fragte sich, ob er wohl wusste, was ihm bevorstand, oder ob Billy das Ganze als kleine Überraschung vor dem Schlafengehen geplant hatte.
„Wo steckt Billy?"
„Äh, im Schlafzimmer."
„Dann sei ein braves kleines Bückstück und warte auf der Couch im Wohnzimmer."
Der Junge sah sie an, als habe Violet ihm ins Gesicht geschlagen. Dabei glaubte sie nicht einmal, dass er ein Callboy war. Aber das hier würde ihn schon mal auf den weiteren Verlauf des Abends vorbereiten. Es lief immer alles reibungsloser, wenn jeder in etwa wusste, worum es ging.
Sie stiefelte in Billys Schlafzimmer und sah, dass er gerade Kokain schnupfte.
„Wunderbar. Party-Snacks", kommentierte sie und setzte sich neben ihn vor den Glastisch. Dann stippte sie einen

Finger in das Pulver und massierte es in ihr Zahnfleisch ein. „Vielleicht möchte dein Toyboy da drüben im anderen Zimmer ja auch was davon haben? Schließlich müssen wir uns alle in Stimmung bringen, meinst du nicht?"

„Mach dir um ihn keine Sorgen", erwiderte Billy.

„Sorgen mache ich mir keine. Ich will einfach nur, dass er mitbekommt, was hier läuft. Ich habe keine Lust, einen auf Seelsorge zu machen. Also, was hast du dir vorgestellt?"

Billy zögerte kurz. „Das übliche Programm – du weißt schon, beschimpfen, erniedrigen. Und dann will ich, dass du mich bestrafst und mich zwingst … mit ihm Sachen anzustellen."

„Wart ihr beiden schon mal zusammen im Bett?"

„Ich wüsste nicht, warum das wichtig sein sollte", sagte er.

„Ich habe nur die Kontrolle über alles, wenn ich über die Dynamik zwischen euch beiden Bescheid weiß. Also antwortete, oder ich gehe wieder."

„Ja. Waren wir."

„Super. Wo ist das Equipment?"

Billy zeigte zum Nachttisch. Violet erhob sich und sammelte alles zusammen: den großen schwarzen Dildo, das Paddel, den Buttplug und die Handfesseln.

„Das macht dann tausend Dollar", erklärte sie. „Und zwar Vorkasse."

Entspannt ging sie ins Wohnzimmer und brachte die beiden Männer in Position: Billy Barton musste sich auf alle viere niederlassen, und Tyler, das Burberry-Modell, musste ihm den Plug in den Hintern einführen.

Es machte Violet Spaß, diese Anweisungen zu geben. Sie fühlte sich wie die Regisseurin Sofia Coppola – nur sah sie selbst natürlich tausendmal besser aus. Wobei sie diese interessante Mischung aus Attraktivität und Hässlichkeit irgendwie anziehend fand.

„Dir ist schon klar, dass er eigentlich lieber deinen Schwanz da drin spüren würde, nicht diesen billigen Ersatz – oder, Tyler?", wollte sie wissen. Jedes Mal, wenn sie den Mund aufmachte, schaute sie der so kindlich wirkende Mann voller Entsetzen an. Er sah einfach fantastisch aus, hatte breite, muskulöse Schultern und den durchtrainierten, zur Taille hin schmaler werdenden Oberkörper eines Schwimmers. Er war etwa einen Meter neunzig groß und hatte einen stattlichen Schwanz. Als er sich die Jeans herunterzog, wies sie ihn an, sich selbst zu streicheln, und sie musste ihre ganze Selbstdisziplin aufbieten, um sich nicht hinzuknien und sein Teil in den Mund zu nehmen.

Auf Blowjobs hatte Violet selten Lust, aber wenn etwas so perfekt aussah, musste sie es einfach haben. Vielleicht würde Billys größte Erniedrigung heute Abend darin bestehen, dabei zusehen zu müssen, wie Tyler sie nahm statt ihn. Aber nein, damit würde sie den wichtigsten Teil ihres Plans gefährden, und dessen Gelingen würde Billy Barton viel mehr kosten als tausend Dollar.

„Und jetzt sag schön Danke", befahl Violet ihm.

„Danke, Mistress Violet."

„Nicht zu mir, du Idiot. Zu Tyler!"

Billy gehorchte, doch sie unterbrach ihn. „Deine Dankbarkeit kannst du besser zeigen, indem du ihm ordentlich den Schwanz lutschst. Und zwar sofort! Tyler, stell dich vor ihn."

Tyler tat wie geheißen, und Billy richtete sich auf, umfasste eifrig mit einer Hand den geschwollenen Penis seines Partners, führte ihn sich an die Lippen. Dann nahm er ihn so weit in den Mund, wie er nur konnte, umklammerte dabei den Hintern des jungen Mannes mit beiden Händen und zog ihn noch dichter zu sich heran, hielt ihn fest, sodass ein Zurückweichen unmöglich war. Nun machte er sich an die Arbeit.

Tyler schloss die Augen und stöhnte so leise, dass Violet es kaum hören konnte. Sie umkreiste die beiden, blieb ab und zu stehen, um Billy Schläge mit dem Paddel auf den Hintern zu versetzen.

Jetzt war Tyler ganz offensichtlich so erregt, dass er gleich zum Höhepunkt kommen würde, und das durfte Violet nicht zulassen – noch nicht.

„Tyler, hier rüber mit dir. Zieh Billy das Ding aus dem Arsch. Ich finde nicht, dass er seine Sache gut genug macht, und dafür muss er bestraft werden." Der junge Mann sah sie flehentlich an, als wolle er sagen: „Lass uns weitermachen, bitte." Aber sie war nicht hier, damit irgendein dummes Model zum Orgasmus kam. „Schluss jetzt, oder du kriegst ein paar mit dem hier", drohte sie und zeigte ihm das Paddel. Sie hatte schnell bemerkt, dass Tyler keine Freude daran hatte, Schmerzen zugefügt zu bekommen, nicht einmal ganz leichte.

Er gehorchte, zog widerwillig den Schwanz aus Billys Mund und kam zu ihr. Violet klopfte ungeduldig mit der Stiefelspitze auf den Boden, zeigte auf das störende Plastikteil, um das sich der Junge sofort zu kümmern hatte.

Tylers Schwanz war vor Erregung gerötet, die Venen standen hervor, und er glänzte von Billys Speichel. Der Anblick verzauberte Violet geradezu, und sie vermochte kaum den Blick abzuwenden, als der junge Mann den Buttplug aus Billys Hintern entfernte.

Kurz wandte sie sich um und überprüfte, dass ihre Handtasche noch dort stand, wo sie sie abgestellt hatte – auf dem Boden unter dem antiken Beistelltisch. Nur ein paar Zentimeter entfernt. So war es auch wirklich.

„Jetzt steck ihm deinen Schwanz in den Arsch – und da bleibt er, bis ich es anders haben will. Ist das klar?"

Tyler gab keine Antwort, legte Billy jedoch sofort beide Hände auf den Hintern und bearbeitete mit dem Daumen die

Öffnung. Billys Anus zuckte. Fasziniert schaute Violet zu, wie Tyler in Billy eindrang. Ihr Blick ging hektisch zwischen dem rhythmischen Stoßen und dem ekstatischen Ausdruck auf dem Gesicht des Mannes hin und her. Sie vermutete, er würde nicht lange durchhalten – wahrscheinlich hatte er nicht genug Kontrolle über sich, und es war ihm egal, ob sie ihre Zustimmung gab oder nicht. Sie beobachtete die beiden Männer ganz genau, umkreiste sie einmal und stellte dabei fest, dass Billy die Augen halb geschlossen und einen weggetretenen Ausdruck im Gesicht hatte, weil sein Höhepunkt so unmittelbar bevorstand. Tyler war vollauf damit beschäftigt, sein Teil rhythmisch in Billy zu rammen, und Violet ging nicht davon aus, dass er ihr viel Beachtung schenkte. Anders als sein Partner hatte er nicht gelernt, während solcher Sitzungen auf jede Bewegung der Domina zu achten.

Sie bückte sich hinter dem Rücken des jungen Mannes und zog vorsichtig ihre Handtasche zu sich heran.

„Fick mich!“, rief Billy.

Oh ja, das werde ich. Violet lächelte innerlich und griff nach ihrem iPhone. Langsam kroch sie hinter den beiden Männern hervor, positionierte sich so, dass sie sowohl Billys Gesicht als auch den Mann hinter ihm ins Bild bekam. Dann machte sie drei Fotos. In diesem Moment kam Billy zum Orgasmus, und sie drückte noch einmal auf den Aufnahmeknopf.

Tyler wand sich, stöhnte vor Lust. Schnell steckte Violet ihr iPhone wieder zurück in die Handtasche.

Ihr Plan war aufgegangen.

13. KAPITEL

Montagmorgen. Mallory schreckte aus dem Schlaf hoch und fragte sich, warum ihr Wecker nicht geklingelt hatte. Obwohl sie spät dran war, nahm sie sich die Zeit für ihr übliches Morgenritual. Handy einschalten und nachschauen, ob eine SMS oder eine Sprachnachricht von Alec eingegangen war.

Sie hatte sieben neue Mitteilungen. Seit Mitternacht.

„Was zum Teufel ... " Sie wählte ihre Mailbox an und hörte Allisons aufgeregte Stimme.

„Du bist berühmt! Gutes Foto übrigens. Ruf mich an!"

Gutes was?

Die nächste Nachricht war von Julie. „Bist du mit der Zeitung schon bis Seite sechs gekommen? Ruf mich an!"

Mallory sprang aus dem Bett, zog sich ein Sweatshirt und eine Sonnenbrille an – sie wusste, sie sah aus wie der Tod auf Latschen. Dann stürmte sie geradezu in den koreanischen Zeitschriftenladen an der Ecke. Pfefferte dort eine Münze auf den Tresen und blätterte wild in der *Post*, bis sie auf der Seite mit den Klatschgeschichten landete. Tatsächlich, da unten links war ein Bild von Bette, die gerade aus dem Eingang des Blue Angel trat, von Paparazzi umringt und mit Mallory an ihrer Seite. Die Bildunterschrift lautete: „Zebras Gespielin Bette Noir verlässt den angesehenen Club Blue Angel. Neben ihr eine Kollegin, die Burlesque-Tänzerin Mallory ‚Moxie' Dale."

„Oh. Mein. Gott." Mallory sah sich hektisch um. Wäre sie nackt gewesen, sie hätte sich kaum schutzloser fühlen können. Was für eine schreckliche Katastrophe. Jetzt war genau das eingetreten, was sie seit ihrer Zusage bei Gavin Stone am meisten gefürchtet hatte.

Als das erste Mal herausgekommen war, dass sie im Blue Angel auftrat, war sie von ihrer früheren Kanzlei fristlos entlassen worden. Damals hatte Mallory das nicht als so schlimm empfunden. Die Arbeit war ihr zuwider gewesen, und sie hatte stark daran gezweifelt, überhaupt noch Anwältin werden zu wollen. Dann musste sie sich jedoch eingestehen, dass man in New York City nicht gut überleben konnte, wenn man nur einen so niedrigen Lohn erhielt wie die Tänzerinnen im Blue Angel. Darum hatte sie einen Headhunter damit beauftragt, ihr eine Stelle als Rechtsanwaltsgehilfin zu besorgen, und das Interview bei Gavin war die erste Chance gewesen. Es hatte Mallory überrascht, wie sehr sie es genoss, juristisch zu arbeiten, ohne ihr ganzes Leben der Kanzlei verschreiben zu müssen.

Nun würde sie das alles verlieren.

Mit der Zeitung unter dem Arm lief sie zurück zu ihrer Wohnung. Es war kälter als erwartet – ein Hauch von Winter lag in der Luft. Mallory zog das Sweatshirt enger um sich und wünschte, sie hätte eine Mütze aufgesetzt.

Im Apartment warf sie die Zeitung auf den Küchentisch und stellte die Kaffeemaschine an.

Natürlich wusste sie, dass für ihre Stelle bei Gavin nicht so strenge Auflagen galten wie für ihre vorherige bei der angesehenen Kanzlei Reed & Warner. Trotzdem zweifelte sie stark daran, es werde ihn mit Begeisterung erfüllen, dass seine Angestellte eine Burlesque-Tänzerin war. Zu seinen Klienten gehörten einige sehr reiche, hoch angesehene New Yorker, die sich scheiden ließen, und man durfte wohl davon ausgehen, dass es nicht gerade einen positiven Effekt haben würde, wenn herauskam, dass seine Assistentin sich regelmäßig öffentlich auszog.

Sie wählte Bettes Handynummer, aber ihre Freundin schlief natürlich noch und nahm nicht ab. Dann hörte sie wieder ihre Mailbox ab und löschte zwei weitere Anrufe von Julie; dann vernahm sie Alecs Stimme, der verkündete, er könne es kaum erwarten, sie am Abend zu sehen, ein Anruf war von Poppy mit einem Hinweis auf den Zeitungsartikel, und ein weiterer von Gavin. Er war auf dem Weg ins Gericht und sagte, er hoffe, es gehe ihr gut – schließlich sei sie nicht am Platz. Wenn sie krank sei, solle sie sich keine Sorgen machen, er habe den aktuellen Fall unter Kontrolle.

Wieder klingelte ihr Handy. Auf dem Display erschien die Mobilfunknummer ihres Chefs.

„Gavin, hi. Es tut mir so leid – ich habe verschlafen, aber in weniger als einer Dreiviertelstunde bin ich im Büro. Viel Erfolg bei Gericht heute."

„Danke. Ach, Mallory?"

„Ja?"

„Lesen Sie zufällig die *Post*?"

Es überlief sie eiskalt.

„Manchmal", antwortete sie zögernd.

„Nun, ich nicht. Aber Marcy Klein ist offensichtlich Fan der Seite sechs."

„Gavin, ich kann das erklären …"

„Nicht jetzt – ich will den Kopf dafür frei haben, was Richter Hager gleich sagen wird. Ich möchte Sie nicht beunruhigen, aber ich denke, dass wir über diese Angelegenheit ausführlich sprechen müssen."

„Okay", erwiderte sie.

„Etwa um halb zwölf müsste hier Schluss sein. Treffen wir uns zum Lunch? Ich besorge uns einen Tisch im Park Avenue Autumn. Wissen Sie, wo das ist?"

„Das finde ich schon", erklärte Mallory, schaute sich dabei noch mal das Foto an. Sie stand im grellen Kameralicht, wie ein von Autoscheinwerfern geblendetes Reh. Bette neben ihr wirkte völlig gefasst und ungerührt, wie ein Filmstar. Es stimmte, ihre Freundin war für dieses Leben wie gemacht. Sie selbst aber nicht.

Sie hatte geglaubt, die beiden Hälften ihres Lebens voneinander getrennt halten zu können, und wenn sie sich für eine hätte entscheiden müssen, hätte es keines langen Nachdenkens bedurft: Ihre Zukunft gehörte Moxie. Doch sie fühlte sich nicht mehr so sicher in ihrer Entscheidung wie damals, als es zuletzt zur Kollision zwischen den beiden Welten gekommen war. Und sie war nicht gerade versessen darauf, erneut eine Wahl treffen zu müssen.

Mallory stand am Eingang des Park Avenue Autumn. Sie hatte schon einiges über dieses Restaurant gelesen. Zu jeder Jahreszeit gab es eine andere Einrichtung und ein neues Menü. Sie hatte keine Ahnung, wie es hier wohl im Sommer, im Winter oder im Frühling aussah, konnte sich jedoch nichts vorstellen, das beeindruckender war als die warme, unaufdringliche Eleganz, mit der der Herbst imitiert wurde; mit dunklem Holz, Kupfer, und perfekt gedimmtem Licht, das weder zu grell noch zu schummrig, sondern genau richtig war. Aus irgendeinem Grund fühlte sich Mallory in dieser Beleuchtung schön.

„Es tut mir leid, dass ich zu spät bin“, verkündete Gavin, der ungewöhnlich gestresst und etwas derangiert wirkte. Er zog seinen Burberry-Mantel aus und reichte ihn einem der Angestellten.

„Kein Problem. Wie ist es heute gelaufen?“

„Ziemlich gut“, antwortete er, und die beiden wurden an ihren Tisch geführt.

„Einfach großartig hier“, erklärte sie. „Kaum zu glauben, dass alle paar Monate die ganze Dekoration geändert wird.“

„Ich weiß. Ich dachte, vielleicht wird dem Team das irgendwann zu viel, und man verzichtet nach dem ersten Jahr auf diese kleine Besonderheit, aber dazu ist es nicht gekommen. Ich war schon ein paarmal hier, und ich muss sagen, der

Frühling gefällt mir am besten. Aber gleich danach kommt das hier."

„Ich glaube, das gilt für ganz New York. Die schönste Jahreszeit ist der Frühling, und der Herbst kommt gleich danach."

„Da kenne ich aber einige Leute, die Ihnen widersprechen würden", entgegnete er.

Mallory nahm sich eine Speisekarte und stellte fest, dass alle Gerichte auf das Herbstthema abgestimmt waren. Sie entschied sich für die Kürbissuppe mit gerösteten Hummercroûtons und für einen gemischten Salat mit Shrimps als Hauptgericht. Gavin bestellte das Feigencarpacchio mit Ziegenkäse und das Grillhähnchen mit Kürbiskuchen.

Ihr wurde bewusst, dass ihre ganze Unterhaltung über das Essen und die Dekoration nur dazu diente, das eigentliche Gespräch hinauszuzögern, den wahren Grund zu umschiffen, warum sie in einem schicken Restaurant zu Mittag aßen, mitten an einem ganz gewöhnlichen Werktag. Sie hielt die Anspannung nicht mehr aus und entschied sich dafür, die Sache direkt anzugehen.

„Dieses Foto …"

„Sind Sie wirklich eine Burlesque-Tänzerin?"

„Ja", erwiderte sie.

„Was bedeutet das eigentlich genau?"

„Nun, es ist eine Form der darstellenden Kunst, wie jede andere Art des Tanzes. Die Kostüme spielen eine große Rolle, und viele der Frauen verleihen ihren Auftritten einen feministischen Touch …"

„Aber die Hüllen fallen auch, oder?"

„Schon. Aber nicht ganz. Was ich sagen will, mein Kostüm ziehe ich schon aus, aber darunter trage ich … Hören Sie, ich fühle mich wirklich nicht wohl dabei, das mit Ihnen zu besprechen."

„Mallory, es tut mir sehr leid, dass wir dieses Gespräch überhaupt führen müssen, weil es mir so gar nicht liegt, andere zu verurteilen. Wenn es nach mir ginge, würde ich gar nicht wissen wollen, was Sie in Ihrer Freizeit treiben. Aber die Leute verallgemeinern gern. Marcy Klein fühlt sich sehr von Ihnen abhängig, und ob das gerechtfertigt ist oder nicht, auch verunsichert."

„Das verstehe ich", erwiderte Mallory. Ihr wurde immer beklommener zumute.

„Ich weiß nicht einmal, was genau ich Ihnen sagen soll. Wahrscheinlich nur das: Sie werden sich wahrscheinlich entscheiden müssen."

Violet zog sich die Bettlaken vom nackten Körper und griff nach ihrem iPhone. Eins nach dem anderen schaute sie sich die Bilder an, auf denen Billy Barton von dem Burberry-Model einen Arschfick verpasst bekam, und davon wurde sie ganz feucht – nicht, weil die Fotos besonders sexy waren, sondern weil sie mit ihnen wohl bekommen würde, was sie wollte. Zumindest eines der Dinge, die sie wollte.

Sie legte das Handy weg und streichelte mit dem Zeigefinger ihre Klit, dachte daran, wie sie es Poppy LaRue besorgt hatte. Doch vor ihrem inneren Auge erschien nicht Poppy, sondern Mallory, an ihr Bett gefesselt. Wie konnte sie Mallory auch in der Realität dorthin bekommen? Alec würde ihr dabei helfen müssen, ganz klar.

Ihr Erfolg bei Billy Barton am Vorabend verlieh Violet eine gewisse Dreistigkeit. Sie beschloss, ihre Glückssträhne weiter auszunutzen, und wählte die Nummer von Alec.

„Hallo?"

Er klang völlig fertig.

„Ich bin's, Violet. Kannst du mich hören? Wo bist du denn? Total laut bei dir."

„Ich steige gerade in ein Flugzeug. Was willst du?“

„Ich hätte Lust, mal wieder wegzugehen. Meinst du, du kannst für uns heute Abend was Interessantes organisieren?“

„Kommt nicht infrage.“

„Wo liegt das Problem? Zu viel gefeiert in L. A.? Hat dich Kendall James so stark gefordert?“

„Woher weißt du überhaupt von Kendall James?“

„Das hat mir deine süße kleine Freundin verraten.“ Stille am anderen Ende der Leitung. „Also, treffen wir uns heute Abend oder nicht? Ich bin sicher, Mallory hat auch nichts gegen ein bisschen Unterhaltung, du Spaßbremse.“

„Amüsiert euch ruhig ohne mich“, erwiderte er.

„Bist du etwa beleidigt, weil ich dich nicht auch gefickt habe?“

„Verdammt, Violet. Solche Gespräche führe ich nicht am frühen Morgen. Ich glaube auch nicht, dass sich Mallory für deine Spielchen interessiert.“

„Wenn du wüsstest, wofür sich Mallory so interessiert, würdest du dich umgucken“, konterte Violet. „Du solltest lieber nicht so voreilig in ihrem Namen absagen. Ich wette, sie hat nichts gegen einen Drink. Vielleicht solltest du einfach zu Hause bleiben, und wir Mädels ziehen los. Dann wird sich schon zeigen, wer hier zusammengehört.“

„Zusammen gehören Mallory und ich, Violet. Du hast damit überhaupt nichts zu tun.“

„Aha? Wirklich nicht?“

„Nein, wirklich nicht“, lautete seine Antwort.

„Das werden wir ja sehen. Ach, Alec?“

„Was denn noch?“

„Ich kann es kaum erwarten, deiner Freundin wieder die Muschi zu lecken.“

Sie legte auf und schrieb eine SMS an Mallory.

Über die Dessertkarte hinweg schielte Gavin zu Mallory hinüber.

„Ich denke, ich nehme den Schokoladenwürfel. Und Sie?"

„Klingt gut", meinte sie, obwohl sie sich vor lauter Anspannung nicht mehr in der Lage fühlte, auch nur noch einen einzigen Löffel herunterzubekommen. Gavin hatte nicht weiter nachgefragt, was den Bericht in der Klatschpresse betraf, aber jetzt, wo es an den Nachtisch ging, hatte Mallory das Gefühl, ihr wenig angesehener Nebenjob werde wieder zur Sprache kommen. Und tatsächlich, als der Nachtisch auf einem Silbertablett eintraf, wurde ihr Gegenüber nachdenklich.

„Sagen Sie, wie ernst nehmen Sie denn Ihre Karriere als Burlesque-Tänzerin?" erkundigte er sich schließlich.

„Ich weiß nicht genau, wie ich diese Frage beantworten soll", erwiderte sie.

„Sehen Sie das Ganze als vorübergehendes Hobby oder als etwas Längerfristiges?"

Mallory musste schwer schlucken.

„Ich will ganz ehrlich sein. Wenn Sie mich das vor ein paar Monaten gefragt hätten, wäre meine Antwort gewesen, dass ich das ganz ernst meine. Ich trete unendlich gern auf, aber ich frage mich langsam, wohin das alles führen soll. Und ich hätte nicht gedacht, dass ich diese Frage so bald so definitiv würde beantworten müssen, aber …"

„Der Grund, warum ich noch einmal nachhake, ist der, dass ich einfach nicht weiß, wie ich Sie weiter beschäftigen soll, wenn Sie einen so öffentlich diskutierten, kontroversen Nebenjob haben."

„Normalerweise stehe ich nicht in der Öffentlichkeit – ich verwende ja nicht einmal meinen richtigen Namen. Das Ganze war ein dummer Zufall, weil meine Freundin Bette …"

Er legte seine Hand auf ihre, und es fühlte sich an, als bekomme sie einen elektrischen Schlag. Überrascht schaute sie ihn an. *Oh mein Gott, ich finde ihn also wirklich anziehend. Verdammt anziehend.*

„Bitte verzeihen Sie mir, wenn ich gerade eine Grenze überschreite – das Ganze geht mich nun wirklich nichts an oder nur insoweit, als es die Kanzlei betrifft. Aber ich finde, Sie sind eine ganz ausgezeichnete Juristin, und es wäre eine schreckliche Verschwendung, wenn Sie nicht einmal in Erwägung ziehen, Ihr Examen zu machen."

Mallory seufzte.

„Es gab eine Zeit, in der ich tatsächlich gedacht habe, ich will das. Jede meiner Entscheidungen im Leben war darauf abgestimmt, dass ich einmal als Anwältin bei einer großen Kanzlei arbeiten wollte. Dann habe ich die Stelle bei Reed & Warner bekommen, und ich habe meinen Job gehasst. Mich jeden Tag davor gefürchtet, morgens aufzuwachen. Und nicht verstanden, warum es mir so schlecht ging, wo ich doch genau das bekam, wofür ich so hart gearbeitet hatte. Darum habe ich versucht so zu tun, als wäre ich gar nicht unglücklich. Dann bin ich durch das Examen gefallen. Mein Freund hat damals gesagt, er gehe davon aus, das sei mehr oder weniger absichtlich passiert. Ich habe das abgestritten, aber vielleicht hatte er gar nicht so unrecht."

„Bei Reed & Warner herrschen extreme Zustände. Dort bekommen über kurz oder lang die meisten Anwälte einen Burn-out. In einer solchen Umgebung kann nicht jeder gut funktionieren. Aber die Tatsache, dass Sie überhaupt dort angenommen wurden, zeigt mir, dass Sie verdammt gut sind."

„Danke." Aus irgendeinem Grund machte das Kompliment Mallory verlegen.

„Werden Sie es denn zumindest in Erwägung ziehen, es noch mal mit der Juristerei zu versuchen? Ich bin sicher, Sie werden eine ganz großartige Familienanwältin. Meine Klienten lieben Sie geradezu – sehr wichtig auf unserem Gebiet. Da geht es um heftige Emotionen, und die Leute sehen das bedroht, was ihnen im Leben am liebsten ist: Ihr Zuhause, das Sorgerecht für ihre Kinder. Darum reagiere ich auch so heftig auf die Sache mit Ihrer Tätigkeit als Burlesque-Tänzerin. Ich will nicht, dass man Ihnen weniger vertraut oder Sie in irgendeiner Form anders einschätzt als zuvor. Es ist nicht richtig, dass die Leute wegen bestimmter Sachen so schnell ihr Urteil fällen, aber Sie kennen das, es liegt einfach in der menschlichen Natur."

„Ich weiß", erwiderte Mallory. „Ich finde es schlimm, das Marcy Klein mir vielleicht weniger vertraut, weil sie mich für oberflächlich hält oder annehmen muss, ich mache meine Arbeit in der Kanzlei nicht gründlich genug, weil ich abends auftrete."

„Bitte denken Sie wenigstens darüber nach, sich ganz einer juristischen Tätigkeit zuzuwenden. Und damit meine ich nicht in Ihrer jetzigen Position. Dafür sind Sie eigentlich überqualifiziert." Und dann ... Täuschte Mallory sich auch nicht? Der lange Augenkontakt, dieser kurze, aber unübersehbare Blick auf ihre Lippen. Da war doch mehr als zwischen einem Chef und seiner Angestellten?

„Ich weiß es einfach nicht", antwortete sie, zögerte wieder. Fühlte er sich denn zu ihr hingezogen?

In ihrer Handtasche vibrierte ihr Handy. Wieder jemand wegen des Fotos? Hoffentlich wusste ihre Mutter noch nichts davon – sie hatte bis heute keine Ahnung vom Doppelleben ihrer Tochter.

Aber der Text war sogar noch schlimmer:

Nimm dir heute Abend nichts vor. Du wirst es nicht bereuen. VIOLET.

Mallory sah plötzlich vor sich, wie Violet das Gesicht zwischen ihren Schenkeln vergrub.

„Entschuldigung“, wandte sie sich wieder an ihren Chef. „Was haben Sie gerade gesagt?“

„Werden Sie denn wenigstens in Erwägung ziehen, sich wieder ganz dem Recht zuzuwenden?“, wiederholte Gavin. „Vielleicht können Sie diese Burlesque-Geschichte ja einfach hinter sich lassen und sich wieder ernsthaft Ihrer Karriere widmen.“

Mallory schaute auf ihr Essen, sah dann wieder Gavin an. „Ja“, antwortete sie. „Ich werde es mir überlegen.“

14. KAPITEL

Mallory saß im Taxi. Weil sie ihren Augen nicht trauen wollte, kurbelte sie das Fenster herunter. Standen da etwa die Leute Schlange bis um den Block? Als sie noch eine Straße vom Blue Angel entfernt war, klingelte ihr Handy.

„Wie lange brauchst du noch?", wollte Bette wissen.

„Ich bin gleich da", antwortete Mallory. Der Wagen bog gerade in die Straße ein, in der sich das Blue Angel befand. Auf dem Bürgersteig drängte sich eine Menschenmenge. „Habe ich Sehstörungen oder ist das eine Schlange vor dem Eingang?"

„Letzteres. Ich denke, das liegt an dem Foto in der Zeitung, und daran, dass Poppy auf Twitter verkündet hat, dass ich heute Abend ein Gastspiel gebe. Wir werden absolut überrannt."

„Gib mir noch ein paar Minuten." Sie bat den Fahrer anzuhalten und lief in ihren High Heels über den unebenen Bürgersteig, ihre neue Tasche über die Schulter geworfen. Darin befand sich ihr „Heart-Shaped Glasses"-Kostüm zusammen mit einigen Unterlagen aus der Kanzlei, die sie übers Wochenende lesen musste. Schon wieder hatte sie es kaum geschafft, rechtzeitig von der Arbeit wegzukommen. Das machte ihr nichts aus; das viele Lesen und Recherchieren hielt sie davon ab, zu sehr über ihr Privatleben nachzudenken. Wenn sie nicht so aufgeregt darüber gewesen wäre, endlich ihre neue Performance ausprobieren zu können, hätte sie vielleicht gar nicht die Motivation gehabt, überhaupt die Kanzlei zu verlassen.

Sie quetschte sich durch die Menge und stand der Kollegin gegenüber, die heute Abend für die Gästeliste verantwortlich war. Das Mädchen wirkte ein wenig aufgelöst.

„Unglaublich, oder?", sagte sie zu Mallory.

„Aber hallo!", stimmte die zu. „Wo ist Agnes?"

In der Garderobe traf sie Bette.

„Wo sind denn alle?“

„Agnes hält gerade eine Mitarbeiterversammlung ab. Die hast du verpasst.“

„Das wäre das erste Mal, dass Agnes eine Mitarbeiterversammlung abhält.“

„Dann ist es eben das erste Mal. Sie hat mir gesagt, sie sei der Ansicht, sie müsse mit allen darüber reden, dass sie Violet gefeuert hat. Den Mädchen klarmachen, wofür das Blue Angel steht, wie man sich auf der Bühne zu verhalten hat und wie sich der Club in die Burlesque-Szene einordnet.“

„Interessant“, kommentierte Mallory. In Wirklichkeit aber empfand sie gar nichts. Sie fühlte sich völlig apathisch.

„Alles in Ordnung mit dir?“, erkundigte sich Bette.

„Alles bestens. Ich kann's kaum erwarten, dich heute Abend wieder hier auf der Bühne zu sehen.“

Mallory machte sich daran, ihr Make-up auszupacken.

„Ich freue mich auch schon darauf. Es fühlt sich an, als würde ich endlich wieder atmen können.“

Mallory erwiderte nichts, studierte nur ihr eigenes Spiegelbild. Statt mit dem Schminken anzufangen, während Bette schon fachkundig falsche Wimpern von einer Seite ihres Augenlids zur anderen festdrückte und dann ihren Mascara zur Hand nahm, saß sie einfach still da.

„Machst du dich nicht fertig?“, wollte die Freundin wissen, wandte jedoch den Blick nicht von ihrem eigenen Spiegelbild ab. Mallory sagte nichts. „Was ist los?“

„Mein Chef hat von dem Foto in der Zeitung erfahren. Er ist nicht gerade entzückt darüber, was ich so nachts treibe.“

„Na und? Was wird er jetzt machen? Dich feuern?“

„Das könnte sehr gut sein.“

„Genau das ist bei deinem letzten Outing auch passiert.“

„Ja.“

„Und du hast ganz ohne Probleme eine neue Stelle gefunden. Keine große Sache."

„Also soll das jetzt immer so weitergehen? Ich verliere einen Job nach dem anderen, mache abends aber weiter Burlesque – für eine armselige Bezahlung – und führe weiterhin ein Doppelleben?" Mallory konnte selbst hören, wie melodramatisch das klang, aber die Nervosität in ihrer Stimme war nichts im Vergleich mit der Panik, die sich wie ein böser Knoten in ihrem Inneren festgesetzt hatte.

„Wovon redest du eigentlich? Du führst kein Doppelleben. Du musst zusehen, dass du deine Rechnungen bezahlst, das ist alles. Wir sitzen alle im selben Boot – bis wir groß rauskommen. Oder zumindest größer als jetzt."

„Wir sind nicht alle fürs Berühmtsein gemacht, Bette. Bei dir liegt die Sache anders. Was mich betrifft, ich habe ernsthafte Zweifel daran, dass das alles in die richtige Richtung führt. Dass ich überhaupt so weit gekommen bin und auftrete, ist schon sehr viel für mich. Vielleicht sollte ich es dabei belassen. Ich glaube nicht, dass ich in nächster Zeit die Welt erobern werde."

Bette nickte. Sie legte den Mascara weg und wandte sich ihrer Freundin zu. „Es ist gut, dass du in dieser Beziehung dir selbst gegenüber ehrlich bist. Du hast was im Kopf, Mallory. Und mich brauchst du nicht, um zu begreifen, dass es keinen Zweck hat, in der Burlesque mehr als ein Hobby zu sehen, wenn du nicht gewillt bist, alles zu tun, um berühmt zu werden. Wenn du das nicht bist, dann hast du recht – dann ist es die Sache nicht wert, einen bürgerlichen Job zu verlieren, bei dem du ein gutes Gehalt verdienst. Aber ich dachte, du meinst es ernst. Ich dachte, du wolltest als Moxie berühmt werden."

„Ich bin einfach verwirrt. Genau das dachte ich auch, aber … jetzt weiß ich es nicht mehr." Sie legte den Kopf auf die Arme, als die anderen Mädchen zurück in die Umkleide kamen. Die meisten von ihnen waren schon fertig angezogen für die Show, und Mallorys Anspannung wuchs, weil sie so spät dran war.

„Hey, Moxie. Du hast die Versammlung verpasst“, rief Poppy.

„Ja. Was ist eigentlich so besonders an dir, dass du dir das erlauben kannst?“, fragte Scarlett Letter. Mallory konnte nicht mit Sicherheit sagen, ob die Kollegin den Vorwurf ernst meinte oder nicht. In ihrem jetzigen Gemütszustand fühlte sie sich jedoch angegriffen.

„Ich bin zu spät gekommen“, erwiderte sie. „Das ist es, was ich mir erlauben kann. Und jetzt fühle ich mich nicht gut; wenn ihr mich also entschuldigen wollt. Ich gehe, und ihr habt die Bühne ganz für euch, damit euch auch die angemessene Aufmerksamkeit zuteilwird. Wobei die meisten Leute heute Abend wahrscheinlich wegen Bette hier sind. Eigentlich ist es also völlig egal, was ihr so treibt.“

Sie warf ihre Schminksachen zurück in die Tasche. Als sie die Garderobe verließ, folgte ihr Bette.

„Was ist los mit dir?“, erkundigte sich die Freundin im Flüsterton.

„Ich muss einfach hier raus“, erklärte Mallory. „Kannst du mich bei Agnes entschuldigen? Sag ihr, ich fühle mich krank.“

„Mache ich. Aber tu nichts Überstürztes, Mallory. Das hier geht vorbei.“

„Es tut mir leid, dass ich deinen Auftritt heute Abend verpassen werde. Du bist bestimmt ganz großartig.“

Mallory bahnte sich einen Weg durch die Menge, die sich langsam im großen Raum versammelte. Bette folgte ihr und nahm sie beim Arm.

„Wohin willst du?“

„Nach Hause.“

„Ich würde sagen, du siehst zu, dass du deinen süßen kleinen Hintern in fünfundzwanzig Minuten auf der Bühne hast."

„Ich trete heute Abend nicht auf."

Bette sagte nichts, legte Mallory jedoch eine Hand auf den Arm. Diese einfache Geste trieb der anderen die Tränen in die Augen.

Die Menschen um sie herum unterhielten sich aufgeregt, bekamen nichts davon mit, welches Drama sich hier gerade abspielte. Sie konnten es kaum erwarten, die berühmt-berüchtigte Bette Noir zu sehen, ein Mädchen aus ihrer Stadt, das inzwischen in ganz Amerika berühmt war. Man sprach über sie, als stehe sie nicht direkt daneben und bekomme alles mit. *Hast du schon gehört? Zebra ist ein Zwitter. Darum will Bette sie verlassen – sie hat es gerade erst erfahren … Bette hat Zebra eine Filmrolle weggeschnappt. Jetzt herrscht Funkstille zwischen ihnen … Zebra hat eine Affäre mit Brad Pitt, und Bette rächt sich jetzt mit Angelina Jolie …*

Die Freundin umarmte Mallory. „Pass auf dich auf."

„Werde ich. Danke", war die Antwort.

Mallory zwängte sich durch die Menge und verließ den Club.

Draußen vor dem Hotel The Standard nannte Violet dem Türsteher mit dem Headset ihren Namen.

„Sie stehen nicht auf der Liste", erklärte er und schob sie weg wie ein lästiges Insekt.

„Ich bin mit Billy Barton hier."

Als sie Billy vor einer Stunde von ihrer Wohnung aus angerufen hatte, hatte er nicht besonders begeistert geklungen, von ihr zu hören. Ganz offensichtlich war er mit einem seiner berühmten Freunde unterwegs, und die Erinnerung an sein schmutziges kleines Geheimnis war wahrscheinlich das

Letzte, was er gerade brauchte. Doch Violet hatte darauf bestanden, ihn zu treffen, und er hatte widerwillig zugestimmt. Aber nur bis zehn Uhr, denn danach hatte er eine wichtige Verabredung. Keine Sorge, das gehe ihr genauso, hatte ihm Violet versichert. Und das stimmte auch: Mallory hatte nicht auf ihre SMS reagiert, deswegen stand jetzt ein Date mit Poppy auf dem Programm. So würde Violet das gelungene Treffen feiern oder ihre Frustration an der Kollegin abreagieren.

Als der Kerl mit dem Headset sie einfach nicht hereinlassen wollte, wurde Violets Wut immer größer. Falls Billy vergessen hatte, ihren Namen auf die Liste zu setzen, würde ihm das noch sehr, sehr leidtun, beschloss sie innerlich. Doch sie hatte zu früh dunkle Pläne geschmiedet – plötzlich ließ der Türsteher sie ein, indem er das rote Seil für sie aushakte, und zum Neid und Ärger der anderen in der Schlange erhielt Violet Einlass in das Mekka des New Yorker Nachtlebens.

Durch den dunklen Eingangsbereich lief sie zum Aufzug, wo sie neben John Duhamel und einer Schauspielerin aus *Gossip Girl* (wem genau, hätte sie nicht sagen können; diese langweiligen Gören sahen doch alle gleich aus) auf den Lift wartete. Violet bemerkte, dass die beiden anderen sie ansahen und sich fragten, wer sie wohl war. Mit ihrem kurzen blonden Haar, den mit Tattoos bedeckten Armen und dem fantastischen Körper war sie daran gewöhnt, immer von allen angestarrt zu werden. Prominente achteten jedoch ganz besonders darauf, welcher Newcomer wohl versuchte, ihnen den Platz ganz oben streitig zu machen.

Sie verließen den Lift im obersten Stockwerk, und Violet marschierte selbstbewusst in den Raum. Sie war schon einmal hier gewesen, und zwar zu der Party im letzten Frühling, mit der das Erscheinen der speziellen „Hot“-Nummer des *Gruff*-Magazins gefeiert wurde. An diesem Abend hatte sie Mallory Dale kennengelernt. Violet würde diesen Moment nie vergessen: Sie hatte sich umgeschaut, die Frau entdeckt, und sich gefragt, wer das wohl war. Dann fand sie zu ihrer Freude heraus, dass Mallory gerade die Burlesque-Szene eroberte, wie sie selbst auch. Doch Mallory „Moxie“ Dale war schon in den inneren Kreis vorgedrungen, hatte einen Freund, der als Journalist arbeitete, und trat seit Neuestem im Blue Angel auf.

Violet dagegen mühte sich immer noch im Schatten der Domina-Welt ab und hatte als Tänzerin nur einige sporadische Auftritte, zum Beispiel im Slipper Room oder im Public Assembly in Williamsburgh. Irgendwann erzählte sie Billy, einem ihrer Sub-Kunden, dass sie mehr brauchte. Daraufhin stellte er sie Penelope Lowe im The Slit vor. Irgendwann hatte Agnes erfahren, dass es ein neues interessantes Mädchen in der Szene gab, und bot Violet einen Auftritt im Blue Angel an. Auf diese Weise war sie Mallory nähergekommen – nicht jedoch ihrem Ziel, mehr Geld zu verdienen und endlich beachtet zu werden. Und genau aus diesem Grund nahm sie die Sache jetzt selbst in die Hand. Wer auch immer behauptete, dass man es nicht auf bestimmten Umwegen zum Erfolg schaffen konnte, war ein Idiot. Und wahrscheinlich selbst nicht erfolgreich.

Sie entdeckte Billy an einem der hinteren Tische, wo er sich mit der Hip-Hop-Künstlerin Nicki Minaj unterhielt.

„Oh … Violet. Kennen Sie sich?“

Violet schüttelte den Kopf. Die Sängerin schenkte ihr ein süßes Lächeln und streckte die Hand zur Begrüßung aus.

„Alles wunderbar, meine Liebe“, wandte sich Billy an Nicki. „Ich muss jetzt ein paar Dinge erledigen, aber am Montag rufe ich deinen Manager an wegen des Covers. Du weißt ja – wir wollen Nicki Minaj noch vor dem Sommer auf dem Titel von *Gruff*.“

Nach dem Austausch einiger weiterer Höflichkeiten mischte sich die Sängerin unter die übrigen Gäste, und Billy begann unruhig in seinem Stuhl herumzurutschen. Ganz offensichtlich erfüllte ihn das spontane Treffen mit Violet nicht gerade mit Begeisterung.

„Ich muss zugeben, dass es mich überrascht hat, auf geschäftlicher Ebene von dir zu hören“, erklärte er schließlich.

„Angenehm überrascht, will ich doch hoffen“, lautete ihre Antwort. Er reagierte nicht. „Nun, ganz offensichtlich bist du nicht zu Smalltalk aufgelegt, deswegen will ich gleich zur Sache kommen: Du weißt, niemand kennt deinen Geschmack und deine besonderen Interessen besser als ich“, fuhr sie fort, und er wand sich mit deutlich sichtbarem Unbehagen. „Dein Faible für schmutzige Spielchen teile ich nicht – obwohl ich bei angemessener Bezahlung jederzeit bereit bin, deine Bedürfnisse zu erfüllen. Eine ganz bestimmte Leidenschaft teilen wir allerdings.“

„Und was soll das sein?“, wollte er wissen. Ihre Bemerkung hatte ihn offensichtlich verärgert. Es faszinierte Violet, wie anders er sich hier im Club gab, in seinem Element: Billy Barton, die fleischgewordene Coolness. Wenn die Leute um ihn herum nur wüssten …!

„Die Burlesque natürlich.“

Er schien sich zu entspannen.

„Ja, dieses Interesse teilen wir allerdings. Und weiter?“

„Ich habe eine Idee, und ich hoffe, du wirst dich dafür begeistern können: Ich will meinen eigenen Burlesque-Club eröffnen. Ein Laden wie das The Slit, aber exklusiver.“

„Klingt spannend. Mach das.“

„Genau das habe ich vor. Aber ich bin nicht gekommen, damit du mich anfeuerst. Ich brauche dich auf finanzieller Ebene. Dann wären wir Partner.“

„Violet, ich habe nicht das geringste Interesse daran, mir einen Burlesque-Club zuzulegen. So ein Laden ist nicht gerade eine Goldgrube. Außerdem geht bei mir jeder Cent in das Magazin. Hast du auch nur die geringste Vorstellung davon, wie es zurzeit auf dem Zeitschriftenmarkt aussieht? Ein Nebenprojekt ist das Letzte, was ich gerade brauchen kann."

„Das Ganze kostet dich nur ein paar Schecks. Um den Alltagskram kümmere ich mich, ich werde die Künstler anheuern, und die Leute für die PR. Du kannst deine Kontakte bei der Presse spielen lassen und damit sicherstellen, dass die Eröffnung beachtet wird, so wie damals die vom Studio 54. Oder du bleibst stiller Teilhaber und überlässt alles mir. Ich sorge dann schon für den Erfolg."

„Ich habe doch gerade gesagt, die Sache interessiert mich nicht genug – und finanziell gesehen geht das ehrlich gesagt auch gar nicht – ich könnte jetzt keinen Club aufmachen. Selbst wenn ich wollte, aber das ist nicht der Fall."

„Nun, es tut mir leid, das zu hören, Billy. Leider sieht es aber so aus, dass ich kein Nein akzeptieren werde." Schon beim Aussprechen dieser Worte spürte Violet, wie das Adrenalin durch ihre Adern jagte. Sie wusste, dass sich alle Menschen in zwei Gruppen einteilen ließen: Jäger und Beute. Sie selbst war eine Jägerin und liebte es, zum tödlichen Schlag anzusetzen.

Sie würde ihren Club bekommen, das stand fest. Damit hätte sie auch Macht über Mallory. Natürlich wollte die sie noch nicht – jeder, der sich ein bisschen auskannte, wollte sich hochschlafen, nicht auf der gleichen Ebene bleiben. Violet hatte die Szene später betreten als Mallory, sich noch keine gute Position verschafft. Aber wenn ihr erst mal der Club gehörte, würde Mallory ihre Meinung schon ändern. Violet hatte Gerüchte über sie und Bette gehört. Was für ein Klischee: Die Neue im Club geht mit dem Star ins Bett. Doch diese fantasielose Taktik wurde sie Mallory verzeihen. Bette war nicht nur berühmt, sondern darüber hinaus supersexy. Was sie selbst betraf, so wusste sie, dass sie Mallory auf der

Bühne nicht mehr würde ausstechen können. Doch jetzt hatte sich für sie eine Abkürzung zum Gipfel aufgetan, und sobald sie oben angelangt war, würde Mallory ihr verfallen.

Lächelnd schüttelte Billy den Kopf.

„Ich bleibe bei meinem Nein. Und jetzt entschuldige mich bitte, dieser Abend hält noch einiges für mich bereit – ich muss mich um ein paar wirklich wichtige Geschäfte kümmern."

„Wie gesagt, ich akzeptiere kein Nein."

„Und was willst du jetzt machen?"

Sie zuckte die Achseln. „Ich werde einfach die Zusammenarbeit mit dir beenden. Du wirst meine Dienste bald sehr vermissen, denke ich. Dein Arsch tut das jedenfalls ganz bestimmt."

„Jetzt hör mal gut zu, du verrückte Schlampe. Du bist nicht die einzige Hure in dieser Stadt – da gibt's noch viele andere außer dir. Ich werde sofort Ersatz für dich finden. Überlege es dir, bevor du es bitter bereust."

„Hmmm. Und wie würdest du das anstellen, dir eine andere für deine lächerlichen unterdrückten Homobedürfnisse suchen? Willst du eine Anzeige in die Zeitung setzen?"

„Ich denke, du solltest jetzt gehen. Sonst lasse ich dich von der Security entfernen."

„Das war eine ganz harmlose Frage. Für den Versuch mit der Anzeige hätte ich nämlich genau das richtige Foto."

Sie schob ihm über den Tisch drei Ausdrucke zu.

Ein paar Sekunden lang starrte Billy darauf, dann zerknüllte er die Blätter in seiner Faust.

„Hast du völlig den Verstand verloren?", flüsterte er.

„Im Gegenteil. Ich habe mir das alles sehr genau überlegt. In der Burlesque-Szene erscheinen immer mehr Leute; es wird zu voll. Wie ich die Sache einschätze, braucht man in Downtown bestimmt keinen neuen Club, und dabei rede ich nur von Manhattan. Dieser Hipster-Quatsch wie in Brooklyn funktioniert einfach nicht. Deswegen müssen wir es anders versuchen, nämlich einen bereits existierenden Club, der gut läuft, übernehmen. Vielleicht ein kleines Makeover vornehmen, ihm unseren eigenen Stempel aufdrücken. Raus mit dem Alten, her mit was Neuem, weg mit dem überholten Ramsch."

Wortlos starrte Billy sie an.

„Ich mache es kurz: Ich will das Blue Angel. Also, wie sieht's aus: Machst du mit, oder lässt du es bleiben? Falls du dich für Letzteres entscheidest, ist aber nicht nur unsere Zusammenarbeit beendet. Dann kannst du auch deinen guten Ruf vergessen."

Genau in dem Augenblick, als Mallory die Tür zu ihrer Wohnung aufschließen wollte, klingelte ihr Handy. Sicher Agnes, die sie anschreien würde, ihren Hintern zurück ins Blue Angel und auf die Bühne zu schwingen. Doch durch einen kurzen Blick auf das Display stellte sie fest, dass sie sich irrte.

„Gavin?"

„Hey, Mallory. Es tut mir leid, dass ich so spät noch anrufe."

„Kein Problem", erwiderte sie. Sie war überrascht, wie sehr sie sich darüber freute, seine Stimme zu hören.

„Ich suche nach dem Ordner mit der Ablage für den Fall Klein vom Sommer 2010, aber ich kann ihn nicht finden. Auf Ihrem Schreibtisch habe ich gerade nachgesehen, und da ist er auch nicht. Wissen Sie vielleicht, wo er liegt?"

„Eigentlich müsste die Akte auf meinem Tisch liegen. Sind Sie ganz sicher?" Ihr Herz begann wild zu klopfen. Was für eine Katastrophe. In ihrem Leben spielte sich gerade ein derartiges Chaos ab, dass sie jetzt schon auf der Arbeit wichtige Dokumente verlegte. So konnte es einfach nicht weitergehen.

„Da liegt nichts."

„Einen Moment, ich schaue schnell in meiner Tasche nach." War sie etwa so zerstreut, dass sie die Akte zusammen mit den Dingen, die sie übers Wochenende lesen wollte, mitgenommen hatte? Sie öffnete ihre Tasche, und tatsächlich: In dem Stoß Papiere, die zusammen mit ihrem Kostüm darin steckten, befand sich eine der Akten für den Fall. „Oh Gott, Gavin. Es tut mir so leid. Ich habe die Akte hier bei mir."

„Sie wissen, eigentlich sollten Sie nichts aus dem Büro mitnehmen", sagte er. Dabei klang er überraschend milde.

„Ich weiß, es tut mir leid! Das war ganz einfach ein Versehen. Brauchen Sie die Akte jetzt? Dann springe ich in ein Taxi und kann in fünfzehn Minuten bei Ihnen sein."

„Gute Idee. Das Taxi bezahle ich. Ich bin in meinem Büro."

„Ich beeile mich", versprach sie.

Mallory legte Handy und Tasche weg und ging direkt ins Badezimmer, wo sie ihr Gesicht im Spiegel betrachtete. Nun war sie erleichtert darüber, dass sie noch kein Bühnen-Make-up aufgetragen hatte – vor dem Treffen mit Gavin hätte sie das entfernen müssen, und das hätte sie viel Zeit gekostet.

Während sie einen engen schwarzen Rock und eine graue Strickjacke aus dem Schrank nahm und sich umzog, spürte sie Aufregung in sich aufsteigen. Lächerlich, Gavin war schließlich ihr Chef. Er interessierte sich nicht für sie. Und selbst, wenn das anders wäre: Zusammen war sie immer noch mit Alec, ganz egal, wie schwierig es im Moment zwischen ihnen aussah.

Trotzdem konnte Mallory nicht anders, sie dachte an Gavins dickes rötlichbraunes Haar und seine grünen Augen, an die Grübchen, die entstanden, wenn er lächelte. Heute Mittag beim Lunch hatte er ungewöhnlich viele Bartstoppeln auf seinem markanten Kiefer gehabt, und Mallory hatte dem Drang widerstehen müssen, ihre Wange daran zu reiben. Außerdem hatte er sie heute so seltsam angesehen – fast hätte sie meinen können, er begehre sie – und das war das aufregendste Erlebnis seit Langem. Zusammen mit Alec versuchte sie immer herauszufinden, wie es um ihre Beziehung stand: Begehrte er sie noch, liebte er sie vielleicht, fand sie aber sexuell nicht mehr interessant, sehnte er sich nach mehr Freiheit? Und wie sah das bei ihr aus?

Mallory wusste, dass es sinnlos war, ihre Gefühle für Gavin weiter zu erforschen. Doch obwohl die Tatsache, dass er ihr Vorgesetzter war, jede Annäherung von seiner Seite aus unmöglich machte, reichte der Gedanke allein, dass er sich ihr vielleicht trotzdem gerne nähern würde, wenn er könnte, um die positive Energie in ihr zu wecken, die sie heute im Club nicht hatte freisetzen können.

15. KAPITEL

Poppy wurde von heftigen Schuldgefühlen geplagt. Mit zitternden Händen schnürte sie hinter der Bühne ihre Stiefel. Die anderen Mädchen hatten sich schon wieder umgezogen und machten sich fröhlich plaudernd auf den Weg zur Bar, um sich einen Drink zu holen und die Tatsache zu feiern, dass die Show wieder einmal so gut gelaufen war. Poppy würde sich nicht zu ihnen gesellen, obwohl sie das Patricia gegenüber angekündigt hatte. Sie würde spät heimkommen, und ihre Freundin solle nicht auf sie warten. Sie liebe sie, hatte Poppy gesagt, und freue sich schon darauf, sie am nächsten Morgen zu sehen.

Diese Sache mit Violet war einfach völliger Wahnsinn, und dieser Wahnsinn musste aufhören.

Was versprach sie sich denn eigentlich davon? Dass ihre langweilige Beziehung mit Patricia leichter zu ertragen wäre? Oder ging es vielleicht sogar um etwas noch Aussichtsloseres: nämlich darum, die Sehnsucht nach Bette, die sie einfach nicht hinter sich lassen konnte, ein für alle Mal zu vertreiben?

Was auch immer letztendlich die Ursache ihres verrückten Benehmens war – zum ersten Mal gestand sich Poppy ein, dass es wohl wirklich so etwas wie Sexsucht gab: Früher hatte sie derartige Behauptungen immer lächerlich gefunden, wenn sie in Zeitschriften von berühmten Männern las, die Wochen in einem Rehabilitationszentrum verbrachten, weil sie ihre Frauen wieder und wieder betrogen. Jetzt wusste sie es besser. Was war das mit Violet denn sonst, wenn nicht eine besonders abartige Form der Sucht?

Jedes Mal, wenn sie zuließ, dass Violet sie so benutzte, schwor sie sich, es wäre das letzte Mal. Doch schon nach ein paar Tagen musste sie feststellen, dass sie sich mit einer Heftigkeit nach einem Date mit ihr sehnte, die stärker war als alles andere in ihrem Leben. Es erregte sie auf merkwürdige Weise, dieses Zimmer zu betreten, nicht zu wissen, was als Nächstes passieren würde. Nur die Gewissheit zu haben, dass das Ergebnis ein Rausch sein würde, von so heftigen Empfindungen, dass sie an gar nichts anderes mehr dachte und in der vollkommenen Ekstase aufging.

Nie würde sie genug davon bekommen, Violets vollkommenen Körper zu bewundern, wenn die ganz in Leder gekleidet vor ihr stand, nie müde werden, ihre großen grünen Augen zu betrachten, ihre grausamen Finger zu spüren, die ihr zugleich Lust und Schmerz bereiteten. Wie sollte sie danach Patricias unscheinbarem Gesicht, ihrem weichen Körper, dem gemeinsamen Kuschelsex noch etwas abgewinnen können? Was ihre Freundin ihr zu bieten hatte, war so vorhersehbar wie ihr eigener Menstruationszyklus.

Und natürlich gab es da noch die Frage nach dem Warum: Weshalb gefiel es Poppy, wenn jemand sie im Bett anschrie, sie als dumme Schlampe beschimpfte, sie schlug, ihr die Augen verband und sie mit der Bemerkung demütigte, sie verdiene es nicht, überhaupt angefasst zu werden? Was sagte es über Poppys Innenleben aus, dass sie diese Dinge aufregend und so erotisch fand, dass sie langsam, aber sicher Schwierigkeiten damit bekam, ohne diese Stimulation einen Höhepunkt zu erreichen? Dieses Problem hatte schon eine andere Größenordnung. Jetzt aber musste sie sich um das unmittelbar Bevorstehende kümmern: die Begierde, die sie für Violet empfand.

Heute Abend würde sie dem Ganzen ein Ende setzen. Nur ein einziges Mal noch. Sie würde tun, was Violet ihr befohlen hatte, sie in dem Bondage-Club in der 57. Straße treffen. Der Laden hieß „The Cellar", und sie kannte ihn nur vom Hörensagen. Bis zu diesem Tag war Poppy dreimal in Violets Wohnung gewesen, und jeder Besuch war gleich abgelaufen: verbundene Augen, Beschimpfungen, Schläge und schließlich Stimulation mit den Fingern oder mit einem Dildo. Dann wurde ihr gnädigerweise gestattet, Violet zu lecken. Nach jeder Sitzung hatte sie sich erschöpfter gefühlt, auf immer schlimmere Weise emotional verletzt. Und nie ließ das Vorgefallene sie los; jedes Mal sehnte sie sich bereits ein paar Tage später nach einer Wiederholung.

Poppy fragte sich, ob die neue Umgebung irgendetwas an der bisherigen Dynamik verändern würde. Schon bei dem Gedanken daran, was sie wohl dieses Mal erleben würde, wurde sie feucht.

An der Ecke 57. Straße, Sixth Avenue stieg sie aus dem Taxi. Sie lief in westlicher Richtung weiter und suchte nach der Adresse. Schließlich entdeckte Poppy das Gebäude; der unscheinbare Eingang befand sich zwischen zwei älteren Häusern. Man konnte ihn leicht übersehen, aber sie hatte das Gefühl, dass niemand, der danach suchte, so leicht aufgab.

Außer ihr lief niemand hier draußen herum, und der Wind war kälter, als sie das vom letzten Winter kannte. Am liebsten wäre sie einfach wieder gegangen. Vielleicht sollte sie dem Ganzen sofort ein Ende machen, von jetzt auf gleich. Eine Kamera im Eingangsbereich drehte sich in ihre Richtung.

Sie wandte sich der Straße zu, suchte sie nach Taxis ab, aber die wenigen, die sie entdeckte, waren entweder besetzt oder nicht im Dienst. Poppy, die in allen Lebenslagen nach Omen Ausschau hielt, interpretierte das als Hinweis, sie solle das Cellar betreten. Also drückte sie auf den Klingelknopf neben der Gegensprechanlage und wurde eingelassen.

Die Lobby, wenn man sie denn als solche bezeichnen konnte, war düster und spärlich eingerichtet; auf dem Boden stapelten sich Prospekte von chinesischen Lieferdiensten. Poppy stieg über die Papierflut hinweg und ging auf den einzigen Lift zu. Violet hatte sie angewiesen, in den fünften Stock zu fahren. Dass sich ein Club mit dem Namen „Cellar“ – also

Keller – in einer der höchsten Etagen eines Gebäudes befand, kam auch nur in New York vor.

In der Kabine war nicht viel Platz, und Poppy verspürte einen Anflug von Klaustrophobie. Dann kam der Aufzug mit einem Ruck zum Stehen, und sie verließ ihn vorsichtig.

Als Erstes fiel ihr ein funkelnder Kronleuchter über einem eleganten Mahagonitisch auf – es sah aus wie auf einem vornehmen Landsitz. Dort saß eine junge Frau mit dickem rotbraunem Haar, dessen Locken von einem locker geflochtenen Zopf gebändigt wurden. Sie trug ein altmodisch wirkendes Brillengestell und hatte sehr blasse Haut. Außerdem konnte man eine schwarze Bluse im viktorianischen Stil erkennen, doch der Rest ihres Outfits war hinter dem Möbelstück verborgen.

„Kann ich Ihnen helfen?", erkundigte sich die Frau.

„Ich habe einen Termin mit Violet."

„Mistress Violet? Gut – wie heißen Sie?"

„Äh, Poppy."

Die Empfangsdame drückte einen Knopf auf dem Telefon und kündigte sie an.

„Dann macht das zweihundert Dollar. Bar oder Kreditkarte."

Ungläubig starrte Poppy die Frau an. Das ging zu weit, selbst für eine von Violets Aktionen. Jetzt sollte Poppy also schon dafür bezahlen?

„Ich glaube, da liegt ein Irrtum vor", sagte sie.

„Ganz sicher nicht. So viel bekommt Miss Violet für eine Sitzung. Verhandelt wird nicht."

Poppy wusste, jetzt war der Zeitpunkt gekommen, an dem sie sich umdrehen und gehen sollte; hier befand sich die Grenze, die sie zu überschreiten weder willens noch fähig war. Und doch – irgendwo hinter diesem Vorhang und den Türen links neben dem Rezeptionstisch wartete Violet auf sie.

Sie reichte der Frau ihre Kreditkarte.

Mallory trug sich in das Register an der Rezeption in der Lobby des großen Gebäudes in der Park Avenue ein, wo sich die Kanzlei Gavin Stone Associates im 21. Stock befand. Sie benutzte ihre Karte, um durch die Schleuse zu kommen, und lief auf die Aufzüge zu, überprüfte in deren Chromverkleidung ihr Aussehen, während sie wartete. Sie wusste, wenn sie gleich im Lift vor dem Spiegel stand, würde sie sich noch gründlicher betrachten.

Was war nur los mit ihr? Schließlich brachte sie lediglich eine Akte vorbei, weiter nichts. Wie sie dabei aussah, spielte überhaupt keine Rolle. Trotzdem verspürte sie eine erwartungsvolle Aufregung in sich, deren Heftigkeit sie erschreckte.

In der 21. Etage herrschten Stille und Dunkelheit. Nur ein paar vereinzelte Neonröhren brannten. Ein seltsames Gefühl, an der unbesetzten Rezeption vorbei den Flur zu Gavins Büro entlangzugehen, ohne einer anderen Person zu begegnen oder auch nur ein einziges Telefon klingeln zu hören. Fast wie in einem Traum.

Ihr Chef saß an seinem Schreibtisch. Er hatte die Ärmel aufgekrempelt, seine Krawatte saß nicht mehr ganz richtig, und er las hochkonzentriert in einem Dokument, das er vor sich hatte. Er sah aus wie ein Model in einer Ralph-Lauren-Anzeige, das die Anweisung bekommen hatte, einen sexy jungen Rechtsanwalt darzustellen, tief in die Arbeit versunken.

Leise klopfte Mallory an den Türrahmen.

„Hallo, hallo."

Er sah auf und lächelte.

„Hey. Danke, dass Sie vorbeigekommen sind."

„Aber natürlich! Ich habe ein sehr schlechtes Gewissen, weil Sie nach der Akte suchen mussten, die ich aus Versehen mitgenommen habe."

„Das ist nicht weiter tragisch", erwiderte er.

Sie holte das Dokument aus der Tasche und gab es ihm. Als er die Seiten entgegennahm, berührten seine Finger kurz ihre. Etwas durchzuckte sie.

„Ich wollte mich auch noch mal für heute Mittag entschuldigen“, erklärte Gavin. „Mir ist bewusst, dass ich wahrscheinlich eine Grenze überschritten habe. Es steht mir nicht zu, Ihnen vorzuschreiben, was sie mit Ihrem Leben anzufangen haben. Ich musste Ihnen sagen, wo für mich als Ihr Arbeitgeber die Möglichkeiten des Akzeptablen ausgeschöpft sind, aber dabei hätte ich es belassen sollen. Es ist nur so, dass ich in Ihnen ein großes Potenzial erkannt habe, das mir wertvoll erscheint, und wenn ich Ihnen das heute beim Lunch nicht gesagt hätte, hätte ich das sicher bereut.“

„Ich bin froh, dass Sie sich dafür entschieden haben“, meinte sie.

„Wirklich?“

„Ja. Ich muss mir im Moment über einiges klarwerden, und Ihre Ehrlichkeit bedeutet mir sehr viel.“

Kurz schwiegen sie beide.

„Ich muss mir auch über einiges klarwerden“, sagte er schließlich.

„Tatsächlich? So wirken Sie aber nie. Sie sind der einzige Mensch, den ich kenne, der immer ganz genau zu wissen scheint, was zu sagen oder zu tun ist. Ich vermute sogar, es ist die Zusammenarbeit mit Ihnen, die es mir unmöglich gemacht hat, weiterhin zu akzeptieren, wie chaotisch mein Leben verläuft.“

„Darin liegt eine gewisse Ironie“, war seine Antwort. „Bei mir verhält es sich genau umgekehrt: Dass ich mit Ihnen zusammenarbeite, hat es mir unmöglich gemacht, weiterhin ein langweiliges Leben zu führen.“

Sie sah ihn an.

„Das verstehe ich nicht ganz.“

„Ich wusste nicht, dass Sie als Burlesque-Tänzerin arbeiten. Aber mir war sehr wohl klar, dass Sie in irgendeiner Form ein Doppelleben führen – ein paarmal jede Woche hatten Sie es sehr eilig, aus dem Büro wegzukommen. Darüber, wohin Sie wollten, haben Sie nie gesprochen. Manchmal kommen Sie morgens zur Arbeit und haben etwas Glitzerndes im Gesicht – Puder vielleicht. Und ich habe bemerkt, dass Sie hin und wieder vor dem Weggehen das Outfit wechseln. Ich dachte, vielleicht ziehen Sie einfach sehr gern durch die Clubs; ich hatte ja keine Ahnung. Fragen wollte ich Sie schon lange, aber das wäre natürlich nicht angemessen gewesen. Und wenn ich mir dann vorgestellt habe, wo Sie wohl gerade sind, habe ich mich manchmal bei dem Gedanken ertappt, dass ich Sie gern begleitet hätte. Das liegt zum Teil daran, dass mein Leben immer stärker von Routine bestimmt wird, aber in letzter Zeit habe ich begriffen, dass ich einfach nur mit Ihnen zusammen sein will."

Völlig verblüfft starrte sie ihn an.

„Ich weiß sehr gut", fuhr er fort, „dass es absolut unangemessen ist, Ihnen das überhaupt zu sagen. Und genau aus diesem Grund ist es wohl am besten, wenn wir unsere Zusammenarbeit beenden, ganz egal, wofür Sie sich in Ihrem Berufsleben entscheiden."

„Sie werfen mich raus?", fragte sie leise.

„Ich sehe mich einfach nicht mehr in der Lage, weiterhin Ihr Arbeitgeber zu sein. Aber ich werde Ihnen dabei helfen, eine andere Stelle zu finden, Ihnen die bestmöglichen Empfehlungen schreiben. Wenn ich richtig informiert bin, sucht die Gegenseite bei Klein gegen Klein jemanden, der Ihre Art der Arbeit macht."

„Ich will aber nirgendwo anders hin", sagte Mallory, den Tränen nahe. „Das hier ist der einzige verlässliche Bezugspunkt, den ich im Leben habe."

„Ich habe es Ihnen doch erklärt: Meine Gefühle für Sie gehen über das rein Berufliche hinaus. Begreifen Sie denn nicht, dass diese Situation nicht tragbar ist?“ An seinem Gesichtsausdruck war zu erkennen, dass er ebenso sehr litt wie sie.

Sie setzte sich auf die teure schwarze Couch, die seinem Schreibtisch zugewandt war.

„Gavin, was soll ich denn nur tun?“

„Die Arbeitsstelle wechseln, damit nichts mehr zwischen uns steht und ich meinen Gefühlen nachgeben kann.“

„Gavin! Das meinen Sie doch nicht ernst.“

„Oh doch. Sie gehen mir einfach nicht mehr aus dem Kopf, Mallory.“ Er stand vom Schreibtisch auf und begann vor den Bücherwänden mit der Fachliteratur auf und ab zu gehen. „Sonst werde ich noch völlig verrückt. Ich weiß nur zu gut, dass schon dieses Gespräch ein Risiko für mich darstellt. Sie könnten mich bis auf den letzten Cent verklagen, deswegen bitte ich Sie: Ersparen Sie mir weitere Qualen und suchen Sie sich eine neue Stelle.“

„Ich werde Sie nicht verklagen“, erklärte sie ruhig. „Und eine andere Stelle suche ich mir auch nicht.“

Mallory ging zu ihm hinüber und nahm ihn bei der Hand; er sollte zur Ruhe kommen, sich nicht mehr so hektisch bewegen. Überrascht schaute er sie an, und als sie beide Arme um ihn schlang, erwiderte er die Umarmung nicht, sondern blieb ganz still stehen.

„Was soll das?“, fragte er.

„Du gehst mir auch nicht mehr aus dem Kopf“, erklärte sie, während sie seinen ungewohnten Duft einatmete und ihre Wange an seiner Schulter barg. Sie schmiegte sich an ihn und bemerkte, dass er eine Erektion hatte.

„Suchst du dir etwas Neues?“, hakte er nach. Seine Stimme klang heiser.

„Wahrscheinlich.“

„Setz dich lieber wieder auf die Couch, und bleib dort, bis du dich definitiv entschieden hast."

Mallory blickte zu ihm auf; aus dieser geringen Entfernung sah er sogar noch besser aus. Alec war sexy und auf unkonventionelle Weise attraktiv, Gavin hingegen musste man auch ganz neutral betrachtet, quasi am Standard gemessen, ohne jeden Zweifel als schön bezeichnen. Zum ersten Mal seit Jahren fühlte sie sich von der entsetzlichen Angst befreit, sie würde niemals jemanden außer Alec anziehend finden. Von der schrecklichen Überzeugung, sie könne niemals glücklich werden, wenn es ihr nicht gelang, ihre alte Beziehung hinter sich zu lassen. Als sie dort stand, Gavin Stone in den Armen, wusste sie, dass es möglich war, auch mit einem anderen Mann Erfüllung zu finden – und sei es nur für eine Nacht. Jetzt musste sie aus verschiedenen Gründen herausbekommen, wie sich das anfühlen würde.

„Ich suche mir was anderes", flüsterte sie und küsste ihn auf den Hals. Wie eine Statue im Märchen, die durch ihre Berührungen zum Leben erweckt wurde, nahm Gavin ihr Gesicht in beide Hände und presste seine Lippen fest auf ihre. Einige Sekunden lang fragte sich Mallory, was sie wohl jetzt empfinden würde. Doch dann übernahm ihr Körper die Regie, und sie konnte gar nicht mehr klar denken.

Gavin zog sie fester an sich, ließ beide Hände auf ihren Hintern gleiten. An seinen Schreibtisch gelehnt, standen sie da und küssten sich wie die Teenager, so wild und voller Ungeduld, dass es fast wehtat.

Dann machte Gavin sich los, nahm Mallory an beiden Händen und sah ihr tief in die Augen.

„Was ist los?", wollte sie wissen.

„Hier rüber", erwiderte er, führte sie zur Couch. Sie setzte sich neben ihn, versuchte dabei unauffällig herauszufinden, ob seine Erektion noch größer geworden war. „Ich will dich, und zwar jetzt, sofort – du musst mir glauben, so sehr habe ich noch nie eine Frau begehrt. Trotzdem fürchte ich, dass das keine gute Idee ist."

„Glaubst du wirklich, ich würde dich verklagen? Komm schon, Gavin, das ist doch verrückt. Wenn du das hier nicht willst, geht das in Ordnung, aber sag dann bitte nicht, es liegt daran, dass du mein Chef bist."

„Ich habe das Gefühl, meine Position auszunutzen." Mit einer Hand fuhr er sich durch das volle Haar. Seine Handgelenke waren muskulös wie die eines Lacrosse-Spielers. Wahrscheinlich, so überlegte Mallory, war er auf ein Internat gegangen. Und hatte das Zimmer mit einem Altersgenossen geteilt, der einen ähnlichen Hintergrund hatte wie er selbst.

„Das tust du nicht", erwiderte sie leise. „Ich weiß nicht, wie ich es dir beweisen soll, aber es stimmt ganz einfach nicht."

„Ich glaube, es ist besser, wenn wir beide die ganze Sache ein paarmal überschlafen. Dann sehen wir weiter."

„Okay", stimmte sie ihm zu – was hätte sie auch sonst sagen sollen?

Dann trafen sich ihre Blicke, und sie ließen einander nicht mehr los. Mallory beugte sich vor, um Gavin zu küssen; er zog sie so grob an sich, als habe er den Vorschlag gerade eben gar nicht laut ausgesprochen. Sie setzte sich rittlings auf ihn, schmiegte sich an seine Erektion. Er wühlte mit beiden Händen in ihren Haaren, und ihre Münder kollidierten förmlich, Zähne schlugen auf Zähne. Sie kämpfte gegen die Versuchung an, ihm in die Hose zu fassen, seinen Schwanz zu nehmen und ihn bei sich einzuführen. Doch sie war zu stolz, um so aggressiv vorzugehen, obwohl es vielleicht genau das war, was er brauchte, um jetzt mit ihr schlafen zu können. Vielleicht war sie sich einfach nicht sicher, dass er sie genug begehrte. Sie wusste es einfach nicht, und darum zwang sie sich zur Vernunft, zur Zurückhaltung, ließ einfach zu, dass er sie küsste, bis sich ihre Lippen ganz wund anfühlten.

Schließlich glitt sie von ihm herunter. Er drückte ihr die Hand. Mallory nahm sich ihren hastig ausgezogenen Mantel und ihre Handtasche, und er begleitete sie schweigend zum Lift.

„Also dann bis Montag, okay? Montag sehen wir uns", verabschiedete er sich.

„Montag sehen wir uns."

Violet wartete hinter der Tür auf Poppy. Allerdings erkannte Poppy sie kaum: Sie trug ein Krankenschwesternkostüm aus rosa Latex, mit roten Handschuhen, die ihr beinahe bis über die Ellenbogen reichten, und eine altmodisches Häubchen aus dem gleichen Material.

„Guten Tag, Miss LaRue", begrüßte sie Violet auf seltsam formelle Weise. „Haben Sie der Dame am Empfang das Geld gegeben? Das ist Vorschrift."

„Was? Ja." Poppy versuchte, das nervöse Gefühl in ihrem Bauch zu ignorieren, die innere Stimme, die ihr zurief, noch könne sie gehen.

„Wunderbar, dann bitte hier entlang."

Violet führte Poppy durch einen engen Flur, von dem auf beiden Seiten Türen abgingen. Kein Laut drang zu ihnen, und Poppy fragte sich, ob die dahinterliegenden Räume wohl schallisoliert waren. Endlich waren sie am Ende angelangt. Violet schloss eine Tür auf und schickte Poppy mit einer Geste nach drinnen.

Poppy betrat den Raum. Was sie erwartet hatte, wusste sie nicht – das hier jedoch sicher nicht: ein gynäkologisches Behandlungszimmer mit Untersuchungstisch und Beinhaltern, einer anatomischen Darstellung der weiblichen Fortpflanzungsorgane und einem Tablett, auf dem Gummihandschuhe,

Gleitgel und einige sehr authentisch wirkende Instrumente bereitlagen.

„Ich ... Ich glaube, ich gehe lieber wieder“, stammelte Poppy.

„Jetzt seien Sie doch nicht albern.“ Violet gab ihr einen Kittel aus rosafarbenem Papier. „Ziehen Sie das hier an, mit der Öffnung nach vorne.“

Poppy konnte einfach nicht glauben, wo sie hier gelandet war. Sie fühlte sich gleichzeitig verstört und auf seltsame Weise erregt. Eine Röte überzog Violets Wangen; ihre grünen Augen funkelten, und auch ihre Lippen glänzten unnatürlich stark.

Poppy zog sich aus, aber ihr zitterten dabei so stark die Hände, dass sie ihre Kleidung nicht zusammenfalten konnte. Schließlich warf sie einfach alles auf einen Stuhl. Während sie sich die Unterwäsche auszog und den Papierkittel überstreifte, wandte sie Violet nervös den Rücken zu.

Dann drehte sie sich langsam um, sah sie an. Violet sortierte geschäftig die Gegenstände auf dem Tablett.

„Bitte nehmen Sie hier auf dem Tisch Platz“, wies Violet sie an, den Blick gesenkt, die Stimme ohne jede Emotion.

Poppy gehorchte, und das Papier unter ihr wurde dabei zerknittert. Eine surreale Erfahrung. Fast erwartete sie, ein paar Zeitschriften neben sich vorzufinden.

„Miss LaRue, bitte rutschen Sie nach unten und stecken Sie beide Beine in die Halter, die Füße ganz nach unten.“

Wieder tat Poppy, was von ihr verlangt wurde. Sie spürte das kalte Metall. Die Schenkel musste sie spreizen.

Violet stand neben dem Untersuchungstisch. Sie schaute auf Poppy hinunter und begann, mit ihren behandschuhten Händen deren Brüste zu betasten. Dabei ging sie unsanft und sachlich vor. Trotzdem konnte Poppy fühlen, wie es zwischen ihren Beinen zu pulsieren begann. Mit einer richtigen Brustuntersuchung hatten Violets Berührungen wenig zu tun, doch die kühle Art und die kurzen Bewegungen ließen Poppy verstehen, was sie zu tun hatte.

Sie entzog sich der Untersuchung, schob sich weg.

„Näher zu mir", wies Violet sie an. Poppy kam dieser Aufforderung nach, wobei sie sich nur allzu deutlich der Tatsache bewusst war, dass Violet in diesem hell erleuchteten Raum ihre Muschi zwischen ihren weit gespreizten Beinen sehr gut sehen konnte.

Routiniert bedeckte die Krankenschwester einen ihrer Finger, noch immer im Handschuh, mit Gleitgel, drang damit in Poppy ein, und zwar so sachlich, wie sie schon die Brustuntersuchung vorgenommen hatte. Dann zog sie den Finger wieder heraus und setzte sich auf ihrem Hocker aufrecht hin.

„Hatten Sie in der letzten Zeit Probleme mit sexuellen Störungen irgendwelcher Art?", erkundigte sich Violet.

„Was?"

„Haben Sie Schwierigkeiten damit, zum Orgasmus zu kommen?"

„Nein."

„So hatte ich sie aber verstanden. Deswegen haben Sie doch einen Termin mit mir vereinbart", erwiderte Violet.

„Ja, ach so, richtig. Ich habe tatsächlich Probleme mit meinem Orgasmus", erklärte Poppy. Sie entschied sich, einfach mitzuspielen.

Langsam zog sich Violet die Gummihandschuhe von den Fingern. Poppy rutschte unruhig herum; das Metall an ihren Füßen fühlte sich kalt an.

„Treten diese Probleme auch auf, wenn Sie masturbieren?", wollte Violet wissen.

„Nein?", erwiderte Poppy mit fragendem Unterton. Sie versuchte herauszufinden, was wohl die richtige Antwort war.

„Das klingt nach einer ernsten Angelegenheit“, kommentierte Violet, während sie Poppys Klit grob mit dem Daumen bearbeitete. Sie massierte Poppys Perle, rieb zuerst sanft und dann immer fester, drückte darauf herum, bis die Knospe fast schmerzhaft geschwollen war. Poppy wand sich auf dem Untersuchungstisch. Sie versuchte, ein Stöhnen zu unterdrücken, wollte auf keinen Fall einen Laut von sich geben. Wenn sie irgendetwas falsch machte, das spürte sie, würde sie alles zerstören, und davor hatte sie aus irgendeinem Grund furchtbare Angst.

„Sie spüren wirklich gar nichts?“, wollte Violet wissen.

„Nein, nichts“, flüsterte Poppy ganz leise.

Violet begann, die Gegenstände auf dem Tablett durchzuwühlen, und ihre Patientin rutschte nervös auf der Unterlage herum. Vor Nervosität hatte sie ganz feuchte Hände, und in ihrer Spalte pulsierte es vor unerträglicher Anspannung.

„Drehen Sie sich um, auf alle viere“, befahl Violet.

„Was?“

„Ich werde Sie heilen. Auf alle viere – mit dem Gesicht von mir weg.“

Poppy verspürte nicht das geringste Verlangen danach, Violet ihren Hintern entgegenzustrecken.

„Ich weiß nicht … Ich glaube, ich fühle mich schon besser.“

„Wenn Sie sich der Behandlung verweigern, können Sie gleich gehen.“

„Gehen, jetzt?“

„Genau. Wollen Sie einen Orgasmus oder nicht?“

„Ich will einen Orgasmus.“

„Dann auf alle viere mit Ihnen. Ärztliche Anweisung“, sagte Violet mit einem teuflischen Lächeln. Sie stellte sich neben den Tisch und klappte das Kopfteil herunter, sodass er flacher war. „Und ach ja, der Kittel muss weg.“

Langsam zog sich Poppy das Papier vom Körper, warf es neben sich auf den Boden. Obwohl sie schon unzählige Male in einem Raum voller Fremder alle Hüllen hatte fallen lassen, hatte sie sich noch nie so unsicher gefühlt wie jetzt, als sie die Position einnahm, die Violet von ihr verlangte. Trotzdem wandte sie sich pflichtbewusst um und ließ sich auf Händen und Knien nieder, streckte der Domina ihren Po entgegen.

Sie konnte spüren, wie Violet mit der Hand, wieder mit einem Latexhandschuh bekleidet, vorsichtig an ihrem Hintern entlangfuhr. Dann ließ sie einen ihrer Finger nach unten gleiten, berührte Poppys Schamlippen so kurz und sachte, dass diese meinte, sie habe es sich womöglich nur eingebildet. Sie sehnte sich danach, diesen Finger tief in sich zu spüren; er sollte ihr die Erleichterung verschaffen, die sie so dringend brauchte. Ihr ganzer Körper war angespannt bis zum Äußersten.

Doch nichts geschah. Einige Minuten lang verharrte Poppy in ihrer Position, konnte sich nur mit Mühe davon abhalten, Violet zu fragen, was hier vor sich ging. Endlich spürte sie, wie ihr die Schwester mit ihren Gummihänden die Pobacken auseinanderzog und ihr etwas Hartes, Glitschiges in den Anus steckte.

„Was ist das?“, rief Poppy, drehte sich um und versuchte das Ding mit den Händen zu erreichen. Doch Violet schlug ihr auf die Finger.

„Das gehört zur Behandlung. Nur ein Buttplug. Entspannen Sie sich. Jetzt wieder auf alle viere, und die Beine schön öffnen.“

„Es fühlt sich aber komisch an …“

„Das Teil bleibt, wo es ist. Umdrehen.“

Poppy drehte sich wieder um, atmete tief ein und aus und versuchte, die Empfindung von Wärme und Druck in ihrem Hintern zu ignorieren. Sie spreizte die Beine und legte sich auf den Behandlungsstuhl. Schaute an die Decke und fragte sich, was nur mit ihr los war, wie sie überhaupt in diese Situation hatte geraten können. Normal und gesund war das hier auf keinen Fall.

Im nächsten Augenblick konnte sie spüren, wie Violet, jetzt ohne Handschuhe, ihre Schamlippen berührte, dann mit der Zunge ihre Klit stimulierte und mehrere Finger in sie einführte. Die Kombination des Drucks in ihrem Anus und die Berührung ihres G-Punkts sorgten dafür, dass Poppy einen heftigen Orgasmus erlebte, sich die überwältigende Lust beinahe wie Schmerz anfühlte. Sie schrie auf, rief Violets Namen, stammelte Unzusammenhängendes, streckte ohne jede Scham Violet ihre Muschi entgegen, bettelte förmlich um mehr.

Als die letzte Welle ihres Höhepunktes verebbte, hörte Violet auf, Poppy zu streicheln.

„Sie sind geheilt", erklärte die Schwester. „Sie können sich wieder anziehen."

Poppy fühlte sich zu erschöpft, als dass sie zu einer Antwort fähig gewesen wäre. Die Nachwirkung der intensiven körperlichen Reize und die Verwirrung über das ganze Geschehen verursachten ihr heftigen Schwindel. Vage war sie sich der Tatsache bewusst, dass das komische Ding immer noch in ihrem Hintern steckte. Als sie die Hüften bewegte, um es besser erreichen zu können, zog ihr Violet die Hand weg.

„Lassen Sie das drin, bis Sie wieder zu Hause sind", befahl sie.

„Es ist aber unangenehm", antwortete Poppy und merkte dabei selbst, dass sie klang wie ein trotziges Kind.

„Ganz egal. Es gehört zu Ihrer Behandlung. Ärztliche Anweisung. Ich setze mich jetzt hier hin und sehe Ihnen beim Ankleiden zu, damit ich sichergehen kann, dass Sie sich auch an die Anweisung halten."

Mit zittrigen Beinen stand Poppy vom Tisch auf. Sie zog sich das Höschen an, spürte dabei deutlich, wie ihr Anus arbeiten musste, damit der Buttplug in Position blieb. Als sie fertig war, begleitete Violet ihre Patientin wortlos zur Tür und schickte sie allein durch den dunklen Flur zurück zum Ausgang.

Mallorys Lippen fühlten sich von Gavins Küssen noch immer ein wenig wund an, und davon war sie beim Öffnen der Wohnungstür so abgelenkt, dass ihr das Licht im Schlafzimmer nicht weiter auffiel. Dabei konnte sie mit Sicherheit sagen, dass sie vor dem Weggehen alle Lichter ausgeschaltet hatte.

Sie warf sich auf die Couch, lehnte sich in die Kissen zurück und lächelte. Sie hatte Gavin Stone geküsst. Unglaublich!

Im nächsten Augenblick bemerkte sie Alecs Schuhe neben dem Sofa.

„Was zum Teufel?" Sie sprang auf, begriff endlich, was das Licht im Schlafzimmer bedeutete. „Alec?", rief sie und lief schnell hinüber. Und wirklich, da saß er auf einer Kante des Schminktischs. Er war dabei, Kleidungsstücke in einen Koffer zu packen.

„Hey", begrüßte er sie und schaute zu ihr hoch. Auf seinem Gesicht lag eine ruhige Gleichmütigkeit, und die alarmierte Mallory mehr als jedes Anzeichen der Verärgerung.

„Hey! Wann bist du denn zurückgekommen? Ich dachte, du bleibst noch bis Sonntag weg." Sie widerstand der Versuchung, ihn heftig zu umarmen.

„Kendall musste kurzfristig verreisen, also haben wir die Sache ein bisschen früher beendet als geplant."

Mallory konnte nicht anders – als sie hörte, wie selbstverständlich Alec den Vornamen der Schauspielerin aussprach, verspürte sie einen Stich von Eifersucht.

„Oh. Und wie ist das Interview gelaufen?"

„Gut. Sie ist noch nicht abgebrüht genug, um bei jeder Frage abzublocken, da hatte ich also Glück.“ Er stand auf und schloss den Koffer.

„Packst du ein oder aus?“, wollte Mallory wissen. Plötzlich erschien ihr der Kuss mit Gavin so trivial wie ein längerer Blickwechsel mit einem völlig Fremden irgendwo in der U-Bahn.

Ohne eine Antwort trug Alec den Koffer hinüber ins Wohnzimmer. Mallory lief ihm hinterher, schluckte den Kloß der Verzweiflung herunter, der sich in ihrer Kehle bildete.

„Setz dich, es dauert nur eine Minute“, meinte er schließlich. Er selbst hatte schon auf der Couch Platz genommen. Sie ließ sich neben ihm nieder; beide saßen genauso da wie an dem Abend, als sie aus dem Plaza nach Hause geeilt war, um mit ihm zu reden. Diesmal jedoch nahm Alec sie bei der Hand. „Ich habe sehr viel nachgedacht, während ich weg war. Du hast mir gefehlt“, erklärte er. Sie konnte spüren, dass es da ein Aber gab, und sie wollte es nicht hören.

„Du hast mir auch gefehlt.“ Sie konnte nicht länger warten, und umarmte ihn heftig. Als er die Geste erwiderte, begann sie zu weinen. Es fühlte sich so gut an, ihm nahe zu sein. Fast hätte sie keine Luft mehr bekommen.

„Mallory, die Sache ist die: So sehr ich dich auch vermisst habe, gleichzeitig habe ich Erleichterung darüber empfunden, endlich der Spannung entkommen zu sein, die ständig zwischen uns herrscht.“

„Welche Spannung denn?“, fragte sie zurück, hörte jedoch selbst, wie lahm das klang.

Sein Blick schien zu sagen, sie solle sich nicht dumm stellen. „Ich weiß nicht, warum du dich an diesem Abend im Plaza so benommen hast, aber was ich weiß, ist Folgendes: Du bist nicht rücksichtslos oder einfach scharf auf sexuelle Kontakte mit allen möglichen Leuten. In unserer Beziehung läuft irgendetwas schief, dadurch sind wir an diesem Punkt angelangt. Vielleicht ist es meine Schuld. Womöglich liegt es daran, dass ich dich in der Vergangenheit immer wieder dazu aufgefordert habe, bis an deine eigenen Grenzen zu gehen, und jetzt tust du das ganz automatisch, damit du Aufmerksamkeit von mir bekommst. Vielleicht habe ich dich aber auch dazu gebracht, sexuell offener zu werden, und jetzt bist du offener, als es für mich akzeptabel ist, und das habe ich mir selbst zuzuschreiben. Wie auch immer, ich weiß einfach nicht, was wir sonst tun sollen – ich muss ein bisschen auf Abstand gehen. Noch etwas mehr Zeit getrennt von dir verbringen. Vielleicht finden wir auf diese Weise die Antworten auf unsere Fragen."

Ganz automatisch setzte Mallory dazu an, einen Wortwechsel mit ihm zu beginnen; sie musste ihm sagen, dass das einfach lächerlich war, dass sie keine Trennung wollte. Doch sie wusste, wie falsch das gewesen wäre – sie brauchte nur daran zu denken, wo, wie und mit wem sie die vergangene halbe Stunde verbracht hatte. Die Erkenntnis flößte ihr Furcht ein, aber Alec hatte recht. Auf Distanz gehen und auswerten, was sie wirklich wollen, ob sie überhaupt dazu in der Lage waren, eine Beziehung zu führen, die sie nicht beide in den Wahnsinn trieb. Also sagte sie nur: „Ich habe Angst."

„Ich auch", erwiderte er. Noch schloss er sie in die Arme, und sie sog seinen Duft tief ein. Am liebsten wäre sie für immer in dieser Stellung verharrt. Doch nur eine Minute später streichelte ihr Alec zärtlich das Bein.

„Ich muss los", sagte er.

„Ich will nicht, dass du gehst."

„Ich muss, Mallory."

„Aber wo wirst du denn wohnen?"

„Billy hat gesagt, ich kann das *Gruff*-Apartment für ein paar Wochen bewohnen."

Natürlich hatte er das gesagt. Mallory war felsenfest davon überzeugt, dass Billy die dramatische Entwicklung in ihrer Beziehung mit gespanntem Interesse verfolgte. Sie fragte sich, ob Alecs Chef überhaupt wusste, wie es sich anfühlte, eine so große Unsicherheit und derartig dramatische Veränderungen zu erleben. Hatte ihm jemals jemand genug bedeutet, dass er ihn oder sie zum Mittelpunkt seiner Welt gemacht hatte? Das bezweifelte sie. Es schien, als trage Billy Barton eine kugelsichere Weste, an der Gefühle einfach abprallten oder eben nicht herausdrangen. Sicher ein gutes Gefühl.

Mallory begleitete Alec zu Tür. Sie würde ihn nicht aufhalten; trotzdem überwältigten sie ihre Gefühle, als er in den Hausflur trat. Sie brach in Tränen aus. Noch einmal umarmte er sie, und dann konnte sie nur noch im Türrahmen stehen und ihm nachschauen.

16. KAPITEL

An der Ecke 18. Straße, Ninth Avenue stieg Billy Barton aus seiner Limousine. In der einen Hand hatte er einen Kaffeebecher, in der anderen ein Mittel gegen Angstzustände und Depressionen, von dem er sich gerade Nachschub besorgt hatte. Beides würde er brauchen, um den heutigen Tag zu überstehen.

„Warten Sie hier auf mich, oder fahren Sie ein paarmal um den Block, wenn es nicht anders geht. Länger als eine knappe Stunde sollte ich nicht brauchen", wies er seinen Fahrer an.

Er ging ein Stück in westliche Richtung, zu dem Schönheitssalon für Männer namens „Sugar", der seinem ersten Liebhaber gehörte, Harvey Hixenbaugh. Der führte den Laden selbst. Harvey war zwanzig Jahre älter als Billy. Sie hatten sich kennengelernt, als Billy und ein paar seiner Freunde im letzten Jahr an der Highschool nach einer Nacht in verschiedenen Clubs im legendären Restaurant Florent gelandet waren. Die jungen Männer mochten das Florent, weil es dort rund um die Uhr etwas zu essen gab und man immer einigen Supermodels begegnete. Billy hingegen war davon fasziniert, weil dort Dragqueens, Burlesque-Tänzerinnen, Schauspieler und Lebenskünstler verkehrten, die nachts Manhattan beherrschten und dann den ganzen Tag verschliefen.

Obwohl Billy noch mehrere Monate an der Riverdale Country School und danach vier Jahre an der Universität von Pennsylvania bevorstanden, wusste er bereits genau, welche Art Leben er einmal führen wollte. Wenn es dafür ein paar konventionelle Hürden zu nehmen galt, dann akzeptierte er das. An diesem ersten Abend hatte ihm Harvey mehrfach seine Telefonnummer zugesteckt. Eigentlich hatte Billy vorgehabt, seine Sexualität erst auszuleben, wenn er sich in Sicherheit, also auf dem College befand. Doch diesen Plan warf er rasch über den Haufen, als sich herausstellte, dass Harvey der perfekte Partner war, wenn es darum ging, diese Seite an sich selbst zu erforschen. Im wirklichen Leben konnte er mit niemandem darüber sprechen – weder mit seinem Vater, einem Milliardär, der sein Vermögen an der Wall Street gemacht hatte, noch mit seiner Mutter, der ihr gesellschaftlicher Status alles bedeutete, oder seinem älteren Bruder, der bereits in Washington für einen republikanischen Senator arbeitete, der wiederum eine Karriere im Weißen Haus anstrebte.

Ihre Affäre dauerte ein glanzvolles halbes Jahr lang, und war eine Mischung aus Drogen, Sex und einer endlosen Tour durchs Nachtleben, während der er die Künstler und Trendsetter kennenlernte, die bestimmten, was sich in der Mode-, Musik- und Filmindustrie als Nächstes tun würde. In dieser Gesellschaft entwickelte Billy das Verlangen danach, ein bedeutsames Leben zu führen – hier lernte er, dass das möglich war.

Inzwischen gehörte ihm das Magazin *Gruff*, er konnte sich seine männlichen Partner unter den attraktivsten Männern aussuchen. Manchmal tat er das auch unter den Frauen, nämlich unter den Models und Künstlerinnen, die sich nach Einbruch der Nacht in Manhattan herumtrieben. Harvey seinerseits hatte Drogen und Alkohol hinter sich gelassen; er führte ein erfolgreiches Unternehmen und war mit einem Maler namens Oliver verheiratet. Das Leben hatte es mit ihnen beiden gut gemeint.

Bis zu dieser unerfreulichen Angelegenheit mit Violet.

Als Billy das Burberry-Model Tyler Rand bei einem Fotoshooting für sein Magazin kennengelernt hatte, hatte er ihn Harvey vorgestellt. Sämtliche berühmten männlichen Models, Schauspieler, Pornostars, Callboys und auch die erfolgreichen Männer, die nur heimlich ihren homosexuellen Neigungen nachgaben, buchten bei ihm Termine fürs „Sugaring".

Diese Methode ähnelte der Behandlung mit Warmwachs, nur wurde ein erhitztes Zuckergemisch verwendet, das man mit der Haarwuchsrichtung entfernte statt ihr entgegengesetzt wie bei der Verwendung von Wachs. Wurde die Methode richtig angewendet, wuchs mit der Zeit gar keine Behaarung mehr nach. In manchen Salons fügte man der üblichen Wachsmischung einfach Zucker hinzu und bezeichnete das Ganze als „Sugaring". Doch gehörte einiges an Können und Wissen dazu, die Paste genau richtig zusammenzustellen, und Harvey ließ sich die Sache gut bezahlen. Die Leute waren bereit, ihr letztes Hemd zu geben, um Harveys Dienste in Anspruch nehmen zu können. Obwohl er horrende Preise forderte, war es unmöglich, ohne Empfehlung einen Termin zu bekommen. Und heute um elf Uhr morgens hatte Tyler seinen festen Slot.

Billy wusste, dass es vielleicht besser wäre, diese Katastrophe im privaten Rahmen zu besprechen. Er hoffte jedoch, dass Harvey in dieser Krise wie ein Fels in der Brandung wirken würde. Was ihn anging, war es perfektes Timing, dass Tyler ausgerechnet heute in den Salon musste.

„Billy", wurde er an der Rezeption von Daniel begrüßt. Der Mann war hübscher als die meisten der weiblichen Models, die Billy normalerweise für *Gruff* buchte. „Harvey hat gerade einen Kunden."

„Tyler, nicht wahr? Ich bin sicher, es ist in Ordnung, wenn ich zu den beiden reingehe. Kannst du ihn für mich anrufen?"

„Okay – einen Moment bitte."

Billy schaute sich die Zeitschriften an, die auf einem Tisch lagen, und nahm sich eine Ausgabe seines eigenen Magazins. Beim Gedanken an die kommende Nummer, die für den März, erfüllte ihn freudige Aufregung. Alec hatte seine Sache bei dem Interview mit Kendall James gut gemacht. Sie auf das Cover zu bekommen, war ein großartiger Coup für den Auftakt des neuen Jahres. Billy spürte, dass *Gruff* sich langsam aber sicher einen festen Platz im Sortiment der Zeitschriftenhändler erwarb, und der Anzeigenmarkt reagierte ähnlich. Auch die Prominenten, die von ganz oben, entwickelten ein Interesse daran, ins Magazin zu kommen. Deshalb war er in der Lage, bessere Autoren und Fotografen anzuwerben … Wenn das so weiterging, würde er womöglich in einem oder zwei Jahren wirklich der Konkurrenz die Stirn bieten können. Einen Skandal konnte er da auf keinen Fall gebrauchen.

Nachdem er Billy bei Harvey angemeldet hatte, zwinkerte Daniel ihm verschwörerisch zu und führte ihn nach oben. Vor einem der Zimmer blieb er stehen, klopfte leise an.

Rasch öffnete Harvey die Tür; er befand sich mitten im Gespräch. Dann schickte er Daniel weg und holte Billy herein, der hinter ihm den kleinen Raum betrat.

„Du kannst es wohl nicht ertragen, auch nur für wenige Stunden von Tyler getrennt zu sein, was? Ach ja, die Freuden der jungen Liebe. Wie ich sie vermisse." Harvey wusch sich die Hände. „Wenn du aber hoffst, einen guten Ausblick auf alles zu bekommen, muss ich dich enttäuschen – du hast die Vorstellung knapp verpasst. Wir sind schon fertig."

„Was machst du denn hier?", fragte Tyler lächelnd. Doch seine freudige Überraschung schwand, als er Billys Gesichtsausdruck bemerkte.

„Ich habe ein Problem. Das heißt, genau genommen haben wir beide eines."

„Oje. Das klingt nicht gut."

„Ist es auch nicht. Können wir uns irgendwo ungestört unterhalten?"

„Hat es etwas mit mir zu tun? Du lieber Himmel, was gibt es wohl diesmal? Ich bin endlich weg von den Drogen und vom Alkohol, also müsste ich mich wohl erinnern, wenn ich irgendetwas angestellt hätte", kommentierte Harvey.

„Nein, dich betrifft es nicht, aber ich hätte dich trotzdem gerne dabei, gewissermaßen als Stimme der Vernunft. Für mich steht nämlich eine wichtige Entscheidung an."

Seufzend drückte Harvey auf einen Knopf der Gegensprechanlage und wies Daniel an, seinem nächsten Kunden mitzuteilen, er werde eine halbe Stunde warten müssen.

„Kommt mit, Kinder. Hier entlang."

Billy und Tyler folgten Harvey in sein Büro und setzten sich auf die Couch, direkt unter ein Jackson-Pollock-Gemälde – ein Geschenk von einem seiner Kunden. Harvey schloss die Tür und setzte sich hinter seinen spiegelblank geputzten Glasschreibtisch.

„Was ist denn los?"

„Du weißt ja, dass ich einige Zeit im The Cellar verkehrt habe …"

„Natürlich. Den Laden hat dir doch Roger empfohlen, oder?"

„Stimmt. Deswegen bin ich ein paarmal hingegangen. Da gab es diese eine Domina, total scharf; die hat mir irgendwann ihre Mobilnummer zugesteckt und mich wissen lassen, dass sie auch Hausbesuche macht. Ich war inzwischen sowieso schon etwas paranoid, weil ich Angst hatte, jemand im Club könnte mich erkennen, also habe ich irgendwann Treffen mit ihr in meinem Apartment arrangiert. Sie ist einfach unglaublich."

Tyler machte inzwischen einen äußerst nervösen Eindruck. Billy nahm seine Hand.

„Ich wollte dann auch irgendwann gern, dass Tyler dazukommt. Er hat zugestimmt, weil er wusste, dass mir das wichtig ist. Also war die Frau letzte Woche da und hat uns rangenommen."

„Das klingt gut." Harvey lächelte.

„War es auch. Bis sie gestern Abend auf ein Treffen bestanden hat – und das hier hatte sie dabei."

Über den Tisch schob Billy seinem Ex eines der Fotos zu.

„Was ist denn da drauf?“, fragte Tyler.

Harvey gönnte dem Bild einen ganz kurzen Blick und schüttelte den Kopf. „Was will sie?“

„Was ist da drauf?“, wiederholte Tyler. Harvey gab ihm das Foto. „Oh Gott, Billy! Verfluchte Scheiße, was soll das? Das darf auf keinen Fall an die Öffentlichkeit kommen. Mein Agent hat doch gerade dafür gesorgt, dass mein Vertrag mit Burberry verlängert wird!“

„Ich weiß, ich weiß“, sagte Billy und drückte seinem Lover die Hand. „Ich kümmere mich darum.“ An Harvey gewandt erklärte er: „Sie will, dass ich einen Club für sie finanziere.“

„Sie fordert Bargeld?“

„Nein. Wenn es nach ihr geht, werde ich ihr Teilhaber – mein Geld braucht sie, um sich abzusichern. Außerdem hat sie sich überlegt, dass ich meine Kontakte nutzen soll, damit sie auch das richtige Publikum erreicht.“

„Was soll das denn für ein Laden sein? So was wie das Tenjune?“

„Nein. Ihr Fachgebiet ist die Burlesque. Sie will etwas wie The Slit.“

Schweigend saßen die drei Männer beieinander.

„Das Foto muss einfach weg“, erklärte Tyler schließlich. „Das macht meine ganze Karriere kaputt. Von meinem Leben mal ganz abgesehen – meine Eltern ... Oh mein Gott.“

„So ein Bild macht deine Karriere ganz bestimmt nicht kaputt“, beruhigte ihn Harvey. „Das passiert nicht, nur weil ein Model schwul ist. Deine Beziehung zu Burberry könnte es gefährden, aber andere Aufträge sind trotzdem immer zu bekommen. Du hingegen –“, er wandte sich Billy zu. „Du bist kurz davor, es in dieser Stadt zu etwas zu bringen. Schwulsein ist eine Sache, aber das hier ist nicht gerade die vorteilhafteste Darstellung deines Sexuallebens.“

„Ich weiß."

„Ich schlage vor, du machst mit. Wenigstens vorerst. In einem Jahr oder so kannst du vielleicht riskieren, sie loszuwerden. Oder du findest selbst etwas, mit dem du sie unter Druck setzen kannst. Wie auch immer, bringe das Geld zusammen, such dir jemanden, der sich um das Logistische kümmert, und spiel auf Zeit, bis Billy Barton ein Medienmogul ist, den niemand mehr vom Thron stoßen kann."

„Es geht mir gar nicht um das Geld – ich will einfach nicht auf diese Weise erpresst werden. Für wen hält sie sich eigentlich, verdammt? Am liebsten würde ich sie umbringen."

„Nicht doch! Du musst jetzt einen kühlen Kopf bewahren."

„Das ist mir klar. Deswegen wollte ich auch mit dir sprechen, ich brauche dich als objektiven Ratgeber. Denn wenn es nach meinem Instinkt ginge, würde ich ihr sagen, sie soll sich zum Teufel scheren, und sie dann fertigmachen."

Tyler entzog Billy seine Hand; in seinen großen, von dichten Wimpern umrahmten Augen stand große Angst. In diesem Moment wusste Billy, er würde Violet geben müssen, was sie forderte. Dass sein Ruf ein wenig litt, konnte er verkraften, nicht jedoch, dass dasselbe mit seiner Beziehung zu Tyler passierte.

„Einen anderen Ausweg gibt es nicht, oder?", meinte er resigniert.

„Im Moment nicht, nein."

Billy sah Tyler an, nahm wieder seine Hand, zwinkerte ihm aufmunternd zu.

„Ich kümmere mich darum."

Zum ersten Mal, seit er die Aufnahme gesehen hatte, schien sein Lover wieder atmen zu können.

„So, ich habe meinen Teil getan, Jungs. Das Geschäft wartet. Der nächste Kunde ist sowieso schrecklich pingelig, und ich werde mir wahrscheinlich einiges anhören müssen. Bleibt ruhig so lange hier, wie ihr möchtet, besprecht euren Plan. Und bleibt cool. Jeder, der mit den ganz Großen in einer Liga spielt, bekommt hin und wieder etwas ab."

Harvey zog die Tür hinter sich zu. Billy sah Tyler an, der den Blick gesenkt hatte.

„Hey." Billy fasste seinem Freund unters Kinn, sodass dieser ihn ansehen musste. „Das kommt alles wieder in Ordnung."

Dieser Meinung war Tyler offensichtlich nicht. Billy fühlte sich schrecklich, als ihm klar wurde, dass er wahrscheinlich vor der ersten Niederlage seines Lebens stand. Er war realistisch genug zu spüren, dass Tyler sich aus genau denselben Gründen zu ihm hingezogen fühlte, aus denen er selbst sich als Jugendlicher mit Harvey eingelassen hatte: Tyler sah in ihm jemanden, zu dem er aufblicken konnte; für ihn war er eine Schlüsselfigur im Nachtleben von New York. Er konnte dem Jüngeren zeigen, wie die Welt weiter oben funktionierte. Nun allerdings schien sich Billy in einen Mühlstein um den Hals des jungen Mannes zu verwandeln, statt ihm die Orientierung zu bieten, die dieser brauchte und wollte.

„Ich mache es wieder gut", erklärte er und ließ sich auf die Knie nieder. „Ich werde dir jetzt den Schwanz lutschen, dann kannst du alles Unangenehme vergessen." Er zog den Reißverschluss von Tylers Jeans auf, griff ihm dann in die Unterhose. Er wusste, wie sehr sein Freund es genoss, von ihm verwöhnt zu werden – Billy war erst sein zweiter Liebhaber –, und normalerweise reichte ein kurzes verbales Vorspiel aus, damit Tyler eine riesige Erektion bekam. Zu seiner Enttäuschung musste Billy jedoch feststellen, dass es dieses Mal leider nicht so war.

Aber so leicht gab Billy nicht auf. Er zog Tylers Hose und Boxershorts herunter. Dann schmiegte er das Gesicht an seine

Eier, atmete ihren leicht süßlichen Duft ein. Sanft begann er daran zu lecken, streichelte Tylers schlaffen Schwanz, bis er in seiner Hand anschwoll. Sein Lover rutschte unruhig auf seinem Stuhl herum, und Billy umfasste mit beiden Händen seinen Po, nahm dann seinen nun riesigen Penis ganz in den Mund. Mit dem Zeigefinger massierte er Tylers Anus, umkreiste ihn mit kurzen, kräftigen Bewegungen, bis er ihm ein Stöhnen entlockte. Dann umschloss Billy den mächtigen Schaft, schob die Hand rhythmisch auf und ab, folgte der Bewegung mit Lippen und Zunge.

Tyler hatte ihm einmal gesagt, er bekomme von ihm die besten Blowjobs seines Lebens – Billy sei talentierter als sämtliche Mädchen an Tylers Highschool und auch als sein bisher einziger anderer Freund aus dem ersten halben Jahr in New York. Billy fand das hochinteressant, denn der Junge wusste nicht, dass er der erste Mann war, den Billy oral verwöhnte. Seit seiner Beziehung mit Harvey vor all diesen Jahren hatte Billy beim Oral- und Analsex immer den passiven Part übernommen, nie den aktiven. Er war sehr stolz auf die neuen Dimensionen, die er auf sexueller Ebene mit seinem jungen Liebhaber entdeckt hatte. Jedes Mal, wenn der sich in einer Art Vulkanausbruch in Billys Mund ergoss, empfand er das als Sieg.

Jetzt schob er Tyler einen Finger in den Hintern, gerade tief genug, dass der seinen Höhepunkt erreichen würde. Tyler stöhnte lustvoll auf, und Billy verstärkte den Druck noch ein wenig. Er war fest entschlossen, ihm einen Höhepunkt zu verschaffen, ganz egal, wie alarmiert und wütend er wegen Violet war. Tyler musste einfach darauf vertrauen lernen, dass er auf ihn aufpasste – im Schlafzimmer und in der Welt da draußen. Schließlich konnte Billy spüren, wie sich alle Muskeln in Tylers Oberschenkel und in seinem Becken zusammenzogen; er passte die Bewegungen seiner Hand und seiner Zunge dem an, ließ sie schneller werden. Mit einem Aufschrei warf sich sein Freund Billys Mund entgegen. Der Samen sprudelte in warmen Stößen hervor, und Billy schluckte alles gierig.

Als der junge Mann erschöpft liegen blieb, ließ sich sein Partner wieder neben ihm auf der Couch nieder.

„Du glaubst mir doch, wenn ich dir verspreche, dass ich mich um alles kümmere?", wollte er wissen. Sein Schwanz in seiner Hose war so steinhart, dass er wusste, er würde das Zimmer nicht verlassen können, ehe er nicht selbst zum Orgasmus gekommen war.

„Ja", erwiderte Tyler.

„Gut", meinte Billy. „Dann kannst du dich ja jetzt um mich kümmern."

Er öffnete seine Hose.

Mallory saß im Büro und hielt es kaum am Schreibtisch aus. In der vergangenen Nacht hatte sie nur ein paar Stunden geschlafen; immer wieder waren ihre Gedanken um den Kuss mit Gavin und die Trennung von Alec gekreist. Jetzt fühlte sie sich hektisch, weil sie drei Tassen Kaffee getrunken hatte; und ihre Emotionen schwankten ständig hin und her: Ihre neue Eroberung erfüllte sie mit freudiger Erregung, das Ende ihrer langjährigen Beziehung mit Schmerz.

Gleich früh am Morgen hatte ihr Chef bei ihr vorbeigeschaut. Weil direkt vor ihrer Tür einige Sekretärinnen beschäftigt waren, hatte er sich sehr professionell verhalten und über eine Akte gesprochen, die er für einen seiner Klienten bearbeiten musste. Doch er hatte ihr dabei fest in die Augen geschaut, und zwar auf eine Art, die alles andere als geschäftsmäßig wirkte. Ihr Herz klopfte wie wild, als sie ihm zuhörte, und obwohl sie nickte, hörte sie in Wahrheit kaum, was er sagte. Sie starrte die ganze Zeit auf seinen Mund, sehnte sich danach, seine Lippen auf ihrer Haut zu spüren.

Doch sobald Gavin den Raum verlassen hatte, konnte Mallory nur noch an Alec denken. Wurde sie jetzt völlig verrückt?

Ihr Handy klingelte.

„Was war denn gestern Abend los mit dir?“, fragte Bette. Keine Begrüßung, keine Frage danach, wie es ihr wohl ging. Normalerweise mochte Mallory die Art, wie ihre Freundin direkt zum Punkt kam. Heute jedoch war es anstrengend.

„Das kann ich dir nicht sagen. Ich denke, ich war einfach mental nicht bereit für den Auftritt.“

„Völliger Quatsch. Versuch nicht, mich so abzuspeisen. Hallo? Ich bin's, Bette. War es wegen deiner Probleme mit Alec?“

„Nein“, antwortete Mallory.

„Weswegen sonst?“

„Ich weiß es nicht. Und ich kann auch gerade nicht frei reden. Ich muss mich um meine Arbeit kümmern.“ *Oder zumindest an jemanden denken, der hier an meinem Arbeitsplatz ist.*

„Dann treffen wir uns später. Ich lasse mir ein neues Tattoo stechen. Du kannst mir Gesellschaft leisten und deinen emotionalen Schmerz mit mir teilen, damit ich nicht an meinen körperlichen denken muss.“

„Was für ein Motiv wird es denn?“ Mallory dachte an den Burlesque-Engel, dem auf ihrem Arm nur ein so kurzes Leben beschieden gewesen war.

„Das russische Wort für Freiheit. Auf der Innenseite meines Handgelenks.“

Vor einem Jahr, während Mallorys mittelschwerer Identitätskrise und ihrer Verwandlung aus einer angehenden Anwältin in eine Burlesque-Tänzerin, hatte Bette ihr das russische Wort für Freiheit beigebracht, „Swoboda“. Wahrscheinlich wollte die Freundin sich ihr Motto nun selbst wieder ins Gedächtnis rufen, um leichter über den Liebeskummer mit Zebra hinwegzukommen.

„Schick mir doch eine SMS mit Ort und Zeit, und dann treffen wir uns da.“ Mallory schaute auf und sah Gavin im Türrahmen stehen. „Ich muss weitermachen. Bis dann.“

Ihr Chef betrat das Zimmer und schloss die Tür hinter sich. „Hey“, begrüßte er sie.

„Hey.“

„Ich wollte mich wegen gestern Abend entschuldigen“, begann er.

„Dafür gibt es keinen Grund“, erwiderte sie. „Es war … Ich war gern mit dir zusammen.“

„Ich weiß, ich weiß. Mir ging es ja genauso. Aber es war unangemessen. Und so attraktiv ich dich auch finde, wir sollten so etwas nicht wieder zulassen.“

„Oh. Okay“, antwortete sie. Sie kämpfte gegen ein starkes Gefühl der Enttäuschung an.

„Außerdem gibt es da ja noch deinen Freund.“

„Wir haben uns getrennt. Jedenfalls für den Moment.“

„Für den Moment?“

„Das ist nicht so leicht zu erklären …“

„Schon in Ordnung. Ich verstehe das. Susan und mir geht es zurzeit ähnlich.“

„Gavin, ich meine es ernst. Zwischen uns beiden gibt es kein Problem. Und dabei sollten wir es belassen.“ Sie musste sich sehr anstrengen, damit er ihre wahren Gefühle nicht an ihrem Gesichtsausdruck ablesen konnte.

„Okay. Danke jedenfalls, dass du mir dieses Gespräch so leicht gemacht hast. Wenn du dich gewehrt hättest, weiß ich nicht, ob ich standhaft hätte bleiben können.“ Er lächelte, und seine niedlichen Grübchen wurden wieder sichtbar.

Dass Männer sich auch nie eindeutig ausdrücken können.

Mallory wusste nicht, was sie darauf hätte antworten sollen, deshalb sagte sie gar nichts.

Er setzte sich auf den Stuhl schräg gegenüber von ihrem Schreibtisch. „Das heißt aber nicht, dass ich nicht die ganze Zeit an dich gedacht hätte. Wirklich die ganze Zeit. Und ich habe mich auch gefragt, ob du dir hast durch den Kopf gehen lassen, was ich gestern beim Lunch gesagt habe – darüber, dass du dein Juraexamen wiederholen solltest."

„Darüber habe ich tatsächlich nachgedacht. Noch diese Woche werde ich mich wieder anmelden. Ich werde natürlich ranklotzen müssen, um bis Februar so weit zu sein, aber ich tue es."

Gavin schlug mit der Handfläche auf ihren Schreibtisch. „Großartig!"

„Wow. Du findest das ja offensichtlich aufregender als ich selbst. Ob das ein gutes Omen ist?"

„Auf alle Fälle, Mallory. Ich freue mich wirklich darüber. Und du weißt, ich werde dich auf jede erdenkliche Weise unterstützen."

Ihre Blicke trafen sich, und Mallory begriff, wie sehr er sie begehrte.

„Danke, Gavin. Ich weiß das sehr zu schätzen."

Sie konnte es kaum erwarten, Bette von diesem ganzen Wahnsinn zu erzählen.

Der Laden „Rising Dragon Tattoo" war in der 14. Straße zwischen der Fifth und der Sixth Avenue. Bette wartete vor der Tür auf sie. Sie trug einen schwarzen Mantel aus Kunstpelz, einen Minirock im Leopardenlook, schwarze Strumpfhosen und Clogs mit zehn Zentimeter hohen Plateau-Absätzen. Doch ihr schwarzer Bob, ihr Markenzeichen, war unter einer Strickmütze verborgen, und ihr Gesicht wurde fast völlig von einer riesengroßen Kate-Spade-Designer-Sonnenbrille verdeckt.

„Hast du den Paparazzi entwischen können?", fragte Mallory.

„Seit etwas über meine Trennung von Zebra in den Zeitschriften stand, lassen sie mich mehr oder weniger in Ruhe. Und das Seltsame ist, dass ich sie jetzt geradezu vermisse."

„Ach ja, die Paparazzi. Lästig, aber ganz loswerden will man sie auch nicht."

„Mach du dich nur lustig. Das Ganze hier nervt. Berühmt sein, aber nur fast. Hast du irgendeine Ahnung, wie frustrierend das ist? Aber ich glaube, das wird sich noch entwickeln. Mein Agent hat mir einen Castingtermin für den neuen Film mit Ben Affleck besorgt."

Der Türsummer ging, und die beiden betraten das Gebäude, stiegen zwei Stockwerke nach oben. Dort angekommen, meldeten sie sich an der Rezeption, wo sie eine winzige Frau mit einem wilden roten Wuschelkopf empfing, deren Brust und Hals ganz mit Tattoos bedeckt waren.

„Ich habe einen Termin bei Wendy", erklärte Bette.

„Hi, Bette", rief eine Frau, die gerade um die Ecke kam. Sie winkte die beiden zu sich. „Ich lege gerade alles zurecht." Sie sah überraschend normal aus, hatte nur eine Meerjungfrau auf dem rechten Bizeps und ansonsten keine weiteren Tattoos oder Piercings. Sie trug Jeans und ein Sweatshirt, und ihr braunes Haar war zu einem schlichten Pferdeschwanz zusammengebunden.

„Hi. Ich habe eine Freundin mitgebracht, Moxie."

„Hi, Moxie. Einfach hierhin." Sie zog einen Stuhl zu sich heran. Neben sich hatte sie ihre Ausrüstung stehen, Fläschchen in allen Farben des Regenbogens.

„Also, gestern Abend haben Alec und ich offiziell Schluss gemacht."

„Warum?"

„Wir wollen es mit einer vorübergehenden Trennung versuchen.“

„Ach ja? Wie heißt er denn?“

Mallory konnte spüren, dass sie errötete.

Die Tätowiererin drückte eine Schablone von Bettes Motiv auf deren Handgelenk und zog sie ab, sodass der schwarzweiße Umriss auf der Haut zurückblieb.

„Cool“, meinte Mallory. „Und um deine Frage zu beantworten. Da ist niemand. Hier geht es nicht um irgendjemand anderen.“

„Okay, alles klar. Mallory, du liebst Alec total. Du würdest dich aber nicht trennen, wenn dir nicht irgendein anderer Kerl den Kopf verdreht hätte.“

„Habe ich dir eigentlich von dem Abend erzählt, an dem wir auf diese Party ins Plaza gegangen sind und diese Frau mir ein temporäres Tattoo aufgemalt hat?“, entgegnete Mallory.

Die Tätowiererin schaltete ihre Maschine ein und begann Bettes Haut damit zu bearbeiten. Die zog eine kurze Grimasse, redete aber weiter.

„Netter Versuch mit dem Themenwechsel, aber ja, ich erinnere mich an die Geschichte. Als Violet dich gefingert hat, stimmt's?“

„Meine Güte, Bette! Genau. Danke, dass du mich daran erinnert hast. Ohne dich hätte ich das fast vergessen. Jedenfalls denke ich seitdem darüber nach, mir auch ein Tattoo machen zu lassen. Aber man legt sich einfach so fest damit.“

„So eine große Sache ist das gar nicht. Du grübelst zu viel, und zwar über die falschen Dinge. An welches Motiv hast du denn gedacht?“

„An eine Burlesque-Tänzerin in einem blauen Engelskostüm. Aber eigentlich passt das gar nicht mehr zu mir, ich werde nämlich kündigen.“

„Wie bitte? Das kannst du mir doch nicht einfach so mitteilen, während ich hier auf diesem Stuhl sitze und sowieso schon Schmerzen erleiden muss. Warum willst du kündigen?"

Mallory zuckte die Achseln. „Ich weiß einfach nicht, wo das alles hinführen soll. Ich schaffe es ja so schon kaum, hier in New York zu überleben. Als Burlesque-Tänzerin werde ich nie genug Geld verdienen, und gestern Abend hast du selbst gesagt, wenn ich nicht alles dafür tue, berühmt zu werden und es wirklich in eine höhere Liga schaffe, warum sollte ich es dann überhaupt tun?"

„Stimmt, das habe ich gesagt, aber letzten Endes kommt es nur darauf an, dass du im Leben das machst, was dir am meisten bedeutet. Sonst wirst du unglücklich."

„Das klingt alles wunderschön. Aber wir sind hier nicht in einem Film."

„Jetzt sag schon, wer ist der andere? Zu Moxie passen deine Äußerungen nämlich nicht."

„Okay, ich gebe ja zu, ich bin ein bisschen verknallt. In seiner Gegenwart fühle ich mich im positiven Sinne bodenständig und sicher. Das gefällt mir. Er strahlt Ruhe aus. In unseren Gesprächen geht es um meine Arbeit und um mein Leben; er hat dieses Vertrauen in mich und glaubt an meine Fähigkeiten. Bei Alec klingt das nie so. Ich meine, Alec hat gesagt, ich soll als Juristin weitermachen, aber damit hat er gemeint, ich soll nicht überstürzt handeln und zu schnell kündigen – ihm ging es nicht darum, dass es auch das ist, worin ich gut bin. Ich kann es nicht richtig erklären. Und vielleicht kommen einige der Probleme mit Alec auch daher, weil wir zusammen in dieser verrückten Burlesque-Szene gelandet sind."

„Du willst also im Blue Angel aufhören, damit Stabilität in deine Beziehung kommt, aber genau diese Beziehung hast du gerade fast beendet?"

„Ja."

„Genial."

„Ich tue mein Bestes, das kannst du mir glauben." Mallory sah zu, wie die Nadeln in Bettes Haut eindrangen und dort die Tinte einbrachten, lauschte dem lauten Summen der Maschine, das den Raum erfüllte. „Sieht ziemlich schmerzhaft aus."

„Ich bin bereit, im Namen der Kunst zu leiden. Aber bei dir scheint das nicht der Fall zu sein, und das solltest du Agnes besser bald mitteilen. Am besten gleich heute."

„Das werde ich tun."

Drei Tage später hatte Mallory endlich genug Mut gefasst, um mit ihrer Chefin zu sprechen. Es war spät am Nachmittag, als sie in den Club ging. Bei sich hatte sie eine Tasche voller Kleidungsstücke, die sie zurückgeben musste, und einige juristische Fachbücher aus der Bibliothek. Noch heute Abend würde sie anfangen, sich auf das Examen vorzubereiten – sie wollte keine Zeit mehr verlieren.

„Agnes?", rief Mallory, bekam jedoch keine Antwort. Sie stieg die wenigen Treppenstufen zum Büro hinunter und erhaschte dabei in dem Spiegel mit dem breiten Rahmen einen Blick auf sich selbst. Blass und unscheinbar wirkte sie, und das verblüffte sie, weil sie nicht daran gewöhnt war, sich selbst in diesem Gebäude so wahrzunehmen. Es fühlte sich an wie ein Sakrileg, dieses Haus ohne das kleinste bisschen Lippenstift zu betreten. Sogar der Mascara, den sie heute Morgen aufgetragen hatte, schien inzwischen verschwunden zu sein, und ihre Augenlider sahen aus wie verwelkte Tulpenblätter.

Die Tür zum Büro stand offen, und Agnes saß neben ihrem uralten Computer, auf dem wahrscheinlich noch DOS installiert war. Sie nähte.

„Komm rein. Die Tür kannst du ruhig offenlassen. Außer uns ist nur Kitty hier, und sie probt gerade."

„Gut. Danke, dass du Zeit für mich hast. Es tut mir leid, dass ich neulich abends einfach gegangen bin."

„Bist du krank?"

„Nein."

„Dafür sollte ich dich rausschmeißen."

„Ich hätte mich nicht so verhalten, wenn ich nicht irgendwo tief in mir schon gewusst hätte, dass ich nicht vorhabe, wiederzukommen. Etwas hat sich für mich ganz grundlegend verändert, Agnes. Ich möchte diesen Job nicht mehr machen."

„Du hast Talent, deswegen ist das eine Tragödie. Aber das ganze Leben ist eine Tragödie", erwiderte Agnes. Ihr polnischer Akzent war deutlich zu hören, vielleicht sogar noch stärker als sonst.

„Ich will dich wirklich nicht in Schwierigkeiten bringen. Ich weiß, du hast gerade Violet entlassen, aber ich kann mir gut vorstellen, dass Bette gern bereit ist, dir mit einigen weiteren Shows auszuhelfen."

„Alles ändert sich ständig", erklärte Agnes, als habe Mallory gerade gar nichts gesagt. Diese beschloss, erst einmal den Mund zu halten. Agnes schien tief in Gedanken versunken, die nur wenig mit Mallorys Kündigung zu tun hatten. Mallory war offensichtlich nicht die Einzige, die sich mit Problemen auseinandersetzen musste. In letzter Zeit hatte sie wirklich nur an sich selbst gedacht. Widerlich egoistisch. Und deswegen war sie nur zu gerne bereit, ihrer Chefin zuzuhören, obwohl sie eigentlich selber Redebedarf hatte.

„Es gab mal eine Zeit, da haben Frauen mit der Burlesque angefangen, weil es nichts anderes für sie gab – anders hätten sie nicht überleben können. Ich erinnere mich noch daran, wie ich in der Garderobe auf kleine Kinder aufgepasst habe, während ihre Mütter aufgetreten sind und dafür zwanzig Dollar bekamen. Davon haben sie gelebt, eine Gemeinschaft gebildet. Jetzt … Nichts. Jeder kämpft nur für sich selbst. Ich glaube, in einer Realityshow wärt ihr alle zufriedener."

„Nein, Agnes. Darum geht es nicht …"

„Dass Bette berühmt geworden ist, hat auch dem Blue Angel viel Aufmerksamkeit gebracht."

„Ich weiß. Aber das ist doch gut, oder?"

Agnes zuckte die Achseln. „Es gibt so viel, worüber ich entscheiden muss. Jemand will mir den Club abkaufen."

„Wer denn?"

„Ich weiß es nicht. Ein Rechtsanwalt hat Kontakt mit mir aufgenommen."

„Aber du verkaufst doch auf keinen Fall?"

„Vielleicht wäre es genau das Richtige. Die Burlesque ist nicht mehr das, was sie früher einmal war. Sie hat ihre Bedeutung verloren. Und ich bin einfach nur noch müde."

„Wer will nur das Blue Angel kaufen? Vielleicht hat der neue Besitzer etwas ganz anderes damit vor – womöglich entlässt er alle. Und dann macht er einen ganz schrecklichen Laden daraus."

„Die Mädchen werden früher oder später sowieso alle gehen. Genau wie du." Agnes sah Mallory an. „Sind das Sachen, die du mir zurückgeben willst?" Sie schaute auf die Tasche.

Mallory begriff, dass das Gespräch beendet war.

Später am Abend wachte Mallory auf, weil es klingelte. Im nächsten Augenblick wurde laut an die Tür geklopft.

Alle Lichter in der Wohnung brannten noch, sie war auf der Couch eingeschlafen, und auf ihrer Brust lag ein Jurabuch. Mallory schaute auf die Uhr: fast elf.

Sie fühlte sich völlig steif, weil sie in einer so ungünstigen Haltung weggenickt war. Das brachte es einem, wenn man sich weiterbildete. Und es gab ziemlich gut wieder, wie sie sich gefühlt hatte, als sie in ihren letzten Prüfungsvorbereitungen steckte. Wie war sie nur auf die Idee gekommen, es noch mal zu versuchen? Jetzt, ohne Gavins sexy Lächeln und den verführerischen Gedanken an ein eigenes schickes Büro, löste der Gedanke an die bevorstehende Prüfung in ihr nichts als Angst aus.

Sie legte das Buch weg und ging zur Wohnungstür, zog dabei ihre lange Strickjacke zu. Durch den Spion sah sie Alec.

Schnell schaute Mallory in den Spiegel mit dem Mosaikrahmen im Flur. Aschfahl war sie.

Mit unsicheren Fingern öffnete sie das Schloss.

„Hey, hey", begrüßte sie Alec. „Was treibt dich denn hierher?"

„Ich wollte mit dir sprechen. Und zwar nicht am Telefon." Er kam einen Schritt näher und zog sie fest an sich. Obwohl sie das nicht wollte, sog sie seinen Duft tief ein, und selbst nach Jahren der Beziehung, nach all den Auseinandersetzungen, wäre sie fast davon ohnmächtig geworden.

„Ich habe gehört, du arbeitest nicht mehr im Blue Angel."

„Hast du das?"

„Ja. Schlechte Neuigkeiten verbreiten sich bekanntlich immer am schnellsten. Und nur dass du's weißt, ich halte es für einen Fehler."

„Ich dachte, du wärst der Ansicht, dass es für mich einen Schritt in die richtige Richtung bedeutet."

„Ich war nie der Meinung, dass die Burlesque dir nicht guttut. Außerdem trittst du leidenschaftlich gern auf. Ich finde nicht, dass du überstürzt handeln und aufhören solltest, nur weil sich die Sache zwischen uns anders entwickelt als gedacht."

„Hier geht es nicht um dich oder um uns, Alec. Du kannst so verdammt egozentrisch sein, ist dir das eigentlich klar?"

„Ja. Aber darum geht es jetzt nicht." Er schob sie auf die Couch, setzte sich dann etwas von ihr entfernt ebenfalls hin.

„Du weißt doch, wenn Leute sich scheiden lassen, wird ihnen geraten, ein Jahr lang keine weitreichenden Entscheidungen zu treffen. Sie sollen nichts verkaufen und auch die Arbeitsstelle nicht wechseln."

„Wir waren doch gar nicht verheiratet."

„Du verstehst schon, was ich sagen will."

„Gut, okay. Es ehrt dich ja, dass du besorgt um mich bist, aber hier geht es um meine Arbeit, nicht um deine. Ich glaube, du hattest recht, als du letztes Jahr gesagt hast, ich soll meine Karriere als Juristin nicht zu schnell aufgeben. Mein Chef ist der Ansicht, ich solle das Examen noch mal in Angriff nehmen. Er denkt, ich würde eine großartige Scheidungsanwältin abgeben."

„Ach tatsächlich? Und welche anderen Qualitäten hat er noch an dir entdeckt?"

Mallory konnte Alec nicht in die Augen sehen. „Keine. Ich sage doch nur, dass du recht hattest, in Ordnung? Also muss ich mich jetzt um die Vorbereitung kümmern. Die Burlesque hätte mich nur abgelenkt, das Auftreten hat Spaß gemacht, und ich bin auch froh, dass ich das alles erlebt habe, aber jetzt muss ich an meine Zukunft denken, verstehst du?"

„Das klingt überhaupt nicht nach dir."

„Schon möglich. Es geht aber um mich. Außerdem hat mir Agnes erzählt, dass jemand ihr den Club abkaufen möchte."

„Erwägt sie denn einen Verkauf?"

„Den Eindruck hatte ich jedenfalls. Auf mich hat sie sehr zynisch gewirkt, und ziemlich verzweifelt. Vielleicht kannst du es ihr aber ausreden."

„Ich kann noch nicht einmal dir ausreden, dich völlig verrückt aufzuführen. Und da glaubst du, ich hätte irgendeinen Einfluss auf Agnes?"

„Vielleicht könntest du ja deine Beziehungen spielen lassen und herausfinden, wer der Käufer ist und was er mit dem Club vorhat?"

„Wieso interessiert dich das überhaupt? Du hast doch gerade dort gekündigt."

Sie zuckte die Achseln. „Ich weiß es nicht. Trotzdem bedeutet mir der Club noch etwas. Und es würde mir überhaupt nicht gefallen, wenn diese blöde Penelope Lowe davon profitiert, was Agnes aufgebaut hat."

„Ich frage Justin Baxter, vielleicht weiß er ja mehr."

„Gute Idee."

Alec schüttelte den Kopf. „Manchmal verstehe ich dich wirklich überhaupt nicht, Mallory."

„Ich weiß."

In diesem Augenblick stand er auf und setzte sich direkt neben sie. Sie spürte, wie ihr Herz wild zu klopfen begann. Am liebsten hätte sie ihn heftig umarmt, doch sie zwang sich zur Zurückhaltung. Als er aber eine Hand ausstreckte, um ihr das Haar zu streicheln, und sie dann küsste, leistete sie keinen Widerstand. Seine Lippen auf ihren fühlten sich so natürlich an wie das Atemholen. Dann griff er ihr unter die Strickjacke und streichelte behutsam ihre Brustwarze unter dem Stoff ihres Oberteils. Wie immer spürte sie, dass es eine Verbindung zwischen ihren Brüsten und ihrem Schoß geben musste, denn ihre Pussy begann sofort zu pulsieren, und als er eine Hand in ihren Slip schob, sehnte sie sich so sehr danach, seine Finger in sich zu spüren, dass sie ohne jede Scham begann, sich den Slip herunterzuziehen. Alec drehte Mallory um, sodass sie mit dem Rücken zu ihm positioniert war, dann umarmte er sie und schob ihr die andere Hand zwischen die Beine. Stöhnend schmiegte sie sich an ihn, hielt sich an seinem Arm fest. Alec berührte ganz leicht ihre Klit mit einem Finger, bevor er in sie eindrang. Zog den Finger wieder heraus und verrieb ihre eigene Feuchtigkeit auf ihren äußeren Schamlippen.

„Oh Gott, Alec", flüsterte Mallory. Sie lehnte sich zurück, fegte dabei ein dickes juristisches Buch von der Couch.

Sie bemerkte, wie er dem Buch einen kurzen Blick zuwarf, sich dann aber offensichtlich dagegen entschied, etwas zu sagen. Dann zog er ihr den Slip ganz herunter und sie spreizte die Beine. Dabei dachte sie gleichzeitig: „Das hier ist keine gute Idee“ und „Ich will deine Zunge auf meiner Muschi spüren“.

Als könne er ihre Gedanken lesen, schob Alex seinen Mund zwischen ihre Beine. Eine Minute lang ließ sie zu, dass er zärtlich ihre Klit leckte, doch dann hauchte sie: „Alec, warte – ich glaube, das sollten wir nicht tun.“ Sie setzte sich auf und griff nach ihrem Slip.

„Da ist doch nichts dabei. Ich möchte dir einen Orgasmus verschaffen. Zum allerletzten Mal, wenigstens das.“

Der Gedanke erschien Mallory ganz ungeheuerlich – wie konnte er von einem letzten Mal sprechen? Aber genau das bedeutete es, wenn man sich trennte. Und sie musste bei ihrer Entscheidung bleiben, selbst wenn sich das als schwierig herausstellte. Schließlich war es so richtig – oder? Wie sollte sie nur einen klaren Gedanken fassen können, wenn es zwischen ihren Beinen so heftig pulsierte?

Sie sank wieder zurück, schloss die Augen und ließ zu, dass sie Wellen der Lust durchströmten, während Alec voller Hingabe ihre Spalte leckte. Dann, während er ihre Klit mit schnellen Bewegungen neckte, drang er mit einem Finger tief in sie ein, fand sofort ihren G-Punkt. Seine Berührungen fühlten sich so gut an, dass es fast schmerzte.

„Alec!“, schrie sie auf. Er gönnte ihr ein wenig Ruhe, verlangsamte die Bewegungen seines Fingers zu einem neuen Rhythmus. Ihre Muschi zitterte gegen seine Finger, und Mallory packte ihn beim Handgelenk, presste die Beine zusammen, versuchte seine Hand auf diese Weise festzuhalten.

„Das fühlt sich so gut an“, stöhnte sie. Jetzt würde er normalerweise ebenfalls seine Unterhose ausziehen, sein

Schwanz wäre groß und steif, bereit für sie, und wenn er in sie eindrang, würde sie einen weiteren Orgasmus erleben.

Heute Abend jedoch nicht.

Er zog seine Hand zurück, die völlig feucht war. Sie wollte sich an ihn klammern, ihn bitten, hierzubleiben, bei ihr zu übernachten, sodass sie in einigen Stunden aufwachen und ohne nachzudenken Sex haben konnten. Doch dann rief sie sich ins Gedächtnis, dass sie sich nicht ohne Grund getrennt hatten. Sie liebte Alec, aber das bedeutete nicht, dass alles zwischen ihnen in Ordnung war. Sie brauchten Abstand voneinander.

Sie starrten einander an, die ganze Komplexität ihrer Beziehung stand zwischen Ihnen. Mallory erinnerte sich daran, dass ihr ganz am Anfang ihres Berufslebens ein Anwalt gesagt hatte, derjenige, der während einer Verhandlung zuerst das Wort ergreife, fasse die Situation im Kern zusammen.

„Es ist besser, wenn ich mich jetzt aufmache“, erklärte Alec.

Sie nickte, und er stand auf, ging zur Tür. Dabei sagte er kein einziges weiteres Wort. Sie fragte sich, ob er diesen Anwaltsspruch wohl selbst schon einmal gehört hatte.

17. KAPITEL

„Hallo, hallo." Gavin stand im Türrahmen. Mallory hatte erst eine Tasse Kaffee getrunken, doch sein Anblick versetzte ihr förmlich einen elektrischen Schlag, und plötzlich war sie hellwach.

„Hey. Kommen Sie doch rein. Ich recherchiere gerade im Fall Faye gegen Doughty."

„Wunderbar. Hören Sie, Marcy Klein hat heute Nachmittag einen Termin bei mir. Ich wäre dafür, Sie kommen dazu, wollte aber erst nachfragen, wie es mit der … Situation aussieht, die wir neulich besprochen haben."

„Bitte?" Sie errötete, weil sie daran dachte, wie schön es gestern mit Alec gewesen war und wie sehr sie sich nach seinen Berührungen gesehnt hatte. Jetzt drängten sich wieder diese starken Gefühle für Gavin in den Vordergrund. Was ging nur in ihr vor?

„Sie wissen schon, Ihr Nebenjob am Abend." Er lächelte verlegen. Wie süß! Nicht auszudenken, wie er wohl reagieren würde, wenn er sich eine ihrer Shows anschauen würde. Er war ja kaum dazu in der Lage, auch nur anzudeuten, dass es so etwas wie die Burlesque überhaupt gab.

„Ach, das. Schon erledigt. Ich habe gekündigt."

„Tatsächlich?" Sein Gesicht hellte sich auf, und seine Grübchen wirkten wie winzige, zu einem Lächeln verzogene Lippen.

„Ja. Alles geregelt."

„Und geht das in Ordnung für Sie? Wie gesagt, ich will Ihnen nicht vorschreiben, wie Sie Ihr Leben zu führen haben. Es ist nur so, dass wir hier …"

„Gavin, ganz im Ernst, es ist kein Problem für mich. Ich verstehe das. Wirklich."

„Ich muss sagen, Sie beeindrucken mich. Das war sicher nicht leicht. Und das bedeutet, es gibt einen Grund zum Feiern. Haben Sie heute Abend schon etwas vor? Ich könnte uns irgendwo einen Tisch reservieren, zum Dinner. Und ich verspreche auch, dass ich nur achtzig Prozent der Zeit über Kanzleiangelegenheiten reden werde. Na ja, vielleicht neunzig."

Wie hätte Mallory eine solche Einladung abschlagen können?

„Gerne."

„Dann sollten wir versuchen, einen Tisch im Per Se zu bekommen. Waren Sie da schon mal?"

Mallory erinnerte sich an verschiedene Berichte über dieses Restaurant. Bei der Eröffnung überschlugen sich die Medien geradezu, und jeder wusste, dass es im ersten Jahr lange Wartelisten gegeben hatte. Um einen Tisch zu ergattern, musste man Intrigen spinnen und Strippen ziehen, als gehe es darum, sein Kind an der besten Schule New Yorks unterzubringen. Außerdem hieß es, dass man für einen Abend zu zweit mindestens tausend Dollar bezahlte, und damit kam man noch günstig weg.

„Sind Sie sicher, dass wir dorthin gehen sollten?", fragte sie nach.

„Ganz sicher. Tom ist ein alter Freund von mir. Ein ausgezeichnetes Restaurant, das Per Se. Es wird Ihnen dort gefallen."

Sie wusste, dass er mit „Tom" Thomas Keller meinte, den Besitzer, der noch ein weiteres berühmtes Restaurant besaß, das French Laundry in Kalifornien. Glaubte man der Presse, so handelte es sich um das beste im ganzen Land.

„Dann müsste ich mich aber vorher noch umziehen ..." Sie schaute an sich herunter, musterte kritisch ihren grauen Rock, die Strumpfhosen mit dem grauroten Rautenmuster und die schwarzen Stiefel.

„Nicht nötig, ihr Outfit ist perfekt. Wie immer. Ganz im Ernst, damit fallen Sie dort bestimmt nicht negativ auf. Also, wir machen es so: Bei mir ist heute schrecklich viel los – am späten Vormittag muss ich ans Gericht, und danach habe ich ein Meeting nach dem anderen. Treffen wir uns um Viertel nach sieben in der Lobby. Der Wagen steht dann schon bereit."

„Okay", stimmte sie zu. Was blieb ihr auch anderes übrig? Sie fühlte sich ein wenig überfallen, verunsichert, als sei die ganze Welt aus den Fugen geraten.

Violet öffnete mit dem Schlüssel, den ihr Billy Barton gegeben hatte, die Tür zu seinem Loft. Sie traf ihn im Wohnzimmer an, wo er an seinem gläsernen Tisch Probedrucke der aktuellen *Gruff*-Ausgabe durchsah.

„Du? Was zum Teufel willst du hier?"

„Es ist zehn Uhr morgens. Zeit für unsere wöchentliche Verabredung."

„Du machst Witze."

„Hast du mir abgesagt?"

„Angesichts der Tatsache, dass du mich erpresst, hatte ich das nicht für nötig gehalten."

„Kein Grund, so ein Drama daraus zu machen", erklärte Violet und zog sich den Mantel aus. „Hier geht es doch einfach um ein kleines Geschäft. Wir verhandeln doch nur. Ehrlich gesagt hatte ich erwartet, du würdest der Sache ein klein wenig mehr Wertschätzung entgegenbringen. Ich liefere dir hier eine großartige Idee. Was hast du denn noch vor? Willst du etwa bis an dein Lebensende dieses Männerklatschblatt herausgeben? Magazine gehören doch in die Neunziger, die sind längst völlig out."

Billy holte tief Atem, als zähle er innerlich bis zehn, bevor er ein Kind ausschimpfte. Ganz offensichtlich setzte er zu einer Antwort an, beherrschte sich jedoch und verkündete schließlich in ruhigem Ton: „Gut, dann möchte ich jetzt bitte meine Wohnungsschlüssel zurückhaben."

„Sei doch nicht albern."

„Dass wir jetzt eine geschäftliche Beziehung haben, geht in Ordnung für mich. Das bedeutet aber auch, dass unsere vorherige Absprache nicht mehr gilt. Also, her mit den Schlüsseln."

Sie sahen einander fest in die Augen, und Violet kam der Aufforderung nach, ohne den Blick abzuwenden.

„Also gut. Damit wäre unser Verhältnis also den Umständen angepasst. Hast du schon mit Agnes gesprochen?"

Er nickte und verstaute die Probedrucke in einer ledernen Aktenmappe. Sie setzte sich ihm gegenüber.

„Dann rede schon, mach's nicht so spannend. Wie hat sie reagiert, die alte Hexe?"

„Sie überlegt es sich."

„Du hältst dich ja wohl hoffentlich nicht mit irgendwelchen lächerlich niedrigen Geboten auf, oder? Warum hat sie nicht sofort zugestimmt?"

„Du verstehst einfach nicht, wie Leute funktionieren, Violet. Jedenfalls nicht die Mehrheit von ihnen; ich weiß nicht, welch seltsamer Mechanismus dein Innenleben steuert."

„Das nehme ich als Kompliment. Also weiter – klär mich auf."

„Dieser Club hat Agnes fünfundzwanzig Jahre lang gehört. Wenn sie nicht ihre eigenen Gründe hätte, sich die Sache mit dem Verkauf zu überlegen, könnte sie kein Geld der Welt dazu bringen. Ihr geht es nicht ums Finanzielle."

„Okay, Dr. Freud. Glaubst du denn, sie ist überhaupt dazu bereit, den Club herzugeben?"

„Jedenfalls hat sie nicht beleidigt oder überrascht gewirkt, oder irgendeine andere Reaktion gezeigt, die man erwarten würde, wenn jemand sich von dem Gedanken an einen Verkauf völlig überrumpelt fühlt."

„Das ist doch eine gute Neuigkeit. Welche Frist hast du ihr gesetzt?"

„Sie hat gesagt, sie überlegt es sich."

„Dann teilst du ihr jetzt mit, dass sie eine Woche Zeit hat und dass du danach das Angebot zurückziehst. Anschließend, sagst du ihr, gehst du zur Konkurrenz und gibst den Leuten genug Geld, dass sie ihren Club zum einzigen angesagten in der ganzen Stadt machen können. Vielleicht interessiert Geld Agnes nicht, aber sie wird nicht dabei zusehen wollen, wie ihr Baby einen qualvollen Tod erleidet."

„Ich werde bei Gelegenheit Druck machen."

„Gut. Denn genau so, wie du gleich Agnes eine Frist von einer Woche setzt, setze ich dir eine. Mach den Verkauf klar, oder ich rufe die Zeitungen an und sorge dafür, dass dort und auch im Internet äußerst brisantes Bildmaterial landet."

Sie stand auf. „Ich finde alleine hinaus. Bis bald … Partner."

Die steife, förmliche Atmosphäre, die im Restaurant herrschte, bereitete Mallory Unbehagen.

Schick essen war sie schon sehr oft gewesen, nicht nur hier in New York, sondern auch in dem reichen Vorort von Philadelphia, in dem sie aufgewachsen war. Ihre Eltern hatten sie regelmäßig mit ins Center City genommen. Aber irgendetwas in diesem Raum löste ein gewisses Unwohlsein in ihr aus – vielleicht die gedeckten Grau- und Brauntöne, die übergroßen Liliensträuße oder die Aussicht auf den Central Park. Es fühlte sich an, als gehöre sie nicht mehr nach New York, sondern betrachte die Stadt nur als Beobachterin von einer Loge aus. Selbst die dunklen Anzüge und Krawatten des Personals nahm sie nicht als elegant, sondern eher als übertrieben wahr.

Vielleicht lag es aber auch an ihrem Begleiter. Gavin schien gar nicht zu spüren, dass man das alles nicht ganz ernst nehmen konnte. Mit Alec hätte Mallory über die Atmosphäre gekichert und beim Anblick der Preise auf der Speisekarte einen Herzinfarkt vorgetäuscht. Doch als Gavin für sie beide die

Bestellung aufgab – das Menü kostete 325 Dollar pro Person – tat er das, ohne mit der Wimper zu zucken. Er fragte Mallory nicht, welchen Wein sie trinken wollte, aber als er dem Kellner seinen Wunsch mitteilte, reagierte der enthusiastisch.

„Ein ganz besonderer Ort“, stellte sie fest, als sie wieder unter sich waren.

„Die Einrichtung ist so dezent gestaltet, nicht wahr? Mir gefällt das.“

„Ja. Dezent trifft es sehr gut.“

Mallory rutschte auf ihrem Stuhl herum. Wenn nur ihr Rock nicht so kurz wäre! Aber als sie heute Morgen das Haus verlassen hatte, hatte sie natürlich nichts von dem bevorstehenden Date mit Gavin Stone wissen können. Falls das hier eines sein sollte. Aber nein, hier ging es um etwas anderes: Sie feierten einfach ihre Entscheidung, sich nach einem kurzen Umweg wieder einer juristischen Karriere zuzuwenden. Das würde ihr eine Atempause verschaffen, sie ablenken von Alec und von ihrer dramatischen Beziehung. Sie würde wieder klar denken können.

„Sie haben also den Club verlassen, in dem Sie ab und zu aufgetreten sind. Aber wie steht es mit Ihren weiteren Plänen? Wie gesagt, ich sehe Sie als Anwältin, nicht als jemanden, der anderen zuarbeitet wie Sie mir im letzten Jahr.“

Mallory wünschte den Kellner herbei. In diesem Moment erschien er auch. Mit großem Trara öffnete er die Flasche, goss Gavin in einem breiten Glas einen Schluck ein und wartete dann, bis dieser ihm bedeutete, er möge ihm noch mehr einschenken.

„Ganz ausgezeichnet“, erklärte Gavin. Der Kellner wirkte sichtlich erleichtert, als habe er darauf gewartet, dass eine Jury ihr alles entscheidende Urteil verkündete.

Als beide Gläser gefüllt waren und sich die Bedienung wieder zurückgezogen hatte, brachte Gavin einen Toast aus.

„Auf eine glänzende Zukunft." Er lächelte.

Mallory stellte sich vor, wie sie beide als erfolgreiches Traumpaar zu Topjuristen aufstiegen. Natürlich wäre für die Burlesque in einem solchen Leben kein Platz. Sie hatte beim Gedanken an die kommenden Jahre immer Alec und sich selbst als kreatives Team vor Augen gehabt. Ein Team, das beruflich und privat ein Leben führte, das inspirierter war als das ihrer Eltern oder Freundinnen, die in viel zu stressigen oder tödlich langweiligen Jobs festsaßen. Sie vergaßen die Leidenschaft für das Leben, die sie in der Zeit am College verspürt hatten, als noch alles möglich schien. Aber wohin hatte diese Leidenschaft sie geführt? Ein Jahr lang hatte sie ihr Ziel verfolgt, und jetzt endete ihre Beziehung im Chaos.

„Auf die Zukunft", erwiderte sie, stieß mit ihrem Chef an.

In kleinen Schlucken tranken beide aus ihren Gläsern. Mallory erkannte, wie exquisit das Getränk sein musste; je besser der Wein, desto leichter fiel es ihr, ihn zu trinken. Den hier konnte sie einfach herunterkippen. Plötzlich wurde es für sie nachvollziehbar, wie kritisch manche Leute urteilten, wenn es um Wein und seine Qualität ging.

Mallory überlegte sich, dass Gavin wohl in jeder Hinsicht diesem Motto folgte: Von allem nur das Beste. Er erzählte nie viel über sein Privatleben; sie wusste lediglich, dass er in Manhattan aufgewachsen war, dort eine teure Privatschule besucht und anschließend ein Studium in Princeton absolviert hatte. Er sah umwerfend aus und war klug – wahrscheinlich konnte er alles haben, was er nur wollte …

Und danach zu urteilen, wie er Mallory anschaute, schien er *sie* zu wollen.

18. KAPITEL

Poppy schüttete ein Gemisch aus Sojasoße, Olivenöl, Zitronensaft und Worcestersoße in den Blender. Dann überprüfte sie noch einmal das Rezept für die Steakmarinade. „Dreißig Sekunden vermischen", stand da. Sie drückte auf den Knopf und gab sich dem optimistischen Gedanken hin, dass sie mit einer würzigen Mahlzeit die Leidenschaft ihrer Freundin neu würde entfachen können.

Durch den Lärm der Maschine überhörte sie das Klingeln ihres Handys, doch als sie die Marinade in eine Schüssel füllte, stellte sie fest, dass inzwischen zwei neue Nachrichten für sie eingegangen waren. Hoffentlich nicht Patricia, die ihr Bescheid sagen wollte, dass sie doch noch länger im Büro bleiben musste. Poppy war den ganzen Tag damit beschäftigt gewesen, Einkäufe zu machen und Vorbereitungen zu treffen, um für diesen Abend ein romantisches Dinner auf den Tisch bringen zu können. Zum Teil lag das daran, dass sie sich wegen der Sache mit Violet schuldig fühlte. Aber eigentlich stellte es den Versuch dar, die Leidenschaft in ihrer Beziehung wieder zum Leben zu erwecken.

Am liebsten wäre sie an irgendeinen exotischen Ort gefahren, um dort ihr Sexleben wieder in Schwung zu bringen. Doch selbst wenn sie es geschafft hätte, im Blue Angel eine Woche lang Urlaub zu nehmen, wäre eine Reise durch Patricias Beruf unmöglich gewesen. Poppy konnte sich gar nicht mehr daran erinnern, wann ihre Partnerin sich zuletzt freigenommen hatte, und vielleicht stellte genau das einen Teil des Problems dar. Poppy wählte die Nummer ihrer Mailbox, streckte eines ihrer wohlgeformten Beine aus und sagte sich, sie solle mal wieder ins Fitnessstudio gehen. Bevor sie ihre Mailbox erreichte, klingelte ihr Telefon schon wieder.

„Warum zum Teufel gehst du nicht ran?", fauchte Violet.

„Mache ich doch gerade“, antwortete Poppy.

„Ich erwarte dich in einer halben Stunde im The Cellar.“

„Das geht nicht“, erwiderte Poppy.

„Ich will nur was mit dir besprechen. Etwas Geschäftliches.“

„Ich kann hier jetzt nicht weg, Violet. Ich habe zu tun.“ Na also – sie hatte Nein gesagt! Und sie fühlte sich schon viel besser.

„Zu tun? Was denn?“

Poppy seufzte. „Wenn du's genau wissen willst, ich bereite das Abendessen vor.“

„Du bist also zu Hause?“

„Ja“, lautete die ungeduldige Antwort.

„Du kommst jetzt ins The Cellar, oder ich stehe gleich bei dir vor der Tür.“

„Violet, ich kann das einfach nicht mehr, okay?“

„Wir treffen uns in einer halben Stunde – entweder in der Stadtmitte oder bei dir zu Hause. Das liegt ganz in deiner Hand.“

Poppy schaute auf die Uhr. Sieben. Patricia würde erst in einer Stunde heimkommen.

„Du liebe Zeit, Violet. Also gut. In einer halben Stunde bin ich da. Aber ich habe nur ein paar Minuten Zeit.“

Sie beendete das Gespräch, schrieb Patricia eine kurze Nachricht, sie müsse noch einige Zutaten besorgen, und machte sich auf den Weg zu Violet. Zum letzten Mal, dazu war sie fest entschlossen.

Gavins Fahrer hielt vor einem Gebäude in der Bond Street.

„Wir sind noch mitten in der Arbeitswoche, also belassen wir es bei einem Drink“, verkündete er.

„Gut so, mein Chef ist nämlich ein absoluter Tyrann.“ Mallory lachte; sie war bereits völlig aufgedreht. Noch mehr

Alkohol war wirklich das Letzte, was sie brauchte. Dann erkannte sie das im Art-Deco-Stil gehaltene Außentor.

„Hier wohnst du?"

„Erstaunt dich das so sehr?"

„Freunde von mir haben hier auch ein Apartment", erklärte sie. Ob sie Justin Baxter und Martha Pike wohl begegnen würde? Kurz dachte sie daran, dass sie nicht mehr zur Welt der Burlesque gehörte, und das versetzte ihr einen Stich. Doch dann sah sie Gavin an, dachte an das schicke Dinner, das sie gerade miteinander eingenommen hatten – und daran, was gleich passieren würde. „Den beiden gehört eine der Stadtwohnungen."

„Meine ist im Turm. Ich hätte nie gedacht, dass ich mal von der Upper East Side wegziehe, aber als ich das hier gesehen habe, konnte ich einfach nicht widerstehen. Alle Arbeiten von Ian Schrager sind einfach unschlagbar."

Mit seiner Vollverglasung, den Fußböden aus Eichenholz, den hohen Decken und dem großen Holzofen ähnelte Gavins Apartment dem der Baxters. Die Einrichtung wirkte sehr männlich, aber nicht auf so aggressive Weise modern wie bei den beiden. Hier dachte man eher an Ralph Lauren, mit bequemen Sofas und Teppichen in Erdfarben, und sehr viel Holz mit ein paar Chromakzenten.

„Wenn du draußen auf der Dachterrasse sitzen möchtest, kann ich die Heizlampen einschalten", erklärte er, als er sie durch die großen Glastüren führte. Und wirklich, dort standen zwei riesige Heizgeräte, wie es sie in manchen Restaurants in L. A. gab.

„Einfach unglaublich", sagte Mallory, den Blick nach unten auf die Bond Street gerichtet.

„Ich hole nur schnell den Wein. Ich glaube, wir sollten bei Rot bleiben. Und da hätte ich noch eine Flasche Silver Oak."

„Klingt gut", erwiderte Mallory. Sie ließ sich in einem bequemen Stuhl unter einem der Heizstrahler nieder. Als

Gavin mit dem Wein zurückkam, reichte er ihr eine Kaschmirdecke.

„Nur zur Sicherheit, falls die Geräte nicht ausreichen", meinte er. Sie bedankte sich und wickelte sich fest in die Decke ein. Ihr war warm genug, und mit dem ersten Schluck des vorzüglichen Weins überkam sie ein bisher ungekanntes Gefühl des Luxus und des Wohlbefindens.

„Es ist ganz ungewohnt für mich, um diese Jahreszeit draußen Wein zu trinken", kommentierte sie.

„Ich weiß. In manchen Nächten ist es sogar mit den Heizgeräten zu kalt hier, aber heute Abend haben wir Glück. Auf diese Weise komme ich besser durch den Winter, obwohl ich am liebsten ein Haus in Kalifornien kaufen würde und im Januar und Februar mehr unterwegs wäre – leider lässt sich das nicht mit der Arbeit vereinbaren, die im Büro anfällt."

„Kann ich dich etwas Persönliches fragen?", wollte Mallory wissen. Der Wein und die Müdigkeit, die sich langsam in ihrem Körper ausbreiteten, machten sie mutig.

„Aber sicher. Was du willst."

„Wie kannst du dir das alles leisten? Ich meine, selbst mit den ganzen Fällen aus der Kanzlei wäre es nicht möglich, diese Wohnung zu finanzieren. Und dein Auto. Und dann noch eine Zweitwohnung in Kalifornien? So viel älter als ich bist du doch gar nicht, und alle meine Freunde leben in Wohnungen, die diese Bezeichnung eigentlich gar nicht verdienen."

Er lachte. „So habe ich selbst auch lange gewohnt, das kannst du mir glauben. Aber irgendwann war ich es leid, und um die Wahrheit zu sagen, nagt meine Familie nicht gerade am Hungertuch. Ich habe mich immer gescheut, das auszunutzen, aber als ich dreißig wurde, dachte ich, die Zeit sei gekommen, ein wenig mehr … wie ein Erwachsener zu leben. Früher habe ich auf meine Eltern herabgeschaut, weil sie so extravagant waren, aber jetzt ist mir klar geworden, dass es sich gut anfühlt, schöne Dinge um sich zu haben, wenn man älter wird, vor allem wenn man so hart arbeitet wie wir. Egal, wie viel bei Gericht los ist, wenn ich hier zu Tür hereinkomme, fällt der ganze Stress von mir ab.“

Mallory schaute in den Himmel hinauf, trank noch einen Schluck Wein und atmete tief aus.

„Ich fühle mich auch ganz entspannt“, verkündete sie. Und das stimmte – wäre da nicht die Sache vom vergangenen Freitag gewesen, die keiner von ihnen beiden ansprach: Sie hatten etwas angefangen, und Mallory konnte kaum erwarten, es auch zu beenden; ihr Verlangen danach wuchs mit jeder Minute.

„Aber erzähl doch, was Alec dazu sagt, dass du dich wieder den Rechtswissenschaften zuwendest?“

„Das kann ich nicht beantworten. Wir reden im Moment nicht miteinander.“

„Oh. Das tut mir leid, Mallory.“

„Wirklich?“, fragte sie nach. Sie fühlte sich schlagartig wieder nüchtern.

Er sah sie an, und als ihre Blicke sich trafen, sprühten Funken zwischen ihnen.

„Nein. Eigentlich nicht.“

Ein Zittern durchlief sie.

„So langsam wird mir aber doch kalt. Ich fürchte, selbst die moderne Technik stößt bisweilen an ihre Grenzen.“ Er streckte die Hand aus und half ihr beim Aufstehen, legte dabei die Decke so um ihre Schultern, dass sie nicht herunterrutschte. Es fühlte sich unendlich gut an, dass sich jemand so um sie kümmerte. Ganz anders als alles, was sie kannte – und wunderschön.

Er öffnete eine andere Glastür als die, durch die sie in den Dachgarten gelangt waren, und sie landeten nicht wieder im Wohnzimmer, sondern in seinem großen Schlafzimmer.

„Wie schön", sagte sie – etwas anderes fiel ihr nicht ein. Vielleicht gab es auch gar nichts zu sagen. Aber sie war zu nervös, als dass sie hätte schweigen können.

Gavin stand hinter ihr, half ihr aus dem Mantel.

„Mallory", sagte er in ruhigem Tonfall. Sie wandte sich um und sah ihm ins Gesicht. „Ich muss zugeben, dass sich das hier immer noch komisch anfühlt – schließlich arbeitest du für mich."

Mallory nickte, um ihm zu signalisieren, dass sie ihn gehört hatte. Zugleich jedoch traf sie aber in diesem Augenblick eine Erkenntnis: Sie musste sich aktiver verhalten, damit er nicht das Gefühl bekam, er mache den entscheidenden Schritt oder nutze jemanden aus. Sie selbst würde ihre Nervosität überwinden und die Sache in die Hand nehmen müssen. In der Kanzlei mochte er Chef sein, hier im Schlafzimmer würde sie die dominante Rolle übernehmen. Sonst konnte es nicht funktionieren.

Sie umarmte ihn und küsste ihn so, wie sie es neulich abends im Büro getan hatte. Er zog sie an sich und ließ beide Hände über ihren Körper wandern, umfasste ihre Brüste unter ihrem dünnen Pullover. Seine Hände fühlten sich kalt an, aber seine Berührungen waren sanft, und als er mit ihren Knospen spielte, wurden seine Küsse leidenschaftlicher.

Er war nicht so groß wie Alec – das traf auf die meisten Männer zu –, und das empfand sie als ein wenig ungewohnt, im negativen Sinne. Sie beschloss, sich besser hinzusetzen. Deswegen ging sie zum Bettrand, und er folgte ihr, ließ sie keine Sekunde lang los. Das war auch gut so – in den letzten vier Jahren hatte sie außer mit Alec keinen Sex mit einem Mann gehabt, und jetzt, wo dieses Erlebnis so unmittelbar bevorstand, erfüllte sie Nervosität. Mallory neigte dazu, zu viel zu grübeln, und sie würde diese Gedanken nur abstellen können, indem sie sich ganz auf ihre körperlichen Bedürfnisse konzentrierte.

Gavin streckte sich auf dem Bett aus und zog sie neben sich. Mallory legte sich hin, stützte sich auf einen Ellenbogen ab. Mit klopfendem Herzen öffnete sie seinen Gürtel, und er half ihr dabei, ihm die Hose herunterzuziehen. Er hatte sexy Beine, lang, schlank und zugleich muskulös. Mallory stellte sich vor, wie er sie gleich um ihre Taille schlingen würde, und das löste kurz den Gedanken in ihr aus, nicht weitermachen zu können. Ob er sie dann für eine Frau halten würde, die nur mit Männern spielte? Oder dachte, dass sie einfach ein wenig herumexperimentieren wollte, ohne dass es zur Sache ging? Der Gedanke an Sex gab ihr das Gefühl, sie betrüge Alec, obwohl sie wusste, dass das aus mehreren Gründen völlig unangebracht war. Vielleicht würde sie aber auch in Schwung kommen, und dann würde sie sehr wohl mit Gavin schlafen wollen.

Er zog sie noch fester an sich, und sie konnte spüren, dass er einen Ständer hatte. Mit einer Hand fuhr Mallory sanft über seine Boxershorts, unter deren Stoff sich sein steifer Schwanz abzeichnete. Sie ließ ihre Finger in die Öffnung gleiten und berührte seine nackte Haut; sein Penis fühlte sich warm an und schien förmlich zu pulsieren. Unglaublich, dass sie gerade Gavin Stone an dieser intimen Stelle berührte.

Er hob ihren Pullover an, um ihre Brüste zu küssen, und sie zog das Teil aus, damit er sie besser erreichen konnte. Mit der Zunge umspielte er ihre Nippel, wiederholte die Bewegung dann mit den Händen. Stöhnend öffnete er den Reißverschluss ihres Rocks, zog ihn dann zusammen mit ihren Strumpfhosen nach unten. Daran, welche Unterwäsche sie heute trug, erinnerte sich Mallory nur vage. Schon verrückt – beim Anziehen heute Morgen hatte sie nicht die geringste Ahnung gehabt, dass sie sich in Gavins Bett wieder ausziehen würde.

Kurz schaute sie auf die Spitzenunterwäsche in blassem Korallenrot herunter. Gott sei Dank hatte sie am Sonntag gewaschen und nicht wieder alte Sachen aus der Schublade fischen müssen.

Gavin musterte sie eindringlich.

„Mein Gott, du bist einfach perfekt", erklärte er, während er mit der Hand von ihren Brüsten weiter nach unten fuhr, bis er den Spitzensaum ihres Slips berührte. Sie fand ihn ebenfalls ziemlich perfekt. Ungeduldig streckte sie die Hand aus und knöpfte ihm das Hemd auf, zog es ihm dann herunter, sodass seine wohltrainierten Schultern sichtbar wurden, sie seine muskulöse, beinahe unbehaarte Brust und seinen straffen Bauch bewundern konnte. Mallory wusste, jede Frau in New York hätte sich ihm willig angeboten, aber aus irgendeinem Grund war sie es, die er begehrte. Sie fühlte sich geschmeichelt, und ihre Nervosität verflog. Stattdessen erwachte nun die Perfektionistin in ihr, und sie überlegte, wie sie ihn wohl beeindrucken könnte. Sie wollte ihn nicht enttäuschen, ihn verführen, so wie sie von ihm verführt wurde.

Er küsste sie, streichelte mit einer Hand ihr Haar, umfasste dann sanft ihren Hals, während er sie mit beiden Armen an sich zog. Nun lagen sie eng aneinandergeschmiegt da, zwischen sich nur noch die Unterwäsche. Sie konnte spüren, wie sein Schwanz steif zwischen ihren Beinen ruhte; fast fühlte es sich an, als seien sie schon nackt. Aber aus irgendeinem Grund erschien Mallory die Tatsache, dass es immer noch etwas gab, das sie ausziehen mussten, ganz besonders spannend.

Sie lehnte sich ein wenig zurück, brachte sich in Position, um auf ihn klettern zu können. Das tat sie auch, und er sah mit einer Art Ehrfurcht zu ihr auf, mit einem Blick, den sie von Alec kannte. Wenn sie die Sache fair betrachtete, schaute Alec sie bis heute hin und wieder so an, so leidenschaftlich und ehrfürchtig, doch geschah das viel seltener als früher.

Vielleicht konnten Männer eine Frau nur so betrachten, wenn alles noch neu und aufregend war. Wenn sich eine Beziehung dem Zustand der gewohnten Liebe und Häuslichkeit anpasste, war es schwierig, diesen Grad der Intensität zu erhalten. Womöglich wollte Alec deshalb hin und wieder mit anderen Partnerinnen zusammen sein – es fehlte ihm, jemanden so anzusehen, genauso sehr wie sie selbst es vermisste, so angesehen zu werden.

Mallory beschloss, erst einmal nicht mehr an Alec zu denken. Sie entledigte sich ihres Höschens, warf es weg, und Gavin fasste ihr sofort zwischen die Beine, um zu prüfen, wie feucht sie schon war. Vorsichtig berührte er sie; mit langsamen, fast unsicheren Bewegungen betastete er ihre Spalte. Seine Hände waren nicht so groß wie die von Alec, und ihr wurde klar, dass er sie nicht so leicht zum Orgasmus würde bringen können. Alec wusste so genau was er tat, als sei sie eine Stradivari in den Händen eines musikalischen Genies.

Hör jetzt endlich auf, ständig an Alec zu denken!

Wieder überlegte sie, dass Gavin vielleicht zu schüchtern dafür war, fordernd vorzugehen, weil er sie nicht bedrängen wollte. Er konnte nur sicher sein, dass alles in Ordnung war, wenn sie die Initiative ergriff.

Dann kam Mallory eine Idee: So würde sie ihn ein für alle Mal aus der Reserve locken können.

Sanft schob sie seine Hand weg; seine Berührungen lösten sowieso keine besondere Erregung in ihr aus, und es war ihr lieber, sich zuerst um ihn zu kümmern, sich seinem stattlichen Schwanz zuzuwenden. Sie wusste, sie würden ganz wunderbar zusammenpassen. Aber zuerst …

Sie beugte sich vor und nahm sich ihren dünnen Kaschmirpullover, der in einer Ecke des Bettes lag.

„Komm wieder her zu mir“, flüsterte Gavin lächelnd, zog sie vorsichtig zu sich heran. Sie hatte immer noch das Oberteil in der Hand, küsste ihn zärtlich und wand es ihm dann in einer schnellen Bewegung um die Stirn, wie eine lockere, dicke Augenbinde. Dann beugte sie sich nach vorne, wollte seinen Schwanz berühren –

„Was zum Teufel machst du da?“, fuhr er sie an, riss sich heftig den Pullover herunter und warf ihn quer durchs Zimmer.

„Was hast du denn?“, wollte sie wissen und sprang von ihm herunter.

Er starrte sie an, als sei sie völlig verrückt geworden.

„Was ich habe? Was glaubst du wohl, was ich habe? Warum sagst du mir nicht, was *du* da treibst?“

„Ich … habe dir die Augen verbunden.“

„Ja, das habe ich auch gemerkt, Mallory.“ Seine Stimme nahm einen weichen Klang an, aber er sprach mit ihr wie mit einem kleinen Kind. „Es gibt Dinge, die kann ich einfach nicht hinnehmen. Wenn man sich auf der Bühne wie eine Schlampe benimmt, ist das eine Sache, aber in meinem Schlafzimmer gibt es kein SM.“

Mallory hockte sich hin. Hätte er sie geschlagen, sie wäre nicht schockierter gewesen.

Dann sagte sie sich, dass das alles einfach ein Scherz sein musste. *Bitte lass es ein Scherz sein.*

„Sehr komisch“, erklärte sie, obwohl sie genau spürte, dass ihr alle Farbe aus dem Gesicht gewichen war.

Gavin setzte sich auf. Mallory konnte nicht anders, sie musste schnell nachschauen, ob er immer noch eine Erektion hatte.

Das war nicht der Fall.

„Ich meine es ganz ernst, Mallory. Vielleicht ist es in deinem Gewerbe üblich, mit Männern zu schlafen, die dann eine private Show erwarten. Zu denen gehöre ich allerdings nicht. Ich gebe mich nur mit Frauen ab, die ein gewisses Maß an Klasse haben.“

In diesem Augenblick fiel Mallory keine geeignete Antwort ein – nur die, er solle sich zum Teufel scheren. Angesichts der Tatsache, dass er es war, der ihren Gehaltsscheck unterschrieb, wahrscheinlich nicht die optimale Reaktion. Aber würde sie nach diesem Vorfall überhaupt noch für ihn arbeiten können?

„Ich gehe dann jetzt wohl besser", erklärte sie, machte sich ungeschickt daran, nach ihrer Kleidung zu suchen. So nackt hatte sie sich auf der Bühne noch nie gefühlt.

Als Poppy das The Cellar betrat, wappnete sie sich gegen das, was nun kommen würde – was auch immer Violet vorhatte, sie würde nicht mitmachen.

Die Empfangsdame vom letzten Mal saß wieder an der Rezeption.

„Kann ich Ihnen helfen?", erkundigte sie sich.

„Ich bin mit Violet verabredet."

Poppy nahm auf einem der roten Samtsofas Platz. Komme, was wolle – sie würde auf keinen Fall durch diese Doppeltür gehen. Wenn Violet etwas an einem Gespräch lag, sollte sie doch hierherkommen. Zum Glück brauchte sie, was diesen Punkt betraf, nichts weiter zu unternehmen: Violet erschien, in einem langen schwarzen Trenchcoat über einem altmodischen grünlila Dirndl, weißen Strumpfhaltern und Mary Janes aus schwarzem Kunstleder mit extrem hohen Absätzen.

„Ich gehe jetzt", sagte Violet an die Rezeptionistin gewandt.

„Das schmerzt mich, Gretel", erwiderte die. Poppy konnte sich ein Lächeln nicht verkneifen. Humor hatten diese Dominas, das musste man ihnen lassen.

„Wo wollen wir denn hin? Ich habe wirklich nicht viel Zeit", erklärte Poppy, als Violet sie ungeduldig zur Tür hinausschob.

„Jetzt hör endlich auf zu heulen. Das hier dauert nicht lange."

Schweigend fuhren sie im Lift nach unten. Poppy konnte förmlich spüren, wie die alten Kabel quietschten und zum Zerreißen gespannt waren, und es erfüllte sie mit Erleichterung, als sich die Türen öffneten und sie in die dunkle Lobby entließen. Draußen herrschte der Betrieb des frühen Abends, Theaterbesucher strömten an ihnen vorbei. Poppy zog sich den Mantel zu und dachte an ihre Marinade. Sie wünschte sich, Violet Offender nie begegnet zu sein.

Die führte sie in einen kleinen Irish Pub. Dort bestellte sie zwei Scotch und eroberte eine Ecknische. Zwei Börsenmaklertypen zeigten Interesse an ihnen, und Violet machte eine obszöne Geste in ihre Richtung.

„Nicht für mich, danke." Poppy schob das Glas von sich weg. Violet zuckte die Achseln, kippte ihren Drink hinunter und nahm sich dann den zweiten.

„Hör zu, ich habe nachgedacht. Und zwar gründlich. Du hast es also eilig – auch wenn ich mir kaum vorstellen kann, was es in deiner Wohnung zu tun gibt –, deswegen komme ich sofort zur Sache: Ich schlage vor, du kündigst im Blue Angel."

Poppy schüttelte den Kopf. „Ich möchte nicht mal wissen, was in deinem kranken Hirn vor sich geht, aber du bist völlig verrückt. Ich kündige ganz bestimmt nicht im Blue Angel. Agnes hat mir meine erste richtige Chance gegeben, und das Blue Angel ist der beste Club in der ganzen Stadt."

Mit einem Seufzer nahm Violet ihre Hand. Poppy versuchte, sich ihr zu entziehen, doch die Domina drehte ihr den Arm um und legte ihr den Daumen aufs Handgelenk, als fühle sie ihr den Puls. Die merkwürdige Geste lenkte Poppy so ab, dass sie ihre Hand ließ, wo sie war.

„Agnes hat ihre besten Zeiten hinter sich. Das weiß sie nur noch nicht." Violet fuhr fort: „Aber ich werde ihr das klarmachen. Und ich erwarte, dass du kündigst."

Poppy musste lachen. „Warum sollte ich mich danach richten, was du erwartest?"

„Weil ich sonst fertig bin mit dir. Und glaub ja nicht, dass du ohne mich lange überlebst. Diese hässliche Lesbe da bei dir zu Hause kümmert sich ganz offensichtlich nicht gut genug um dich."

„Diese hässliche Lesbe, wie du sie nennst, ist zwanzigmal so viel wert wie du. Du bringst mich zum Orgasmus, na und? Das kann mein Vibrator auch."

Ein seltsames Lächeln umspielte Violets Lippen.

„Weißt du eigentlich, dass ich mir bei jedem unserer Treffen vorgestellt habe, du wärst Mallory?"

Diese Bemerkung traf sie so völlig aus heiterem Himmel, dass Poppy keine geeignete Antwort einfiel. Sie wusste, ihr Schweigen verlieh Violets Aussage mehr Gewicht, als ihr eigentlich zukam, aber sie hätte einfach nichts erwidern können.

„Und bei unserer nächsten Begegnung wirst du mir gehorchen. Zumindest, wenn dir etwas daran liegt, weiter im Blue Angel zu arbeiten."

19. KAPITEL

Mallory hatte ihre Bürotür geschlossen, schaute jedoch immer wieder in diese Richtung, als könne sie jeden Moment aufgehen. Gavin war sie Gott sei Dank heute noch nicht begegnet, aber sie würde sich nicht den ganzen Tag hier verstecken können. Außerdem war es fast Mittagessenszeit, und sie hatte Hunger. Selbst wenn sie sich etwas kommen ließ, würde sie die Bestellung an der Rezeption abholen müssen.

Je länger sie über den Vorfall von gestern Abend nachdachte, desto witziger fand sie ihn – geradezu absurd. Leider handelte es sich bei der Person, die die Komik dieser Geschichte am meisten zu schätzen wüsste, zugleich um die einzige, mit der sie nicht darüber würde reden können: Alec. Ihr war sogar schon der Gedanke gekommen, dass das missglückte Date sich ganz großartig als Vorlage für eine Burlesque-Nummer eignen würde. Aber auch das war keine Option mehr für sie. Damit war sie bei der alles entscheidenden Frage angelangt: Was um Himmels willen hatte sie da nur getan?

Ihr Mobiltelefon klingelte. Die Nummer auf dem Display sagte ihr nichts.

„Hallo?“

„Ich bin's, Poppy. Entschuldige, dass ich dich auf der Arbeit anrufe. Ich weiß, du hast im Moment sicher keinen Nerv für die Sorgen anderer Leute. Aber es wäre sehr lieb, wenn du dir kurz Zeit nehmen würdest.“

„Sicher. Kein Problem.“ Es würde eine echte Erleichterung bedeuten, sich zur Abwechslung einmal mit den Problemen von jemand anderem zu beschäftigen. „Was ist denn los?“

„Es geht um das Blue Angel. Können wir uns irgendwo auf einen Kaffee treffen oder so?“

„In der City Bakery, in einer halben Stunde.“

Poppy saß im oberen Stockwerk an einem Tisch. Zwischen den Verlegertypen und den verstreuten Touristen fiel sie mit ihrem gerade geschnittenen blonden Bob und ihrem hippen Vintage-Stil sofort auf. Mallory dagegen, die in ihrem Business-Outfit steckte, verschwand optisch einfach in der Menge.

„Ich habe dich fast gar nicht erkannt", wurde sie von Poppy begrüßt.

„Und ich habe dich sofort gesehen", entgegnete Mallory. Sie umarmten sich flüchtig, und die ganze Szene war ein wenig peinlich. „Also, worum geht's?"

Poppy seufzte. „Sollen wir zuerst was bestellen?"

Mallory schaute über die Brüstung auf das Büfett, das dort aufgebaut war. Die Makkaroni mit Käse sahen verlockend aus – hier bekam man die besten in der ganzen Stadt – aber sie war zu gestresst, um etwas zu essen. „Für mich nichts", erklärte sie.

Poppy hatte schon ein Stück Zucchini-Schokoladenkuchen vor sich, in dem sie ganz offensichtlich nur herumgestochert hatte. „Okay, pass auf. Du weißt doch, ich habe dich neulich gefragt, ob du jemals Sex als langweilig empfunden hast, weil ihr schon so lange zusammen seid, du und Alec?"

Mallory musste sich beherrschen, um sich ihr Unbehagen nicht anmerken zu lassen. Poppy konnte ja nichts dafür. Vielleicht hatte sich die Sache mit ihrer Trennung noch nicht überall herumgesprochen.

„Ja, weiß ich noch."

„Dann habe ich dir erzählt, dass ich mich manchmal zu anderen Frauen hingezogen fühle?"

„Und ich habe dir gesagt, das ist ganz normal."

„Schon, aber wie ich mich dann verhalten habe, war nicht so ganz normal. Ich habe mich mit einer anderen eingelassen."

„Das passiert doch ständig, Poppy. Hat Patricia etwas gemerkt?"

Heftig schüttelte Poppy den Kopf. „Nein."

„Und hast du die Sache beendet?"

„Ja."

„Dann sehe ich nicht ganz, worüber du dir noch Sorgen machst."

„Das ist noch nicht alles. Ich habe Patricia nicht mit irgendwem betrogen, sondern mit ... Violet."

Mallory stützte den Kopf in beide Hände. „Oh, Poppy. Warum denn ausgerechnet mit Violet?"

„Es ist nicht so, dass ich es darauf angelegt hätte. Es ist ... einfach passiert. Und sie ist so sexy. Sie hat angefangen, mir Befehle zu geben, und das fand ich spannend, und bin richtiggehend süchtig danach geworden – süchtig nach ihr. Wie nach einer Droge. Aber dann habe ich beschlossen, dass es jetzt genug ist – und das stimmt auch."

„Okay, gut. Dann bleib bei deiner Entscheidung."

„Das versuche ich ja. Gestern Abend hat sie mich angerufen, und ich habe ihr gesagt, dass ich sie nicht mehr treffen will. Aber ich habe mich gefragt ... Hast du auch etwas mit ihr? Oder hattest du mal was mit ihr?"

„Bitte? Nein – Quatsch. Wie kommst du denn auf die Idee?"

„Wir haben uns gestern Abend gestritten, so kann man das jedenfalls nennen. Vielleicht wollte sie mich einfach verletzen. Sie hat gesagt, dass sie sich jedes Mal, wenn wir beide Sex hatten, vorgestellt hat, ich wäre du."

Mallorys Augen weiteten sich vor Erstaunen. „Wahrscheinlich ... Wahrscheinlich wollte sie dir einfach wehtun, wie du gesagt hast."

„Den Eindruck hatte ich aber nicht. Ich glaube, sie hat es ernst gemeint. Sie hat es ganz ruhig gesagt, ganz sachlich."

Mallory dachte darüber nach, was sie mit dieser Information anfangen sollte. Wenn sie davon ausging, dass es die Wahrheit war, sah sie den Abend im Plaza in ganz neuem Licht. Violet liebte es, andere zu manipulieren. Wenn sie es wirklich auf sie abgesehen hatte, dann war Violet klug genug, zuerst alle Hindernisse aus dem Weg zu räumen – Hindernisse wie zum Beispiel Alec. Und das war ihr ja offensichtlich auch gelungen.

„Richtig Angst gemacht hat mir aber ihr Kommentar über das Blue Angel. Sie hat gesagt, ich solle dort kündigen. Also habe ich ein bisschen herumgefragt. Und ich glaube, Agnes will den Club verkaufen."

„Ja. So etwas Ähnliches hat sie auch zu mir gesagt."

„Was denn genau?"

Mallory berichtete von ihrem Gespräch mit der Chefin an dem Tag, als sie gekündigt hatte.

„Das klingt aber nicht gut. Violet hat nämlich noch etwas gesagt: Wenn ich sie das nächste Mal sehe, würde sie bestimmen, wer noch im Club arbeitet und wer nicht."

„Das ergibt doch aber keinen Sinn."

„Ich weiß. Deswegen wollte ich ja mit dir darüber sprechen."

„Violet hat weder das Geld noch die Beziehungen, um den Club kaufen zu können. Den Ehrgeiz schon, den vielleicht. Aber sie ist doch gar nicht in der Position. Da stimmt einfach was nicht."

Eine Zeit lang saßen beide schweigend da.

„Mit wem könnten wir denn noch darüber sprechen?", überlegte Poppy. Wieder verspürte Mallory das dringende Bedürfnis, Alec anzurufen. Aber das ging nicht, also würde stattdessen Plan B herhalten müssen. „Ich spreche mit Bette." Sie war schon dabei, deren Nummer zu wählen.

Billy Barton trat an die Rezeption des Hotel Maritim und ließ sich einen Zimmerschlüssel geben.

„Haben Sie Gepäck bei sich, Mr Barton?“, erkundigte sich der Angestellte.

„Nein. Aber ich suche den Hiro Ballroom.“

Als Billy den riesigen Raum betrat, war dort alles in vollem Gange. Sein Creative Director hatte diese Location vorgeschlagen, mit ihren riesigen Papierlampions, die von den hohen Decken hingen, und er hatte das großartig gefunden. Vielleicht war es nicht die brillanteste Idee aller Zeiten, Kendall James als moderne Geisha zu verkleiden, aber die schwarze Perücke stand ihr wirklich ganz ausgezeichnet. Allerdings war er nicht gekommen, um die Schauspielerin in der Kulisse eines japanischen Salons zu bewundern. Er war wegen ihres hübschen Partners hier, der auch auf das Bild kommen sollte: Tyler.

Billy hatte den jungen Mann selbst ins Spiel gebracht. Natürlich war er ein wenig voreingenommen, aber wie sonst hätte man besser Kendalls exotische Schönheit mit ihren französischen, irischen und indianischen Wurzeln zur Geltung bringen können als durch den Kontrast mit dem durch und durch amerikanisch wirkenden blonden Jungen aus Kansas? Die Bilderserie würde ganz fantastisch aussehen – die Idioten bei der Konkurrenz würden sich noch umschauen. Natürlich musste Tyler wegen seines Vertrages mit Burberry auf den Fotos entsprechende Kleidung tragen, was nicht hundertprozentig zu dem japanischen Thema passte. Aber der Leiter des Shootings verfügte über genug Professionalität, um das ohne großes Theater hinzunehmen. Billy bekam, was er wollte, wie immer – jedenfalls, wenn es das Magazin betraf.

„Hi, Mr Barton.“ Eine Assistentin führte ihn zu einem Sofa. „Möchten Sie etwas trinken?“

Er schaute auf die Uhr. Elf.

„Einen Mojito", antwortete er. „Machen die da bald Pause?"

„Lange kann es nicht mehr dauern", erwiderte das Mädchen.

Der Drink tat seinen Nerven gut, und er lehnte sich auf der roten Couch zurück, sah seinem sexy Freund dabei zu, wie er routiniert posierte. Dabei fragte er sich ungeduldig, wie lange es noch dauern würde, bis er wieder Tylers Schwanz in den Mund nehmen könnte.

Der Fotograf plante gerade eine Aufnahme, auf der Kendall oben ohne erscheinen sollte, mit einem Sushi-Tablett vor der Brust. Tyler sollte einen lebenden Koi-Karpfen halten.

„Das dauert doch wahrscheinlich eine ganze Weile. Vielleicht können wir eine kurze Pause machen?", rief Billy.

„Wie bitte, jetzt?", fragte der Fotograf.

„Das dürfte doch wohl kein großes Problem sein", erwiderte Billy.

„Meinetwegen, dann machen wir Mittag. Aber in einer Stunde sind alle wieder hier."

„Perfekt."

Kendalls Assistentin, eine auf übertriebene Weise gepflegt wirkende ältere Frau mit einem fragwürdigen britischen Akzent, eilte zu ihrem Schützling. Die anderen Assistentinnen am Set machten sich daran, Essensbestellungen aufzunehmen.

Billy winkte Tyler zu sich, und er musste zugeben, dass sein Freund nicht gerade begeistert schien, ihn zu sehen.

„Das läuft ja offensichtlich ganz ausgezeichnet hier", begrüßte ihn Billy.

„Klar", erwiderte der junge Mann.

„Was hast du denn?", wollte Billy wissen. Tyler zuckte nur die Achseln.

„Komm mit. Ich weiß schon, was dich aufmuntern wird. Gehen wir."

Billy hatte eine Penthouse-Suite für sie beide reserviert. Der maritime Stil des Raumes gefiel ihm ganz ausgezeichnet: Übergroße Fenster wie Bullaugen und die Dusche sozusagen auf dem Außendeck, wobei es leider draußen zu kalt war, um sie auch zu benutzen.

Er hatte den Zimmerservice angewiesen, ein kleines Büfett vorzubereiten, und das stand schon dort und wartete auf sie.

„Hast du Hunger?", fragte er seinen Freund.

„Nein. Ich bin zu nervös, ich will nichts essen."

„Nervös? Wieso das denn? Das Shooting läuft doch ganz wunderbar."

„Das ist es nicht."

„Aber was denn sonst? Burberry will den Vertrag mit dir verlängern, dein Agent hat mir erzählt, du sollst eine Realityshow mit männlichen Models moderieren ... Ich bin verrückt nach dir. Es läuft doch alles bestens."

„Und diese andere Sache? Dieser ... Vorfall?"

„Ich habe dir doch gesagt, du brauchst dir deswegen keine Sorgen zu machen. Ich kümmere mich darum. Agnes verkauft den Club. Gestern haben meine Anwälte die Papiere vorbereitet. In ein paar Tagen ist die Sache in trockenen Tüchern. Und dann verhält Violet sich ruhig und stellt keine Dummheiten an."

„Woher willst du das denn so genau wissen?"

„Eine goldene Gans schlachtet man nicht, Tyler. Sie ist einfach völlig besessen davon, im Frühling neu zu eröffnen. Will den Club in ‚Violet's Blue Angel' umbenennen. Und wir schreiben dann im *Gruff* darüber. Damit halte ich sie bei Laune, okay?"

„Okay."

„Und jetzt wäre es schön, wenn du mich bei Laune halten könntest."

Eine Stunde lang dabei zuzusehen, wie sich Tyler mit Kendall James amüsierte, hatte Billy eine ansehnliche Erektion beschert. Wenn es nach ihm gegangen wäre, hätte er auch sie hierher eingeladen – ihnen dreien wäre bestimmt ein interessanter Zeitvertreib eingefallen. In seinen Fantasien sah er Tyler dabei zu, wie er die Frau nahm, und dann würde Billy seinem Freund den Schwanz lecken, bis dieser ihn ihm in den Arsch steckte. Aber er wusste, dass Kendall James für so etwas nicht zu haben war. Er begriff einfach nicht, wie es dieser Justin Baxter immer anstellte: Auf seinen Partys erklärten sich die Leute plötzlich bereit, die verrücktesten Dinge anzustellen. Wie damals, als er Poppy LaRue irgendwie dazu überredet hatte, sich in einem Separee vor ihm selbst zu befriedigen. Er selbst musste für solche Gefälligkeiten immer bezahlen, und das hatte ihm, gerade in letzter Zeit, einiges an Stress eingebracht.

Tyler goss sich selbst ein Glas Champagner ein, und Billy öffnete seine Jeans. Der junge Mann stand ein wenig von ihm entfernt, schaute ihm zu, als sein Freund seinen Schwanz aus den Boxershorts holte und ihn bearbeitete. Tyler hatte seinen Blick fest auf Billys Penis gerichtet, und dieser wusste, dass ihn der andere begehrte, trotz seiner schlechten Laune.

Mit raschen Schritten kam Tyler zu Billy hinüber, kniete sich vor ihn hin und leckte sanft die Spitze seines Schwanzes, ließ dann seine Zunge langsam hinunter zu seinen Hoden wandern. Erst den einen, dann den anderen nahm er in den Mund, spielte mit ihnen, während er Billys Schaft mit kräftigen, schnellen Bewegungen massierte. Sein Partner stöhnte lustvoll auf. Er sehnte sich danach, mit seinem Schwanz ganz tief in Tylers Mund einzudringen, so weit es nur ging, bis er seinen Würgereflex auslösen würde.

„Mach den Mund auf", wies Billy ihn an, packte ihn bei den Haaren. Tyler gehorchte, ließ sich in den Mund ficken. Er wusste, Billy würde erst einen Höhepunkt erreichen, wenn er ihm das Äußerste abverlangt hatte. Billy stieß so kräftig und in so schnellem Rhythmus zu, dass Tyler schon nach ein paar Minuten zu würgen begann. Billy kam. Tyler schluckte alles herunter, klammerte sich an Billys Hintern fest und zog ihn noch dichter zu sich heran. Langsam verstummte dessen Stöhnen, bis er ganz still war. Er sank gegen die Wand zurück.

Dann drehte ihn der Jüngere um, worauf Billy lächeln musste und sich an der Wand abstützte. Er hörte, wie sich Tyler den Gürtel öffnete, wie seine Jeans auf den Hartholzboden fielen. Tyler spuckte sich in die Hände, und obwohl sein Partner nicht sehen konnte, was hinter ihm geschah, wusste er, dass sich der junge Mann gerade den Schwanz mit Speichel einrieb und dass er gleich in ihn eindringen würde. Endlich würde das passieren, wonach sich Billy seit dem Aufwachen heute Morgen gesehnt hatte.

Tyler zog ihn hinüber zur Couch, stellte sich dahinter, sodass er Billy nach vorne schieben konnte, der sich über die Rückenlehne beugte. Wieder verteilte Tyler seinen Speichel, diesmal auf Billys Hintern, rieb die Flüssigkeit mit dem Daumen in dessen Anus, bis dieser spürte, wie die Spitze von Tylers Penis den Widerstand seiner Rosette überwand. Der Club, das Magazin, das Shooting – alles war ihm jetzt egal. Das gesamte Universum bestand nur noch aus diesem Gefühl, aus diesem Moment, in dem Tyler immer tiefer in ihn eindrang, fast quälend langsam, bis Billy spürte, dass er ihn fast ganz in sich hatte. Dann der beinahe angenehme Schmerz, als der andere sich zurückzog, erneut zustieß, immer und immer wieder. Der junge Mann schlug seinen Partner auf den Po, mit aller Kraft, nannte ihn eine Hure. Zu seiner Überraschung erlebte Billy einen weiteren Orgasmus, und die folgende Erholungsphase stand zu diesem Höhenflug so sehr im Kontrast, dass ihm schwarz vor den Augen wurde – als er vor Lust aufschrie, erkannte er nicht einmal seine eigene Stimme. Selbst Minuten später bearbeitete Tyler immer weiter seinen Hintern, stieß und stieß in ihn hinein, bis Billy hören konnte, wie auch er geradezu explodierte, einen derartig wilden Orgasmus erlebte, dass sein Freund merkte, wie ihm das Sperma die Schenkel hinabrann.

Aneinandergelehnt ließen sich die Männer zu Boden sinken; beide rangen nach Atem.

„Weißt du was?“, meinte Billy.

„Was denn?“, erwiderte Tyler.

„Ich weiß, du hast das Gefühl, dass Violet uns gerade unter Druck setzt, und vielleicht stimmt das auch. Aber ich verspreche dir eins: Spätestens in einem Jahr habe ich einen Weg gefunden, sie noch härter in den Arsch zu ficken als du mich grade.“

„Du willst mit ihr ins Bett?“, fragte Tyler.

„Quatsch! Das war metaphorisch gemeint.“

„Meta-was? Ach, egal. Was hast du denn vor?“

Billy drehte sich auf die Seite und küsste seinen Lover auf die Wange. „Das wirst du schon sehen – lass dich einfach überraschen.“

20. KAPITEL

Bette brauchte weniger als eine halbe Stunde, um im Restaurant zu erscheinen, und sie war nicht allein – sie hatte Alec bei sich.

Er sah attraktiver aus, als Mallory ihn jemals zuvor erlebt hatte: Mit einem sexy Dreitagebart und längerem Haar als sonst. Genau genommen machte er den Eindruck als habe er guten Sex nötig, und sie hätte ihm diesen Gefallen nur zu gerne erwiesen.

Die Erfahrung des vergangenen Abends mochte peinlich gewesen sein, doch Mallory war dankbar, dass sich die Dinge auf diese Weise entwickelt hatten. Jetzt, als sie Alec durch den Raum auf sich zukommen sah, erschien ihr der Gedanke, dass sie fast mit jemand anderem ins Bett gegangen wäre, völlig absurd.

Er lächelte ihr zu, setzte sich dann neben Poppy, während sich Bette neben Mallory niederließ. Alec lehnte sich vor, um seinen Mantel neben sie auf die Bank zu legen; sie nahm seinen Duft wahr und wäre fast in Ohnmacht gefallen.

„Ich hoffe, es ist in Ordnung, dass ich Alec mitgebracht habe – er hat nämlich mehr Informationen als ich."

Mallory und Alec schauten einander tief in die Augen. Sie musste vor ihm den Blick abwenden. Erst dann begann er zu sprechen.

„Es war mir nicht neu, dass Agnes vorhat, den Club zu verkaufen", erklärte er. „Mallory weiß es, weil sie und ich vor ein paar Tagen darüber gesprochen haben. Dann habe ich gestern Bette erzählt, dass ich beim *Gruff* Gerüchte gehört habe, Billy wolle einen Club kaufen. Ich wusste nicht mit Sicherheit, ob es dabei um das Blue Angel geht, und ich habe mir gedacht, er will mit mir nicht darüber sprechen, weil er weiß, wie ich zu dem Club stehe. Dann habe ich mir überlegt, wenn er es doch nicht ist, wäre es doch fantastisch, wenn wir den Käufer kennen würden, wenn es jemand wäre, dem das Blue Angel etwas bedeutet und der es nicht zu sehr verändern will. Darum habe ich Justin Baxter erzählt, dass Agnes über einen Verkauf nachdenkt. Ich dachte, er wäre vielleicht daran interessiert, ein Gebot zu machen."

„Großartige Idee", kommentierte Mallory.

„Ja, aber sie kam leider zu spät. Justins Anwälte haben herausgefunden, dass der Club schon verkauft ist ... Und zwar an jemanden namens Gina Officini."

„Wer ist das denn?", wollte Bette wissen.

Poppy wurde kreidebleich. „Ich fürchte, ich weiß es."

Mallory sah sie an, nahm sich dann Alecs Handy. „Darf ich kurz?" Sie öffnete den Browser und gab bei Google „Gina Officini" ein.

„Scheiße." Sie zeigte den anderen das Foto.

„Violet?", fragte Alec ungläubig. „Warum sollte sich Billy mit ihr zusammentun? Wieso hat er sich nicht an uns gewandt?", sagte er zu Mallory. „Du hast in der Burlesque doch ein noch viel besseres Standing als Violet. Und wir sind mit ihm befreundet."

„Keine Ahnung", erwiderte Mallory. „Jedenfalls wird keines der anderen Mädchen für sie arbeiten wollen."

„Mit dem Blue Angel ist es vorbei", verkündete Poppy.

„Nachschub unter den Tänzerinnen gibt es doch immer. Vorbei ist es nur mit der Sorte Show, die wir geliefert haben. Mit den Auftritten der Scarletts, Kittys und allen anderen, die sich einen Namen gemacht haben. Sie müssen sich einfach neue Clubs suchen. Aber die Ära des Blue Angel ist tatsächlich Vergangenheit."

„Wo sollen sie denn hin? In die Lavender Lounge? Den Fan Club? Da haben sie schon feste Tänzerinnen, und das

Slit ist doch grauenhaft – da gibt's nicht mal echte Burlesque." Poppy wirkte entsetzt.

„Keine Ahnung, aber ich bin jedenfalls froh, dass ich mir darum keine Sorgen zu machen brauche", erklärte Bette. „Bis sich hier alles geklärt hat, bin ich hoffentlich schon an einem Filmset in Boston."

Mallory und Alec tauschten einen Blick. Mallory hörte Poppy und Bette kaum zu. Konnte nur daran denken, Alec allein für sich zu haben, mit ihm zu reden. Und sie kannte Alec gut genug, um zu wissen, dass er ihre Gedanken teilte.

„Gehen wir?", schlug Alec vor, und es war wie in einem Film: Alle anderen Figuren erstarren, und nur die beiden Hauptpersonen sind noch in der Lage, sich zu bewegen.

Draußen schob Alec sie in Richtung Sixth Avenue, und einen Block weiter entfernt erwischten sie ein Taxi. Die Spannung zwischen ihnen war förmlich greifbar, sodass Mallory kaum Luft bekam. Sie dachte, er würde reden wollen – normalerweise konnte er nicht damit umgehen, wenn Dinge ungesagt blieben. Doch er starrte einfach vor sich hin, auf die Plastiktrennwand zwischen ihnen und dem Fahrer.

„Lass uns hier aussteigen", schlug er vor, als sie die West 24th Street erreichten – einen Sinn ergab das nicht, denn sie wohnten in der East 83rd Street. Nicht einmal die U-Bahn war in der Nähe.

Er bezahlte das Taxi und nahm Mallory bei der Hand.

„Was hast du denn vor? Ich dachte, wir wollen zurück in die Wohnung?"

„So lange kann ich nicht warten."

Sie überquerten die Straße und gingen in östlicher Richtung weiter. In der Mitte des Blocks gelangten sie zu einem unscheinbaren Eingang mit einem hölzernen Türrahmen und einem Schild, auf dem nichts weiter als „Hotel" stand.

Alec hielt ihr die Tür auf. Der Raum, in den sie gelangten,

ähnelte eher einem Flur als einer Lobby. Nur ein paar Stühle standen dort, und hinter einem Glasfenster saß ein Mann, der wie ein Bankangestellter wirkte und nicht wie der Rezeptionist eines Hotels.

Mallory konnte hören, wie Alec ein Zimmer reservierte; er bezahlte achtzig Dollar in bar. Durch eine Öffnung in der Scheibe schob ihm der Mann einen Schlüssel zu. Alec bedeutete Mallory, sie solle ihm folgen. Sie gingen durch eine Tür links neben dem Schalter und kamen in ein enges Treppenhaus.

Bei der ersten Gelegenheit hielt Alec sie fest und überprüfte die Nummer auf der grünen Plastikkette am Schlüsselbund. Auf einem flachen Oval aus Kunststoff stand die Nummer Sieben, und es gab nur einen einzigen Schlüssel. Fast sah das Ding aus wie damals die Spindschlüssel in der Highschool.

Er öffnete die Zimmertür, und sie kamen in einen kleinen Raum mit einem riesengroßen Bett. Darauf lag ein hässlicher Überwurf im Art-Deco-Stil, etwa von 1990. Einen kleinen Tisch gab es auch, und in einer Ecke – einfach in die Wand eingelassen – eine Dusche.

„Wo sind wir denn hier gelandet?", wollte Mallory wissen. Halb musste sie lachen, halb war sie schockiert. „Und woher weißt du überhaupt von dieser Klitsche?"

„Im Magazin hatten wir mal einen Artikel über die zehn Hotels, die man kennen sollte – und zwar nicht, wenn es um Urlaub mit der Familie geht. Du verstehst, was ich meine."

„Ja, ich glaube schon", erwiderte sie und zog die Nachttischschublade auf. Statt einer Bibel lagen darin zwei Kondome. „Du bist ja völlig verrückt", erklärte sie lächelnd. „Warum hast du mich denn hergebracht?"

Er ging zu ihr hinüber, nahm ihr Gesicht in beide Hände.

„Das war eine ganz spontane Entscheidung. Ich dachte, wenn wir beide einfach eine Stunde ganz allein verbringen können, ohne die andern und unsere diversen Probleme, dann würden wir wieder zueinanderfinden. Außerdem kann ich einfach nicht mehr warten – ich will dich."

Er küsste sie, und die Welt um sie herum verschwamm, löste sich in nichts auf – Violet, das Blue Angel, ihre Prüfung. Selbst das Erlebnis mit Gavin gestern Abend erschien ihr wie ein winzig kleiner, flackernder Stern in einem unendlich großen Universum. Der Augenblick, den sie gerade erlebte, dass Alec sie in diesem widerlichen kleinen Hotelzimmer umarmte, ließ sie mit unumstößlicher Sicherheit etwas erkennen: Sie beide waren der Mittelpunkt der Welt. Er war die Schwerkraft, die sie am Boden hielt. Mallory konnte anderswo danach suchen, doch sie würde diese Gewissheit nirgends finden, außer bei ihm.

Sie half ihm dabei, ihr den Mantel vom Körper zu ziehen. Im Zimmer war es eiskalt, und sie entdeckte einen kleinen Heizapparat neben dem Schminktisch.

„Das Ding explodiert doch sofort", meinte sie, während sie es misstrauisch beäugte.

„Uns wird auch so warm", kommentierte er. Die Ernsthaftigkeit in seinem Blick ließ sie ganz ruhig werden, und sie sagte kein einziges Wort mehr, während er sie auszog. Dann legte sie sich rücklings aufs Bett und sah ihm dabei zu, wie er sich seiner Kleidung entledigte. Ihr Herz klopfte wie mit Hammerschlägen, und sie fragte sich, wie sie ihre Gefühle für Gavin nur so falsch hatte interpretieren können. Sie waren nichts, gar nichts verglichen mit diesem geradezu übersinnlichen Zustand. Jede ihrer Wahrnehmungen schien auf extreme Weise geschärft.

Alec legte sich auf sie, und sie öffnete die Schenkel. Ganz feucht war sie schon, weil sie sich so heftig nach ihm sehnte. Sie griff nach seinem Schwanz, wollte ihn einführen, doch er hinderte sie daran und drang selbst in sie ein, grob und zugleich unendlich befriedigend, sodass sie beinahe sofort einen Höhepunkt erreicht hätte. Sie krallte sich in seinem Rücken fest, rieb ihr Gesicht an seinem Dreitagebart.

Natürlich war ihr bewusst, dass er die Signale zu lesen verstand – wahrscheinlich kannte er ihren Körper fast so gut wie sie selbst – er merkte also, dass ihr Orgasmus unmittelbar bevorstand. Und genau aus diesem Grund, wahrscheinlich um das Vorspiel zu verlängern, entzog er sich ihr wieder, stand auf, setzte sich auf den Bettrand. Sie folgte ihm; ihr war ein wenig schwindlig, als sie ihn mit beiden Beinen umschlang. Dann legte sie die Hände auf Alecs Hüften und leckte seinen Schwanz von oben bis unten ab, bevor sie ihn mit den Lippen umschloss, ihn einsog. Ihrer Überzeugung nach gab es nichts Intimeres als eigene Körpersäfte auf dem Penis eines Mannes zu schmecken, und sie wusste, dass Alec ihre Bereitschaft, sich selbst so wahrzunehmen, unendlich erregend fand.

Während sie seinen Schwanz verwöhnte, legte sie eine Hand auf seine Brust, und tatsächlich, sein Herz klopfte wie verrückt. Mit beiden Händen wühlte er in ihrem Haar herum, zog ihren Kopf zurück, weg von sich, damit er nicht zu schnell zum Höhepunkt kam.

Als Nächstes kniete er sich vor sie und küsste sie so heftig, dass sie wusste, ihr Mund würde sich am nächsten Morgen wund anfühlen. Sie umfasste sein Gesicht und berührte mit den Lippen seine flatternden Augenlider, seinen Nasenrücken, seinen klar definierten Kiefer mit den Bartstoppeln.

Er lehnte sich zurück, um etwas vom Boden aufzuheben, und Mallory sah, dass es die langen Strümpfe waren, die sie unter den Stiefeln angehabt hatte. Mit einem Arm hob er sie hoch, ans Kopfende des Bettes, band dort ihre Handgelenke an das schmiedeeiserne Bettgestell. Die Knoten zog er gerade so fest, dass sie sich nicht befreien konnte; zugleich achtete er aber darauf, dass sie ihr keine Schmerzen bereiten oder sie ablenken würden.

Jetzt war es wieder ihr eigenes Herz, das mit Hammerschlägen zu arbeiten schien, und sie konnte nicht anders: Sie dachte daran, welcher Unterschied zwischen Alecs Liebkosungen und Gavins dramatischem Getue gestern Abend bestand.

Alec fuhr mit beiden Händen an ihren Armen entlang, an ihren Brüsten, über ihren Bauch, bis hin zu ihrer Pussy, dann streichelte er ihre Klit, bevor er das Gesicht zwischen ihren Schenkeln vergrub. Mit der Zunge drang er in sie ein, bewegte Finger und Mund im gleichen Rhythmus, sodass sich in ihr eine immer unerträglichere Spannung aufbaute. Sie bohrte beide Fersen in die Matratze, hätte ihn am liebsten gepackt und auf sich gezogen, konnte es jedoch nicht, weil sie gefesselt war. Als er aufhörte, sie zu berühren, reagierte sie mit einem lauten Stöhnen. Jetzt leckte er nur noch den äußeren Rand ihrer Spalte. Das kühle Gefühl auf der Haut, die er eben noch verwöhnt hatte, ließ sie nur erregter werden, und jede der warmen Berührungen seiner Zunge brachte sie ihrem Höhepunkt näher.

„Alec“, flüsterte sie.

„Sag mir, was du willst“, verlangte er.

„Du weißt, was ich will.“ Jetzt drang er mit einem Finger in sie ein, und sie vermochte gar nichts mehr zu sagen. Stattdessen öffnete sie die Beine noch weiter, stöhnte.

„Sag es“, befahl er. Selbst nach all den Jahren, nach allem, was sie im Bett miteinander angestellt hatten, kostete es sie Überwindung, ihre Sehnsüchte laut auszusprechen.

„Ich will, dass du –“ Sie konnte den Satz nicht beenden, denn gerade eben hatte er diesen winzigen Punkt tief in ihrem Inneren berührt, und ihre Reaktion war fast schmerzhaft in ihrer Intensität.

„Sag es mir“, bat er leise.
„Fick mich“, hauchte sie.
„Aber das tue ich doch. Ich ficke dich.“
„Benutz deinen Schwanz“, erwiderte sie.

Er legte sich auf sie, drang jedoch immer noch nicht in sie ein. Stattdessen band er ihre Handgelenke los. Sofort klammerte sie sich an ihn, zog ihn so heftig zu sich heran, dass sie spüren konnte, wie sie die Fingernägel in seinen Rücken grub. Sie konnte sich nicht beherrschen, und er beschwerte sich nicht. Es fühlte sich an, als hätte sie noch nie etwas so sehr gewollt oder gebraucht wie seinen Schwanz in sich. Sie musste ihn einfach in sich spüren, jetzt, sofort. Doch Alec vergrub das Gesicht in ihrer Halsbeuge, streichelte ihre Brüste. Sie konnte seinen steifen Schwanz an ihrem Schenkel spüren.

„Worauf wartest du?“, wollte sie wissen. Sie war so außer Atem, dass ihre eigene Stimme ihr fremd in den Ohren klang.

„Ich habe Angst. Wenn wir fertig sind, stehst du vielleicht einfach auf und gehst, und ich sehe dich wieder wochenlang nicht.“

„Ich gehe nirgendwohin.“ Sie streichelte ihm das Haar, küsste ihn auf die Stirn.

Plötzlich klingelte irgendwo im Zimmer sein Telefon.
„Oh, das hatte ich nicht ausgestellt …“
„Könnte es was Dringendes sein?“
„Was kann schon dringend sein? Du bist doch hier bei mir.“

Im nächsten Moment spürte sie, wie sein Schwanz sich in ihr bewegte, ganz langsam, obwohl sie doch so feucht war, ihn so sehr begehrte. Sie küsste ihn unters Kinn, und er vergrub den Kopf erneut in ihrer Halsbeuge. Ihre Pussy schloss sich um ihn, pulsierte heftig, während er sich in ihr bewegte, rein und raus, und als sich seine Bewegungen in harte Stöße verwandelten, erreichte sie diesen Zustand des Nichtmehrnachdenkens, bestand nur noch aus den Gefühlen ihrer

Nervenenden, aus den lustvollen Vibrationen. Ein gewaltiger Orgasmus durchlief sie in Wellen.

Alec schrie auf, und irgendwo in ihrem Bewusstsein erfasste Mallory – als Teil der anderen Wahrnehmungen, die geradezu Besitz von ihr ergriffen zu haben schienen –, dass er dasselbe empfand wie sie, dass sie in diesem Augenblick zu einem einzigen Wesen verschmolzen. Sie konnte ohne ihn nicht existieren, und er nicht ohne sie.

Er zog sich aus ihr zurück und sank neben ihr in sich zusammen. Mallory wandte sich ihm zu und legte ihm eine Hand auf die Brust, die sich in heftigen Atemzügen hob und senkte.

Ihre Blicke trafen sich, und sie lächelten einander zu. Er küsste sie auf die Stirn.

Sie musste an den vergangenen Abend denken, und Schuldgefühle überkamen sie. Sie wusste, sie würde ihm davon erzählen müssen, aber er sagte etwas, bevor sie dazu kam.

„Es tut mir leid, dass ich die Situation mit Violet nicht besser regeln konnte", erklärte er. „Ich habe begriffen, dass ich dir nicht eindeutig gesagt habe, was ich will. Zumindest in der Vergangenheit nicht. Aber so, wie es dann gelaufen ist, wollte ich das nicht."

„Das Ganze ist meine Schuld. Ich bin einfach zu unsicher. Als ich hierher nach New York gezogen bin, um endlich mit dir zusammenzuwohnen, habe ich gedacht, du könntest jede Frau auf der ganzen Welt bekommen. Ich wusste nicht genau, ob du wirklich mich wolltest, das Mädchen, mit dem du schon seit dem College zusammen bist. Ich denke, darin liegt auch ein Teil der Erklärung dafür, warum ich unbedingt Burlesque-Tänzerin werden wollte – so konnte ich mehr sein als einfach nur Mallory Dale von der University of Pennsylvania. Weil du schon so viel mehr warst als der Junge, den ich damals dort kennengelernt habe. Ich wollte diejenige sein, die du faszinierend findest, die du begehrst, und nicht nur ein Mädchen, das du dir warmhältst – aus Bequemlichkeit oder aus Gewohnheit, während du mich längst innerlich hinter dir gelassen hast."

„So war das nie für mich, wirklich nie", erklärte er und zog sie an sich. „Mallory, ich habe so viel falsch gemacht. Und du hast recht, zum Teil kommt es daher, dass wir schon seit dem College zusammen sind. Vielleicht habe ich wirklich einmal kurz gedacht, dass ich mehr will als dich, aber ich weiß jetzt, und das habe ich schon immer gewusst, dass ich eigentlich nur dich will, dich und immer nur mehr von dir."

Sie konnte sich ein Lächeln nicht verkneifen. „Wow. So poetische Liebeserklärungen erhalten nur die Glücklichen unter uns, die einen Journalisten abbekommen haben."

„Ich zeige dir mein Innerstes, und du machst Witze?"

„Nein. Ich könnte es gar nicht ernster meinen." Sie beugte sich zum Fußboden hinunter und bedeckte sich die Brust mit ihrem Hemd. „Hör zu: Ich habe noch einen größeren Fehler gemacht als du, und das tut mir wirklich leid."

„Nein, hast du nicht."

Sie musste schlucken. „Doch."

„Wovon sprichst du?"

„Ich habe mich mit Gavin eingelassen."

Alec setzte sich so abrupt auf, dass das ganze Bett wackelte.

„Hast du mit ihm geschlafen?"

Heftig schüttelte sie den Kopf. „Nein."

„Aber?"

„Wir haben einfach, na ja, ein bisschen rumgemacht, du weißt schon. Aber wir hatten keinen richtigen Sex – das schwöre ich dir."

„Wann war das?"

„Noch nicht lange her", wich sie aus – die Untertreibung des Jahres. Aber auch Mallorys Ehrlichkeit hatte ihre Grenzen. „Als wir getrennt waren, du und ich."

„Wie oft?"

„Nur ein einziges Mal", antwortete sie und sagte sich selbst, dass der unbedeutende Zwischenfall im Büro nicht zählte.

„Empfindest du etwas für ihn?"

„Nein", erklärte sie. „Ich wollte nur sichergehen, dass ich auch mit jemand anderem Spaß haben kann – dass ich noch aus mehr bestehe als nur aus unserer Beziehung. Ich habe mich wirklich verloren gefühlt – und daran hat sich auch nichts geändert. Bin ich Mallory oder Moxie? Für welche Zukunft soll ich mich entscheiden? Denn das muss ich, beides geht nicht."

„Aber du bist beide, und beides. Und genau darum liebe ich dich."

Wieder musste Mallory an Gavin denken, und daran, dass sich manche Typen von ihrer Rolle als Moxie angezogen fühlten, weil sie sexy und aufregend war. Dass sie Moxie aber niemals wirklich würden akzeptieren oder mit ihr würden leben können. Die meisten Menschen, selbst ihre eigenen Freundinnen, vertraten die Überzeugung, Mallory würde sich entscheiden müssen. Neulich beim Frühstück hatten ihr Julie und Allison deutlich zu verstehen gegeben, dass beide ihr Gastspiel in der Burlesque für einen Umweg hielten, eine Ablenkung, durch die Mallory sich weiter von sich selbst entfernte, und von der Zukunft, für die sie bestimmt war. Doch sie selbst begriff, und Alec verstand es ebenso, dass sie sich auf diese Weise der richtigen Antwort auf die Frage danach näherte, was sie mit ihrem Leben anfangen sollte.

„Für den Kerl kannst du nicht mehr arbeiten, das weißt du. Jedenfalls nicht, wenn du möchtest, dass wir beide weiterhin ein Paar sind. Und das hoffe ich, Mallory."

„Ja, das will ich", entgegnete sie.

„Du wirst also kündigen?"

„Das werde ich. Aber ich weiß nicht, was ich danach tun soll. In meinem Leben herrscht das absolute Chaos."

„So ganz stimmt das nicht", meinte er. „Das Allerwichtigste haben wir richtig gemacht."

„Wie siehst du das mit dem Blue Angel?", wollte sie wissen. „Ich bin jedenfalls wirklich sauer auf Billy. Warum hat er sich nicht an uns gewandt, wenn er sich für die Burlesque als Business interessiert? Woher kennt er Violet überhaupt? Das Ganze ist wirklich ein Schlag ins Gesicht. Und ich kann diese Frau einfach nicht ausstehen, Alec. Zum Teil hat sie Schuld an unserer Trennung, finde ich. Sie hat sich zwischen uns gedrängt – gut, bis zu einem gewissen Grad hast du das auch zugelassen –, aber jetzt, wo mir Poppy alles erzählt hat, bin ich ganz sicher, dass dahinter eine Absicht stand. Was, wenn sich Violet plötzlich auch ins Magazin einmischt? Vielleicht gehen sie und Billy miteinander ins Bett oder so."

„Das bezweifle ich. Billy steht nicht auf Frauen, da bin ich mir ziemlich sicher."

Mallory musste an die sexuellen Begegnungen zwischen Violet und Poppy denken, und an die Theorie ihrer Freundin, dass Violet von Mallory besessen war.

„Und Violet hat kein Interesse an Männern."

„Was läuft da wohl ab?", fragte sich Alec.

„Wer weiß das schon? Wir sollten uns nur so weit es geht da raushalten."

Erneut klingelte Alecs Telefon, und wieder ignorierte er es.

„Vielleicht musst du doch kurz deine Mailbox abhören", schlug Mallory vor. Alec nickte und griff nach seinem Mantel. Er wartete einen Moment, damit die Nachricht auch sicher auf der Mailbox landete, und wählte sich dann dort ein.

„Justin Baxter", erklärte er.

„Was will er denn?"

„Er sagt, er und Martha hätten ein schlechtes Gewissen, weil sie es nicht geschafft haben, Agnes rechtzeitig das Blue Angel abzukaufen, und dass sie der Gedanke daran nicht mehr loslässt. Er will, dass ich heute Abend bei ihnen vorbeikomme, auf einen Drink."

„Meinst du, dass sie etwas vorhaben, was den Club betrifft?"

„Nein. Verkauft heißt verkauft. Ich weiß nicht, was die beiden planen. Aber ich denke, das werden wir bald herausfinden."

„Wir?"

„Kommst du etwa nicht mit?"

„Doch", sagte sie und küsste ihn. „Ich begleite dich."

„Mission erfüllt, glaube ich", kommentierte Poppy, nachdem Alec und Mallory wie zwei liebeskranke Teenager die City Bakery verlassen hatten.

„Die beiden haben uns benutzt, das ist ja wohl sonnenklar", scherzte Bette.

„Wirklich? Ich habe in letzter Zeit das Gefühl, ich werde nicht genug benutzt", murmelte Poppy, obwohl sie das kaum auszusprechen wagte.

Bette lachte, wühlte dann in ihrer Vuitton-Handtasche. „Verdammt, wenn man hier drinnen nur rauchen dürfte. Meine Zeit in Paris und Mailand hat mir wirklich die Augen dafür geöffnet, wie wenig zivilisiert es hier zugeht."

„Ich komme mit raus", meinte Poppy.

„Du rauchst?", fragte Bette.

„Nein. Es ist nur … Ich möchte gerne an die frische Luft", erklärte Poppy.

Bette zog eine Augenbraue hoch. „Flirtest du etwa mit mir?", fragte sie in der für sie typischen Weise direkt nach.

„Was? Nein! Gar nicht!“, erwiderte Poppy verstört. Das würde sie sich überhaupt nicht trauen. Wie sie Bette so am Tisch gegenübersaß, war sie kaum in der Lage, klar zu denken, sie konnte kaum den Blick von Bettes vollen mattroten Lippen abwenden. Aber das hatte nichts mit einem Flirtversuch zu tun.

„Ach, eigentlich schade“, stellte Bette fest.

„Was?“ Hatte Poppy das gerade richtig gehört?

„Das ist eigentlich schade, habe ich gesagt. Du siehst einfach umwerfend aus, Süße.“ Bette deutete ein Lächeln an und ließ dann den Blick durch den Raum schweifen, als würde sie an etwas ganz anderes denken.

„Ach so. Danke.“

„Das ist mir schon aufgefallen, als wir uns zufällig bei M&J Trimmings begegnet sind. Viel besser als damals, als du im Blue Angel angefangen hast. Aber so geht es vielen Mädchen, weißt du. Es hat etwas mit deinem Selbstbewusstsein zu tun. Wenn man das entwickelt, wirkt es sich auf die äußere Erscheinung aus. Die Leute denken immer, das sei Quatsch, aber das stimmt nicht. Und weißt du, diese Nummer neulich abends? Die war richtig gut. Wer hat dir das denn beigebracht? Mallory?“ Sie grinste frech, und ihre Augen waren eine reizvolle Mischung aus rauchigem Blaugrau, das hervorragend mit ihrer dunklen Seidenbluse harmonierte.

„Nein, eigentlich nicht.“

„Dann hoffentlich nicht diese Schlampe Violet.“

Poppy wurde rot wie eine Tomate, das konnte sie spüren. „Nein.“

„Bist du denn immer noch mit der grauen Maus zusammen, mit dieser Anwältin?“

„Patricia? Ja.“

„Das finde ich wunderbar. Beziehungen sind etwas Schönes, wenn man dafür gemacht ist. Bei mir ist das ganz offensichtlich nicht der Fall.“

„Ihr seid kein Paar mehr, du und Zebra?“, fragte Poppy nach, obwohl sie sich schon mehrere Zeitschriften gekauft hatte, in denen detailliert über die Trennung der beiden berichtet worden war.

„Nein“, antwortete Bette. Sie stieß mit dem Strohhalm immer wieder in ihre Cola-light-Dose hinein, als suche sie auf deren Grund etwas sehr Wichtiges.

Poppy konnte nur schwer dem Drang widerstehen, Bette mitzuteilen, dass sie sich einfach nicht traute, mit Patricia Schluss zu machen. Dass sie fürchtete, niemand würde sie je wieder so lieben. Bette selbst würde niemals aus einem derart lächerlichen Grund mit jemandem zusammenbleiben, dessen war sich Poppy sicher. Sie hatte keine Ahnung, warum sich Bette und Zebra getrennt hatten – in jeder Zeitschrift war etwas anderes zu lesen – aber sie wusste mit Sicherheit, dass die Initiative von Bette ausgegangen sein musste. Dass Bette jemals eine Situation nicht unter Kontrolle haben sollte, schien Poppy völlig undenkbar.

„Habt ihr eine monogame Beziehung, Patricia und du?“, wollte Bette wissen.

„Ja“, antwortete Poppy und dachte dabei voller Gewissensbisse an Violet.

„Das ist dann natürlich Pech“, erklärte Bette.

„Was?“

„Für mich natürlich. Pech für mich.“

„Was willst du denn damit sagen?“, erkundigte sich Poppy, während ihr Herz wild zu klopfen begann. Sie wappnete sich für die Antwort. *Was auch immer sie jetzt sagt, ich gehe nicht darauf ein!*

Bette zuckte nur die Achseln. Poppy zwang sich, es dabei zu belassen. Diese Frau war einfach so unglaublich reserviert, hielt einen dermaßen auf Abstand! Aber Poppy hatte es endlich geschafft, sich von Violet zu lösen, und weitere Komplikationen in ihrem Liebesleben konnte sie nicht gebrauchen, so groß die Versuchung auch sein mochte. Selbst wenn die Frau, in die sie schon seit Ewigkeiten verknallt war – vielleicht sogar ein wenig verliebt – ihr plötzlich zu signalisieren schien, sie beide könnten durchaus etwas miteinander anfangen.

„Ich sollte mich jedenfalls jetzt auf den Weg machen", meinte Bette schließlich und zog eine Zigarette aus einem silbernen Etui. Poppy bemerkte das Monogramm: ein großes Z. „Dann bis demnächst mal", antwortete sie.

Sie sah Bette nach, als die das Restaurant verließ.

21. KAPITEL

Das Taxi hielt vor den Toren der 40 Bond Street, und Mallory versuchte den Gedanken daran zu verdrängen, dass sie erst gestern Abend hier gewesen war. Zweimal innerhalb von vierundzwanzig Stunden – einfach verrückt. Als mache sich das Universum über sie lustig. Alec gegenüber würde sie das jedoch nicht erwähnen. Sondern einfach nur beten, dass sie Gavin nicht begegnete.

Glücklicherweise befand sich die Stadtwohnung der Baxters in einem anderen Teil des Gebäudekomplexes als das Hochhaus, in dem Justin sein Apartment hatte. Sobald sie das betraten, fühlte sich Mallory sicher in einer Welt, die nur ihr und Alec gehörte, niemandem sonst.

„Ich freue mich, dass ihr beide so kurzfristig kommen konntet", begrüßte sie Justin, während ihnen der Butler die Mäntel abnahm. Mallory wusste, sie würde ihre Schuhe ausziehen müssen – Martha war geradezu besessen, was ihre aus Österreich importierten Eichendielen betraf.

„Mallory, wir haben dich im Blue Angel vermisst."

„Ach ja, ich habe eine Zeit lang … Urlaub genommen", erklärte sie.

„Brauchtest du ein wenig Erholung?", erkundigte sich Justin.

„Ja, so ähnlich."

Martha Pike hatte es sich in einer Ecke bequem gemacht. Sie sah so ungepflegt und übergewichtig aus wie immer, und ihre Füße steckten in hässlichen, aber bequemen Schuhen. In der rechten Hand hielt sie einen eleganten Gehstock aus Holz.

„Bitte verzeiht mir, wenn ich nicht aufstehe", meinte sie.

„Martha leidet unter Hüftschmerzen", erklärte Justin. Mallory dachte, sie sollte sich inzwischen an den Anblick gewöhnt haben, aber das ungewöhnliche Paar versetzte sie immer wieder in Erstaunen.

Zusammen mit Alec ließ sie sich auf einem der niedrigen Sofas mit hellem Bezug nieder. Eine Kellnerin mit weißen Handschuhen bot ihnen Champagner und Wodka auf Eis an. Mallory entschied sich für die zweite Möglichkeit. Bette hatte sie auf den Geschmack gebracht, und seitdem wusste sie auch, dass das Getränk ihre Nerven beruhigte.

„Ich hatte das ja schon in meiner Nachricht erwähnt: Ich finde es entsetzlich frustrierend, dass wir zu spät gekommen sind, was das Blue Angel betrifft."

„Ja, der Club liegt Justin und mir wirklich sehr am Herzen", ergänzte Martha träumerisch. „Zu spät ist nur leider zu spät, da kann man nichts machen."

„Aber als uns die Idee mit dem Burlesque-Club erst einmal gekommen war, wollten wir sie nicht wieder aufgeben. Und heute Morgen beim Frühstück haben wir uns gedacht, wenn wir das Blue Angel nicht kaufen können, warum machen wir dann nicht einfach einen eigenen Club auf?"

Mallory und Alec tauschten einen Blick.

„Mir fehlt die Zeit, um ein großes Projekt zu leiten. Demnächst soll Honeymoon Two auf den Markt kommen, und ich glaube, das wird sehr aufwendig. Da muss ich mich einfach ganz und gar um mein neues Baby kümmern. Und Justin verfügt einfach nicht über besonders viel Geschäftssinn. Bitte versteht das nicht falsch – wir wissen alle, dass er einfach genial ist, was das Ästhetische betrifft, und genau darauf kommt es hier an. Wir würden aber jemanden brauchen, der bei jedem Schritt vor Ort ist. Und da haben wir an euch beide gedacht", sagte Martha und schaute Alec und Mallory an.

„Als ... Manager?"

„Genau. Du bist ausgebildete Juristin, und ihr beide habt einen Universitätsabschluss. Nicht von der Uni ganz oben im

Ranking, das wissen wir, aber die University of Pennsylvania genießt zu Recht einen ausgezeichneten Ruf. Ihr kennt euch aus, wisst, wie so ein Club funktioniert, und habt die nötigen Beziehungen, um Mädchen anwerben zu können – genau wie wir – und ein Publikum bekommen wir auch zusammen. Ich denke, wir wären ein unschlagbares Team."

„Die Idee ist einfach fantastisch", erklärte Alec. „Und ich fühle mich geschmeichelt. Aber so eine große Sache erfordert viel Planung. Stellt einfach eine riesengroße Verpflichtung dar. Und vielleicht bleibt ihr mit dem Projekt jahrelang in den roten Zahlen."

„Ich habe nicht den Eindruck, dass Agnes ihr ganzes Leben lang den Club geführt hat, weil er so eine Goldgrube war. Sondern weil ihm ihr ganzes Herz gehörte. Sie kennen doch Marthas und meine Einstellung gegenüber den Künsten und schönen Frauen. Außerdem sind wir sicher in einer besseren Position als Agnes, wenn es um finanzielle Risiken geht. Eigentlich kann uns gar nichts passieren. Wir brauchen einfach Leute, die sich um das Praktische kümmern und den Laden in Schwung bringen. Werdet ihr denn darüber nachdenken?"

„Die Versuchung ist groß", erwiderte Mallory. „Aber Alec hat bei *Gruff* sehr viel zu tun, und ich …" Ja, und sie? Sie würde schon wieder eine Stelle in einer Kanzlei aufgeben müssen. Auftritte als Burlesque-Tänzerin standen auch keine mehr an. „Genau genommen ginge es bei mir sogar. Aber ich weiß nicht, ob es das Richtige für Alec wäre."

„Mallory und ich können es uns einfach nicht leisten, dass kein Geld reinkommt, während wir ein Jahr lang einen Club aufbauen", ergänzte er.

„Davon gehen wir auch nicht aus", erwiderte Martha. „Deshalb schlage ich vor, dass wir euch beiden ein Gehalt zahlen, bis der Club Einnahmen abwirft. Dann könnt ihr entweder auf der Gehaltsliste bleiben oder euch als Teilhaber einkaufen und auf diese Weise am Gewinn beteiligt werden."

Mallory sah Alec an. Sie wusste, sie beide sollten die Angelegenheit unter vier Augen besprechen. Gleichzeitig war ihr klar, dass es kaum einen Zweifel gab: Sie würden das Angebot annehmen. Wenn man die Summen, die die Aquarium-Mädchen von Justin und Martha bekamen, als Orientierungswert betrachtete, waren die Baxters großzügig, was ihre Angestellten betraf.

„Es ist einfach eine einmalige Chance. Wir fühlen uns geschmeichelt und finden es aufregend, dass ihr an uns gedacht habt. Lasst uns das unter uns besprechen, dann rufen wir euch morgen früh an. Wäre das in Ordnung?", schlug Alec vor.

„Selbstverständlich. Ansonsten haben wir gerade Besuch, falls ihr noch ein bisschen bleiben möchtet. Es wäre bestimmt interessant für euch, von der Gruppe her."

Interessant waren die Gäste auf diesen Partys immer, Medienmogule mischten sich unter Stars, Politiker sprachen mit Pornodarstellern, Oscargewinner wurden von Straßenkünstlern unterhalten. Immer lag eine sexuelle Spannung in der Luft, und jeder war von dem Gefühl beherrscht, alles könne jederzeit passieren – oft traf das auch zu, deshalb wollte niemand diese Events verpassen. Mallory selbst war zum allerersten Mal auf einer Party der Baxters in L. A. aufgetreten, daher fand sie diese Gelegenheiten immer besonders schön. Doch heute Abend fehlte ihr die Energie dafür, und sie wollte nur noch zurück in die Wohnung, die sie mit Alec teilte. Sie waren zu lange voneinander getrennt gewesen.

„Ein andermal", lehnte Alec dankend ab.

Im Schlafzimmer, wo es dunkel und ruhig war, schmiegte sich Mallory an Alec. Ein herrliches Gefühl, wieder zu Hause zu sein.

Sie rieb ihr Bein an seinem Oberschenkel.

„Du bist wirklich unersättlich", kommentierte er. „Willst du etwa schon wieder Sex?"

„Ehrlich gesagt ja", antwortete sie.

Er drehte sie auf den Rücken und ließ eine Hand in ihr Höschen gleiten.

„Du liebe Zeit, schon ganz feucht. Du bist wirklich die heißeste Frau, die ich kenne."

„Ist das ein Problem?", fragte sie.

„Erst, wenn ich nicht mit dir mithalten kann. Aber bis dahin haben wir noch ein paar gute Jahre vor uns, glaube ich."

Sacht streichelte er sie, und sie schob eine Hand in seine Boxershorts, wobei sie feststellte, dass er bereits eine Erektion hatte.

„Ich bin wohl nicht als Einzige unersättlich."

Wieder setzte sie sich auf ihn, zog sich das Shirt aus. Er sah mit einem gefühlvollen Blick zu ihr auf, und der Ausdruck in seinen graublauen Augen berührte sie tief.

Er ließ seine beiden Hände über ihre Brüste und an ihren Schultern entlanggleiten.

„Dieses Bild, das du neulich abends auf dem Arm hattest … Das sah wunderschön aus. Weißt du, ich bin in dieses Zimmer im Plaza gekommen, weil ich dich gesucht habe, damit wir gehen können. Ich wollte nicht mit Violet unterwegs sein und mich auf irgendeiner verrückten Party herumtreiben. Bist du mit mir und Violet ausgegangen, um mich zu testen?"

„Vielleicht. Ich kann es dir nicht sagen. Es tut mir leid. Und ich fand das Bild auch wunderschön. Ich habe mir sogar überlegt, es mir als Tattoo machen zu lassen, aber ich weiß nicht, ob ich eine so endgültige Entscheidung treffen möchte."

„Ja. Das verstehe ich. Und ich habe seit diesem Abend darüber nachgedacht. Ich habe mir ein neues Motiv überlegt, das du ein bisschen anpassen kannst."

Mallory blickte auf ihn herunter. „Wenn du ein neues Tattoo hast, muss das gut versteckt sein, denn ich dachte, ich hätte heute jeden Zentimeter deines Körpers gesehen."

„Ich habe auch noch kein neues – noch nicht jedenfalls. Aber eine Idee dafür."

„Das ist wohl irgendwie ansteckend. Bette hat sich auch gerade noch eins machen lassen."

„Ich weiß. Sie hat mir erzählt, dass du sie begleitet und gesagt hast, du könntest das nie, weil es für immer ist."

„Stimmt", bestätigte Mallory.

„Ich möchte aber etwas, das ewig hält", erklärte er. „Kommst du mit?"

„Du willst dir wirklich noch ein Tattoo stechen lassen?"

„Ja. Ich habe nämlich keine Angst vor endgültigen Entscheidungen", neckte er sie.

„Was soll es denn werden?"

„Da wirst du dich gedulden müssen", erklärte er. „Und in der Zwischenzeit schaue ich mich nach weiteren Inspirationsquellen um." Er zog ihr den Slip herunter.

22. KAPITEL

Wendy, die Tätowiererin, wartete schon auf sie.

„Wir kennen uns doch“, sagte sie zu Mallory. „Moxie, stimmt’s?“

„Ja“, erwiderte Mallory und spürte, wie sie rot wurde. Alec lachte.

Zusammen setzten sie sich auf eine schwarze Couch, und Wendy zog einen Zeichenblock hervor.

„Ich habe die Änderungen berücksichtigt, um die du nach dem ersten Entwurf gebeten hattest. Du wolltest das Haar länger und größere Federn im Fächer, oder?“

„Genau“, bestätigte Alec und sah sich das Blatt an, das die Künstlerin ihm reichte. Er lächelte und gab es dann an Mallory weiter.

„Das ist ja meine Tänzerin!“, rief sie erfreut. Vor sich hatte sie ein ähnliches Bild wie das, das man ihr an jenem Abend auf den Arm gemalt hatte. Ewig lange schien das her zu sein. „Oh … sie sieht genauso aus wie ich“, meinte sie.

„Stimmt – es ist meine ganz persönliche Tänzerin“, erwiderte Alec. Mallory schaute noch genauer hin und musste lächeln.

„Du lässt dir ein Bild von mir auf den Arm tätowieren?“, wollte sie wissen.

„Ja. Wenn dir das recht ist. Ich würde mich nur sehr ungern so festlegen, wenn du noch gar nicht weißt, ob du bei mir bleiben möchtest. So ein Tattoo ist schon etwas sehr Endgültiges, weißt du.“

Sie küsste ihn. „Ja, das ist es.“

„Alec hat mir ein Foto von dir gemailt“, fügte Wendy hinzu. „Ich habe dich wiedererkannt, weil du ja neulich mit Bette Noir hier warst. Von Alec weiß ich, dass du auch auftrittst.“

„Richtig. Ich habe eine Weile ausgesetzt, aber … bald steige ich wieder ein.“

„Ich muss mir wirklich bald mal eine ordentliche Show ansehen“, erklärte die Künstlerin und bedeutete den beiden, ihr zu folgen. „Einmal war ich im The Slit, aber da hatte ich so viel getrunken, dass ich mich an nichts mehr erinnern kann.“

„Da gibt’s sowieso keine richtige Burlesque“, erklärte Mallory. Für sie gehörte das The Slit bereits zur Konkurrenz – und zwar nicht aus der Perspektive als Tänzerin, sondern aus der als Clubbesitzerin.

Natürlich waren Alec und sie sich einig gewesen: Sie würden das Angebot der Baxters annehmen. Mallory würde sofort kündigen, Alec seinen letzten Artikel für *Gruff* schreiben und seine Stelle dort aufgeben, bevor jemand erfuhr, dass er einen Club übernehmen und damit zu Billys Rivalen werden würde. Justin und Marta hatten ihre Entscheidung begeistert aufgenommen.

„Wo soll denn die Eröffnungsparty stattfinden?“, hatte Justin gefragt.

„Erst mal sollten wir eine Location für den Club finden“, hatte Alec vorgeschlagen.

Wendy bat ihn, in einem Stuhl Platz zu nehmen, und wieder bewunderte Mallory die verschiedenen Farbbehälter, das Equipment und die Entwürfe, die im ganzen Raum herumlagen.

Die Tätowiererin zog sich blaue Gummihandschuhe an, rasierte dann die Stelle auf Alecs Arm, die bald ihr Kunstwerk zieren sollte. Sie drückte ihm die Schablone auf, sodass man die Umrisse des Mädchens erkennen konnte. Alec überprüfte im Spiegel das Ergebnis.

„Was meinst du, Mal?“

„Sieht toll aus“, antwortete sie. „Du tust es also wirklich?“

„Natürlich“, sagte er und zwinkerte ihr zu.

Er setzte sich hin. Auf der anderen Seite des Raumes stellte einer von Wendys Kollegen, ein dünner Typ mit einem Bart wie ZZ Top, laute Heavy-Metal-Musik an.

„Wie lange wird das Ganze wohl dauern?", wollte Mallory von Wendy wissen.

„Etwa zwei Stunden."

Mallory konnte sich gar nicht vorstellen, so lange am Stück Schmerzen zu ertragen, doch Alec schien sich davon nicht beunruhigen zu lassen.

Wendy berührte mit der Nadel seinen Arm, begann mit einem der Beine des Mädchens.

„Erst der Umriss, dann die Schattierungen und dann die Farben", erläuterte sie. „Wie soll denn die Korsage aussehen?"

„Blau", erklärten Alec und Mallory im Chor.

Mallory war überrascht, wie viel Blut bei Wendys Arbeit im Spiel war. Sehr viel – die Tropfen quollen an die Hautoberfläche, als würde es nie aufhören. Bei Bette hatte sie das nicht mitbekommen, weil sie vorher gegangen war. Aber jetzt bemerkte sie es.

„Ist das immer so?", erkundigte sie sich bei Wendy.

„Ja", lautete die knappe Antwort.

Das Blue-Angel-Mädchen war beinahe fertig. Nur noch ein paar Details fehlten, zum Beispiel an den langen Federn, die zum Fächer gehörten.

„Willst du ein bisschen weitermachen?", wandte sich die Tätowiererin plötzlich an Mallory.

„Bitte?"

Alec drückte ihr die Hand. „Ich habe Wendy gefragt, ob du die letzten paar Stiche übernehmen kannst."

„Ihr seid ja verrückt", erklärte Mallory mit einem nervösen Lachen.

„Ich wünsche mir wirklich, dass du's machst – dann hast du mich außen so deutlich markiert wie innen."

„Du bist so ein Romantiker!", meinte sie. „Aber ich weiß nicht, ob ich das auch kann."

„Schau, hier ist der Teil, der noch ausgefüllt werden muss", sagte Wendy. Mallory trat näher, sah der Künstlerin über die Schulter. „Nur dieses kleine Stück hier an der Spitze der Feder. Es ist ein Kreis – da kannst du gar nichts falsch machen."

„Darf ich das denn?"

„Eigentlich nicht", kommentierte Alec.

„Stimmt", bestätigte Wendy. „Rihannas Tätowierer hat seine Lizenz eingebüßt, weil er ihr erlaubt hat, ihm ein Motiv zu stechen. Es gibt ein Paparazzi-Foto von der Aktion. Das hier muss also unbedingt unter uns bleiben. Aber dein Freund hat mir eure ganze Geschichte erzählt, und du hast recht – er ist ein hoffnungsloser Romantiker. Du glaubst ja nicht, wie viele Kunden hier erscheinen und sich tätowieren lassen, ohne überhaupt darüber nachzudenken. Es bedeutet gar nichts – die Leute wollen einfach ‚in' sein. Dass ich ein Motiv von Anfang an entwerfen darf, kommt sehr selten vor. Deswegen finde ich die ganze Sache sehr spannend, und es ist gut, dass du Teil des Prozesses wirst."

„Überleg doch mal, Mallory – wie oft wolltest du mir schon Schmerzen zufügen? Jetzt hast du die Gelegenheit."

Wenn Wendy einverstanden war und Alec ihr so sehr vertraute, dass er ihr erlaubte, ihm eine Nadel in den Arm zu rammen, konnte sie doch wohl nicht Nein sagen?

„Okay. Was muss ich denn jetzt machen?"

Die Tätowiererin reichte ihr ein paar blaue Handschuhe, die Mallory überstreifte. Sie fühlte sich so nervös, als müsse sie gleich eine Operation durchführen. Wendy stand auf, überließ ihr den Hocker. Dann wurde ihr das Instrument in die Hand gegeben, und es war überraschend schwer.

„Hier, stell deinen Fuß auf dieses Pedal – wenn du es runterdrückst, springt die Nadel an."

„Oh mein Gott", sagte Mallory. Sie schaute Alec an. Der zwinkerte ihr zu. Dann trat sie aufs Pedal, und ein Summen erklang. Langsam brachte sie die Nadel näher an die Stelle im Design, die beendet werden musste. Sie hatte Angst davor, zu kräftig vorzugehen und ihm wehzutun, und Tinte spritzte über die Oberfläche, sodass Mallory nicht erkennen konnte, ob sie Hautkontakt mit ihm aufnahm oder nicht. Sie ließ das Pedal los, zog die Nadel wieder hoch und betrachtete ihr Werk. Und wirklich, da war ein kleiner Punkt. Sie holte tief Atem, schaltete das Equipment wieder an, brachte die Nadel erneut auf Alecs Haut auf, bemühte sich diesmal ganz bewusst darum, die Spitze kreisförmig zu bewegen. Nach ein paar Sekunden zog sie sich wieder zurück. Wendy wischte alles sauber, und man konnte auf der Feder einen kleinen blauen Kreis erkennen.

„Sind wir schon fertig?", wollte Mallory wissen. Sie klang so verblüfft, als habe sie gerade bei einer Geburt assistiert.

„Fertig", bestätigte Wendy.

„Danke", sagte Mallory. „Das vergesse ich bestimmt nie."

„Natürlich nicht", bemerkte Alec. „Du wirst dieses Bild ja auch den Rest deines Lebens vor Augen haben."

„Ach, meinst du?", wandte sich Mallory an ihn.

„Das kann ich nur hoffen."

Sie beugte sich zu ihm und gab ihm einen Kuss.

23. KAPITEL

Mallory hob ein Bein an, streckte es auf der Stange aus, beugte sich tief in eine Plié-Position hinab. Sie trug schwarze Trainingshosen, ein Tanktop in derselben Farbe und ihre pinkfarbenen Ballettschuhe. Schwarze Stulpen erstreckten sich von den Knöcheln bis zur Mitte ihrer Oberschenkel. Sie erinnerte sich daran, wie sie früher beim Kinderballett immer schwarze Gymnastikhosen, pinkfarbene Strumpfhosen und Ballettschuhe tragen musste. Alles andere war verboten, und das Haar wurde stets in einem niedrigen Pferdeschwanz getragen.

Sie fragte sich, was ihre frühere Ballettmeisterin wohl denken würde, wenn sie sie so sehen könnte – jetzt, wo sie alles auf eine Karte setzte, um mit der Kunst Geld zu verdienen. Nicht mit Ballett oder Jazz, sondern mit der Burlesque, und Burlesque war Tanz – das hatte ihre frühere Trainingspartnerin Nadja ihr versichert. Die hatte inzwischen ein Engagement am Pennsylvania Ballett bekommen, und Mallory stand kurz davor, den Club zu eröffnen, in dem sie selbst auftreten würde. Vorausgesetzt natürlich, sie fanden überhaupt eine Location – und einen Namen.

Sie hatten viele Möglichkeiten erwogen, jedoch alle wieder verworfen. Eine Zeit lang stand „Moxie“ ganz oben auf ihrer Liste, aber Mallory hatte den anderen erklärt, dass sich einige der ehrgeizigen Mädchen davon abgeschreckt fühlen würden, denn die würden immer darauf hoffen, einmal die erste Tänzerin zu werden, und das ging natürlich nicht in einem Laden, der den Namen einer anderen trug. Dann hatten sie sich überlegt, den Namen „Ivy“ zu verwenden, eine Anspielung auf die zur Ivy League gehörende Universität, von der sich Alec und Mallory kannten. Auch „The Pike“ war im Gespräch gewesen, nach Marthas erfolgreichem Sexspielzeug. Außerdem noch viele andere wie „Revue“, „Gloss“ oder „Stilettos“. Bisher war ihnen aber noch nichts eingefallen, was wirklich zu dem Club gepasst hätte, der ihnen vorschwebte.

Mallory stellte den alten CD-Player im Ballettstudio an, und die ersten Takte von Marilyn Mansons „Heart-Shaped Glasses“ erfüllten den Raum. Der Soundtrack für jenen Abend vor drei Monaten, an dem sie spontan das Blue Angel kurz vor dem Beginn der Show verlassen hatte. In den Tagen danach war sie davon ausgegangen, nie wieder vor einem Publikum zu stehen, und das bedeutete, dass es die „Heart-Shaped Glasses“-Choreografie – vielleicht ihre beste neben der, die ihr Bette für ihren ersten Auftritt beigebracht hatte – niemals auf die Bühne schaffen würde. Die reine Verschwendung, aber damals hatte Mallory aus Überzeugung gehandelt.

Sie wusste immer noch nicht genau, wann sie die Gelegenheit dazu bekommen würde, das zu ändern; sobald das Blue Angel für die Umstrukturierung durch seine neuen Besitzer geschlossen werden würde, würde es keinen Ort mehr geben, an dem sie auftreten konnte. Einige der anderen Mädchen hatten bereits Engagements bei verschiedenen anderen Clubs gefunden. Doch Mallory würde erst wieder auf einer Bühne auftreten, an deren Entstehung sie selbst beteiligt gewesen war. In einer Show, die sie entwickelte und bei der sie Regie führte – Justin und Martha hatten deutlich gemacht, dass sie Mallory und Alec auch auf der kreativen Ebene möglichst aktiv sehen wollten. Der Gedanke daran erschien ihr sehr aufregend.

Sie ließ sich in der Mitte des Raumes nieder. Als der Song begann, faltete sie mit langsam anmutenden Bewegungen ihren Körper auseinander, verführte das ‚Publikum‘ mit ihren langsamen, sorgfältig choreografierten Gesten. Sie rollte sich auf die Seite, wobei sie mit ihrer Position auf dem ‚Bett‘ experimentierte, kam mal ganz aus der Rückenlage hoch, war dann wieder halb aufgerichtet. Da wurde sie von einem Klopfen an der Glasscheibe unterbrochen. Alec winkte ihr zu. Sie sprang vom Boden auf und ließ ihn hinein. Er küsste sie auf die schweißnasse Stirn.

„Hey", begrüßte sie ihn. „Ich habe noch zwanzig Minuten Zeit."

„Ich konnte nicht mehr warten. Ich will dir unbedingt etwas zeigen."

„Okay, lass sehen."

„Nicht hier, du musst mitkommen."

„Alec! Ich kann das Training nicht noch weiter schleifen lassen. Sonst roste ich ein, und das kann ich mir nicht leisten. Bette sagt, sie hatte nach vier Monaten Pausieren große Schwierigkeiten, auf der Bühne zu ihrem alten Selbstbewusstsein zurückzufinden."

„Ich würde dich normalerweise auch nicht unterbrechen, aber es ist wirklich wichtig", erklärte er. Sie versuchte, von seinem Gesicht abzulesen, ob er es ernst meinte oder sie nur drankriegen wollte – ohne Erfolg. Seine Augen strahlten, er wirkte aufgeregt und gut gelaunt, doch zugleich konnte sie an der Anspannung seines Kiefers erkennen, dass er sehr entschlossen war.

„Okay, ist ja gut. Ich treffe dich in fünf Minuten draußen. Nur umziehen muss ich mich noch."

„Brauchst du nicht. Zieh einfach deinen Mantel über."

„Komm schon, ich beeile mich auch."

„Nein – ganz im Ernst. Bleib so."

„Gut. Wir treffen uns vor dem Eingang."

Mallory lernte langsam, dass es keinen Sinn ergab, Zeit für Diskussionen mit Alec zu verschwenden, wenn er in so einer Stimmung war. Vielleicht lag ja darin der Schlüssel, um eine Beziehung lebendig zu halten – man fand immer mehr darüber heraus, wie man mit jemandem zusammenleben konnte. Überlegte sich, welche Kämpfe sich lohnten und welche nicht. Protestierte nur, wenn es um etwas wirklich Wichtiges ging. Zum Glück hatte sie das in letzter Zeit nicht tun müssen. Mit der Zeit wuchs in ihr das Vertrauen, dass es auch nie wieder nötig sein würde.

Alec wies den Taxifahrer an, sie an der Ecke Elizabeth Street/ Houston aussteigen zu lassen. Er nahm Mallory bei der Hand und führte sie ein Stück den Block entlang. Sie fragte sich, ob es wohl um ein verfrühtes Geschenk zum Valentinstag ging. In dieser Straße befanden zwei ihrer Lieblingsläden, ein Schmuckgeschäft und eine Boutique. Obwohl die Kleidungsstücke dort einen leicht konservativen Touch hatten, gefiel Mallory die Mode dieser Designerin besonders gut, weil sie beide in derselben Stadt aufgewachsen waren. Alec seinerseits fand es höchst amüsant, dass Main Line Philadelphia nicht nur der Geburtsort von Prinzessin Grazia Patrizia von Monaco und Designerin Tory Birch war, sondern darüber hinaus auch der von Burlesque-Tänzerin Moxie.

„Wart's nur ab, eines Tages bist du berühmter als die anderen beiden“, hatte er verkündet.

„Ich will nicht berühmt werden“, hatte Mallory geantwortet.

„Ach nein? Was denn sonst?“

„Geliebt“, hatte sie erwidert.

Jetzt blieb er stehen, vier Läden vor Tory Birch. Vor einem ehemaligen Restaurant? Mallory hatte das starke Gefühl, schon einmal hier gewesen zu sein, konnte sich aber nicht mehr an Details erinnern.

Alec zog einen Schlüssel aus der Brieftasche und steckte ihn in die Tür.

„Wo sind wir denn hier?“, wollte sie wissen.

„In deinem Club.“

„Du machst Witze."

„Ganz im Ernst. Justin und ich haben ihn vor ein paar Wochen entdeckt."

Mallorys Herzschlag beschleunigte sich. Die Lage schien ideal – nahe am Stadtzentrum, aber abends nicht so überlaufen und hektisch wie im Meat Packing District oder im Village. Es war ihnen immer darum gegangen, eine intimere Atmosphäre zu schaffen als im Blue Angel, und ganz sicher als im The Slit, wo immer so ein Zirkus veranstaltet wurde und es nie Ruhe gab. Soweit Mallory das von außen beurteilen konnte, entsprach dieser Laden genau dem, was sie sich gemeinsam erträumt hatten.

„Warum erzählst du mir nicht, dass ihr etwas gefunden habt?", hakte sie nach, als sie ihm in die Dunkelheit folgte. Er schloss die Tür hinter ihnen beiden und drückte auf einen Schalter, sodass ein paar nackte Glühbirnen an der Decke aufleuchteten. Die Wände waren kahl, bis auf Instruktionen und Markierungen überall. Ungeschützte Leitungen liefen an ihnen entlang oder hingen von der Decke. Rechts gab es eine leere Bar, auf der die Bauarbeiter Kleidungsstücke und zurückgelassenes Werkzeug abgelegt hatten. Nach hinten wurde der Raum breiter, mit etwas höheren Decken und einem Flur, von dem Mallory annahm, dass er in die ehemalige Restaurantküche führte.

„Einrichten werden wir das Ganze folgendermaßen: Hier die Tische, ein paar Stuhlreihen weiter hinten und an den Seiten. Die Bar bleibt, wo sie ist, und hier", er nahm sie bei der Hand und führte sie in den breiteren Teil, „hier kommt die Bühne hin. Die Küche dahinter bauen wir aus; da soll eine richtig schicke Garderobe rein."

Mallory umarmte ihn. „Perfekt! Oh mein Gott, ich bin so aufgeregt. Ich kann gar nicht glauben, dass das hier wirklich passiert."

Alec hob ein großes Schild hoch, das an der Wand lehnte. Er drehte es um, und Mallory erkannte, dass darauf die Tänzerin zu sehen war, die Alec auf dem Arm trug – ihr Burlesque-Engel. Daneben stand in auffälligen Lettern „The Painted Lady".

„Was ist das?", wollte sie wissen. Er lächelte breit.

„Ich glaube, das wird der Name unseres Clubs. Was meinst du?"

„Perfekt. Es ist einfach alles ... perfekt. Ich weiß nicht, wie du das machst. Du bist der Wortkünstler von uns beiden – wie soll ich mich da ausdrücken können? Ich weiß gar nicht, wo ich anfangen soll."

„Vielleicht sollten wir die Bühne einweihen", schlug er vor.

Sie schaute auf den Boden. „Du willst hier Sex haben?"

„Ich dachte, wir entscheiden uns vielleicht für die zweitbeste Option. Wie wär's mit einer kleinen Spontanaufführung?"

Mallory lächelte. Nun begriff sie, warum Alec nicht gewollt hatte, dass sie sich umzog. „Da gibt es nur ein Problem: Ich brauche Musik."

Alec ging hinüber zur Bar und nahm sich einen Halter, der mit einer Steckdose verbunden war. „Wir haben Glück: Die Bauarbeiter brauchen auch immer Musik." Er platzierte sein iPhone zwischen den Lautsprechern. „Welches Lied denn?"

„Du glaubst wirklich, ich bringe das hier?"

Er holte sich das Schild, hielt es hoch. „Du bist meine Muse, Baby. Du musst dafür sorgen, dass meine Inspiration nicht versiegt."

Sie lächelte. „Also gut. Du hast gewonnen. Wie immer! Hast du Marilyn Manson da drauf?"

„Natürlich."

„Dann brauche ich ‚Heart-Shaped Glasses'."

Mallory nahm ihre beiden Mäntel, breitete sie als behelfsmäßiges Bett auf dem Boden aus. Ohne Kulisse, Tassels und Schulmädchenuniform würde die Choreografie nicht funktionieren. Aber sie wusste einfach, dass nur diese Nummer infrage kam. Im Blue Angel hatte es damit nie einen Auftritt gegeben, und das hatte seinen Grund – die Choreografie war für diesen Ort bestimmt, der nun Alec und ihr gehörte.

Sie nahm zwei Haarspangen aus der Tasche und legte sie neben dem Bett auf den Boden. Bevor sie sich anders entscheiden konnte, legte sie ihre Kleidung ab, sodass sie nur noch ihren schwarzen Gap-Spitzentanga trug. Nicht gerade der Inbegriff aufregender Unterwäsche, aber sie hatte heute Morgen nicht damit gerechnet, sich so zu präsentieren. Wobei sie nach Jahren des Zusammenlebens mit Alec eigentlich hätte wissen müssen, dass sie immer für alles bereit sein sollte. Und genau das gefiel ihr so.

Mallory streckte sich auf den Mänteln aus, sortierte sie ein wenig um, weil ihr ein Reißverschluss in den Rücken stach. Als sie sich gesammelt hatte, bat sie Alec, die Musik anzustellen.

Das Lied setzte ein; die rhythmischen Anfangstakte klangen in dem hohen Raum ein wenig blechern, und Alec saß vor ihr auf dem Boden. Die Musik schwoll an, dann begann der Text. Sobald Marilyn Manson mit seiner tiefen, grollenden Stimme die ersten Noten sang, streckte Mallory sich aus, hob auf übertriebene Weise die Arme, als sei sie gerade aufgewacht. Sie wandte sich vom Publikum ab, streckte ihm den Po hin. Wenn sie mit dieser Nummer wirklich auftrat, wollte sie Plüschtiere benutzen, um die Leute damit zu provozieren, dass sie nicht alles sehen konnten. Alles sollte in Rosatönen gehalten sein, mit ein wenig Rot dazwischen, und wenn Mallory am Ende ganz angezogen wäre, würde ihr letztes Accessoire aus einer riesigen roten Brille mit herzförmigen Gläsern bestehen.

Mit routinierter Langsamkeit setzte sie sich im Bett auf, streckte sich ein letztes Mal. Sie ließ die Brüste kreisen, fragte sich, ob sie während der Aufführung die Brustwarzen mit Tassels bedecken oder einfach Pasties in Herzform verwenden sollte. Während sie über diese wichtigen Details der ersten Aufführung im The Painted Lady nachdachte, sprang Alec vom Bühnenrand auf und warf sie fast auf die Mäntel.

„Was machst du da?", fragte sie lachend.

„Ich habe mir sagen lassen, das hier ist eine Aufführung, bei der das Publikum Teil der Performance wird."

„Eine Fehlinformation! Setz dich wieder hin. Ich fange gerade erst an."

„Bei mir fängt auch was an, das kann ich dir sagen. Außerdem habe ich mich anders entschieden."

Er zog sie an sich, ließ eine Hand ihren Rücken hinabwandern und umfasste ihren Po.

„Wie, anders entschieden?"

„Dein erster Vorschlag, wie wir die Bühne einweihen könnten, gefällt mir jetzt doch viel besser. Ich beuge mich deiner Weisheit."

Alec küsste sie, und Mallory schlang ihm beide Arme um den Hals. Sie wusste: Solange sie zusammen waren, war die ganze Welt ihre Bühne.

– ENDE –

„In Touch“ mit MIRA!
Das Verlagsprogramm elektronisch abrufbar
Interaktiv dabei sein: Buchbesprechungen, Gewinnspiele, Aktionen, Leseproben und vieles mehr.
Folgen Sie uns auf Twitter, Facebook, Instagram, Pinterest und google+
www.mira-taschenbuch.de
MIRA TASCHENBUCH

Lesen Sie auch von Logan Belle:

Band-Nr. 35065
9,99 € (D)
ISBN: 978-3-95649-099-6
304 Seiten

Logan Belle
Club Burlesque:
Blue Angel

Erotische Musik, glamouröse Kostüme, nackte Haut – der jungen Juristin Mallory ist die Burlesque-Show, zu der ihr Freund Alec sie eingeladen hat, ziemlich fremd. Doch dann zieht die faszinierende Tänzerin Bette sie auf die Bühne, und Mallorys bislang geordnetes Leben gerät gehörig aus den Fugen. Sie wird geradezu süchtig nach der aufregend dekadenten Burlesque-Szene – und nach Bette, die sie in die Kunst des stilvollen Striptease und in unwiderstehlich sinnliche Vergnügungen einführt. Bis Mallory sich plötzlich entscheiden muss: zwischen der neuen, verlockenden Welt – und ihrer großen Liebe Alec!

Band-Nr. 35066
9,99 € (D)
ISBN: 978-3-95649-114-6
eBook: 978-3-95649-428-4
352 Seiten

Julie Kenner
Nights of Passion

Hot Revenge – Lustvolle Rache

Früher war Belinda ein hässliches Entlein und wurde von ihren Mitschülern ausgegrenzt. Jahre später kehrt sie als sexy Schwan an den Ort ihrer Kindheit zurück. Sie hat nur noch ein Ziel: Rache. Jeden Typ, der sie damals ausgelacht hat, wird sie anmachen und dann genüsslich abblitzen lassen. Ein guter Plan - der sich leider nicht in die Tat umsetzen lässt. Denn schon ihr erstes „Opfer“ ist so verführerisch, dass Belinda alles andere vergisst und sich in einem Strudel der Lust verliert …

Lessons In Lust – Sündige Lektionen

Mattie ist in allem die Beste – bis sie ausgerechnet bei einem Sex-Test im Internet versagt. Nun braucht sie dringend Erfahrung in Sachen Lust. Ganz klar. Ein Macho muss her, ein echter Womanizer – aber leider ist grade nur ihr zurückhaltender Nachbar Mike verfügbar. Beim sinnlichen Flirt-Unterricht sprühen trotzdem bald die Funken und Mattie ist fasziniert: Wer hätte gedacht, das hinter der Fassade des Nerds von nebenan so aufregend erotische Fantasien schlummern …